Für Enwei und Anna Katharina

In diesem drangvollen Roman schildert der Protagonist Phillip Walter seinen turbulenten Weg, sein wahres Ich in aller Konsequenz zu leben. Unabhängig davon, was andere von ihm erwarten. Hochaktuell setzt er damit einen der größten Träume von Menschen um. Zentrale Themen wie die Suche nach der eigenen Wahrheit, Begabung und Sensibilität, Liebe, Sexualität und Glauben, aber auch Tod, Einsamkeit, Angst oder Trauer werden mit einer bisweilen fast schockierenden Offenheit thematisiert. Wie ein Kulminationspunkt schafft dieses gehaltvolle und nahezu physisch packende Werk ein ungefärbtes Spiegelbild unserer gesellschaftlichen Gegenwart und menschlichen Verfassung. Die frappierende Authentizität inspiriert, furchtloser nach seiner eigenen Definition erfüllt zu leben.

„Dieses atemberaubende und schonungslos offene Buch macht Mut und inspiriert, den persönlichen Schlüssel für eigene verschlossene Tore zu suchen – und auch zu benutzen!"

Anne Heintze, OpenMind Akademie

Andreas Tank wurde 1979 im ostwestfälischen Lemgo geboren. Seit 2006 lebt und arbeitet er in der chinesischen Hauptstadt Peking. Nach zahlreichen Fachpublikationen, darunter die Werke *China-Marketing* und *Zwischen Faszination und Furcht*, ist *Das Blaue vom Himmel mit Löffeln gefressen* sein erster Roman.

Satz und Layout: Peter Tichauer, Peking
Umschlaggestaltung: Sven Schäfer, P3andmore, Bad Sobernheim; mit freundlicher Genehmigung von Auerhahn Bestecke GmbH, Im oberen Tal 9, 72213 Altensteig
Druck und Verlag: epubli GmbH, Berlin, www.epubli.de
ISBN 978-3-8442-4782-4

Andreas Tank

Das Blaue vom Himmel mit Löffeln gefressen

Roman

epubli

Die anderen werden Dich immer kritisieren und über Dich lästern und es ist nicht einfach, jemanden zu treffen, der Dich so nimmt, wie Du bist. Deshalb: Leb so, wie Du es für richtig hältst, und geh, wohin Dein Herz Dich führt. Das Leben ist ein Theaterstück ohne vorherige Probe. Darum: Singe, tanze, lache und lebe jeden einzelnen Augenblick Deines Lebens ..., bevor der Vorhang fällt und das Theaterstück ohne Applaus zu Ende geht.

Charlie Chaplin

Inhalt

Das Schweigen brechen

„Ich möchte doch nur einmal normal sein!" Warum schien dieser Wunsch so aussichtslos und jedes Festhalten vergeblich? Aber wer war das: *ich*? Dieses Ich namens Phillip Walter, das eines Tages in den Spiegel blickte und keinen mehr erkannte. Wie nach einem Urknall hatte sich plötzlich alles, was zuvor mein Lebensfundament bildete, aufgelöst: Traditionen, Konventionen, Religion, Standpunkte, Beruf und Lebensmittelpunkte, ja selbst meine Sexualität. Keine Orientierung irgendwo – im Gegenteil: Was mich bislang besonders geprägt hatte, stellte ich nun am stärksten infrage. Zurück auf null. Nochmal von vorn. Mit welchen wahren Anlagen war ich auf die Welt gekommen? Wo setze ich an? Was schmeiße ich über Bord? Alles Bisherige musste neu überdacht werden. Es gab keine heiligen Kühe mehr, keine Drachen, an deren Schuppen tausendjährige Werte glänzten. Wo war meine Entschlossenheit hin, wo meine Stärke, mein Optimismus und meine Fröhlichkeit, die mich 29 Jahre lang begleitet hatten, die für meine schwungvolle Entwicklung samt zweier Doktortitel gesorgt hatten? Von einem auf den anderen Moment war ich orientierungslos, fühlte mich wie ein Kleinkind, das versuchte, wieder erste Schritte zu gehen. Wie ein Erwachter oder Neugeborener musste ich mein Leben völlig von vorn beginnen und ihm wieder einen Sinn geben.

Tief im Inneren, so spürte ich, lag die Antwort, doch ich hatte die Fähigkeit verloren, in mich zu hören und die vielen dissonanten Stimmen in eine Harmonie zu überführen. Stattdessen herrschte – je nach Verfassung – ein inneres Machtvakuum, ein anarchischer Krieg, eine Achterbahnfahrt. Vielleicht begegnete einem das Schicksal auch nur auf dem Weg, wo man es zu vermeiden suchte? Ich fühlte mich allein auf weiter Flur, da war in meinem Umfeld weit und breit niemand, der Ähnliches durchlebt hatte, der mir als Vorbild dienen konnte, ich verspürte tiefe Einsamkeit. Vorbilder hatte ich nie gehabt – von Sympathien für Sophie Scholl und Albert Schweitzer abgesehen –, und mir wurde klar, warum: Tief in mir wusste ich, dass niemand mir ein adäquates Lebensmodell vorleben konnte, auch wenn mein Verstand danach gierte. Im Vergleich mit anderen sah ich zunächst, dass ich irgendwie anders war, und quälte mich mit der Frage nach dem Warum. Warum sollte ich der Einzige sein, der diese Erfahrungen machte? Statt meine Andersartigkeit zu akzeptieren und zu hinterfragen, woher sie kommt, machte ich mir selbst Vorwürfe, zermarterte mein Hirn, was bei mir falsch war, und glaubte lange, mich für mein Wesen entschuldigen zu müssen. Wie viele Menschen gibt es, die dieses Grundgefühl, ohne Lebensrecht zu sein, nachvollziehen können? Andere träumten davon, durch Talente aufzufallen, während ich vom unauffälligen Gleichsein träumte!

Kein Mensch des Geistes, sondern ein Mensch der Tat – Teil der Mehrheitskultur. Zwar hatten mich meine Eltern schon früh dahingehend erzogen, meinen „Hirtenkopf" zu benutzen, anstatt wie ein gutes, aber dummes „Schaf in der Herde der vielen" (Hesse) zu grasen, gleichwohl widerstrebten mir Stellungnahmen der Art, dass das Durchschnittliche der Welt ihren Bestand gäbe und das Außergewöhnliche ihren Wert (Wilde). Mit Befremden las ich Karl Lagerfelds Ausspruch, dass die einzige Meinung, die ihn wirklich kümmere, seine eigene sei. Bei Hesse fand ich meinen inneren Konflikt am genauesten beschrieben: „zwischen Ich und Welt, zwischen Geist und Instinkt, zwischen dem Drang nach Selbstvernichtung und der Sehnsucht nach Selbstentäußerung", was letztlich „Spannungen" erzeugt „zwischen den seelisch-geistigen Energien des Menschen und den pervertierenden und paralysierenden Institutionen der bürgerlichen Gesellschaft". Irritierend positiv schreibt Rilke dagegen, wie gut das Leben sei, wie gerecht, unbestechlich, nicht zu betrügen: Auch durch Kraft nicht, auch durch Willen nicht, nicht einmal durch Mut. Alles bliebe, was es ist, und habe nur diese Wahl: sich zu erfüllen oder sich zu übertreiben.

Zuvor auf dem Scheitelpunkt der Normalverteilungskurve surfend, glitt ich nun die Welle herab und geriet in unberechenbare Strudel: Ich sollte zu den zwei Prozent Hochbegabten und als „INFJ" nach dem Myers-Briggs-Typindikator – bei Männern weniger als ein Prozent – zum seltensten Typ gehören. Im Enneagramm, einer überlieferten Persönlichkeitstheorie der Sufi-Lehre, wandelte ich mich währenddessen von einer extrovertierten Sieben zu einer introvertierten Fünf, allein unter den Hochsensiblen durfte ich mich immerhin zu 20 Prozent zählen. Egal welche Erhebungen ich anstellte, um die Durchschnittsprozentuale meiner Erscheinung herauszufinden – vom chinesischen Geburtshexagramm über ein graphologisches Gutachten bis hin zu einem astrologischen Lebenshoroskop –, die Verwandlung schritt ungehindert voran und entfernte mich immer mehr von dem konservativen Menschen, für den ich mich zuvor gehalten hatte und dessen Lebensplan mit 30 Jahren eine Freundin aus heilem Elternhause mit allen erstrebenswerten Attributen vorsah. Für einen Hypochonder wie mich sollte die Traumfrau am besten Ärztin sein, Hand in Hand wären wir spazieren gegangen, hätten die Zweisamkeit genossen, schließlich geheiratet – die Musikselektion für die Hochzeit hatte ich schon vorgenommen –, eine Familie gegründet und drei Kinder bekommen, deren Namen internationalen Markennamen gleich, in möglichst vielen Ländern leicht auszusprechen sein müssten. In meiner

Fantasie sah ich mich weit in der Zukunft mit Enkelkindern, die um mich herumtollten. Von hier war es nicht mehr weit zur Todesanzeige in der FAZ, der letzten Quittung. Wie beherrscht ließe sich ein Leben führen, wenn man das Ende kannte und die Jahre dazwischen bis zur Perfektion durchplanen könnte! Erst heute weiß ich: Die Tür zur Zukunft ist die Gegenwart. Mir selbst erschienen meine Vorstellungen nah und umsetzbar, doch im Rückblick handelte es sich um realitätsfremde, naive Gedanken. Und so war ich überfordert, als Avancen mit sämtlichen Anforderungen nicht übereinstimmten. Was nun? In meinem Regierungskabinett gab es keinen Minister für innere und äußere Herzensangelegenheiten. So musste mein falsches Selbst eines Tages eine Grenze erreichen, hinter der es kein weiteres Wachstum „unter Piratenbeflaggung" geben konnte.

Warum wünschten so viele Menschen, sie oder auch ihre Kinder hätten einen hohen IQ? Wissen sie, wovon sie sprachen? Ich selbst sah meine Normabweichungen zunächst allein als Last, als Kampfschauplätze, die nichts als Schmerz, Leid, Unzufriedenheit und Zweifel verursachten, und an meiner Lebenssubstanz nagten. Ist man anders als die Mehrheit, wird man jeden Tag schmerzlich daran erinnert. Denn wen hasste sie am meisten? Den, der zerbreche ihre Tafeln der Werte, den Brecher, den Verbrecher, das aber sei der Schaffende (Nietzsche). Bei Osho heißt es, die Masse vergebe niemals dem Fremden und dem Außenseiter; sie zerstöre ihn und müsse dies sogar tun, damit sie mit sich selbst im Frieden sein könne. Oder aber sie verleiht ihm – „Luxusperson der Menschheit" (Goltz) –, gleichsam aus Eitelkeit, den Status des Genies: Nur wenn dieser ganz fern von uns gerückt ist, ein „miraculum" (Nietzsche), verletzt er nicht. Der Betroffene selbst aber leidet: „Ich wollte nicht mehr außerhalb der Welt stehen und den zweifelhaften Ruhm einer Kuriosität erwerben", fühlte C. G. Jung identisch wie ich. Doch hierzu schien es keine Alternative zu geben: „Recht hast du, Steppenwolf, tausendmal recht, und doch musst du untergehen. Du bist für diese einfache, bequeme, mit so wenigem zufriedene Welt von heute viel zu anspruchsvoll und hungrig, sie speit dich aus, du hast für sie eine Dimension zu viel. Wer heute leben und seines Lebens froh werden will, der darf kein Mensch sein wie du und ich." (Hesse) Suchte ich das Gespräch oder gar den Rat anderer Menschen, um meine inneren Gedanken auszutarieren, fürchtete ich, dass mich fremde Emotionen und Standpunkte zusätzlich beschwerten. Zudem setzte ein solches Gespräch eine Nähe voraus, die Menschen mit „schizoidem Angstmuster" (Riemann), bei denen sich nicht selten hohe Begabungen fänden, abgeht: So glaube man befürchten zu müssen, nicht verstanden, verlacht oder gar für verrückt gehalten zu werden. Zudem war ich mir nicht im Klaren darüber, ob das, was ich fühlte, wahrnahm, dachte oder mir vorstellte, nur in mir existierte oder auch außerhalb. So versuchte ich so lange wie möglich, Lösungen alleine zu finden. Heute muss ich sagen, dass es zielführender gewesen wäre, Freunde und Familie in die Ungewissheit, das Chaos, das Enigmatische meines Lebens einzubeziehen und die Last zu teilen, um die täglich neuen Erkenntnisse und Zusammenhänge zu verarbeiten.

Diese Textstellen haben etwas Märtyrerhaftes. Eines Tages notierte ich in meinem Tagebuch: „Nichts ist so, wie es mal war. Das habe ich befürchtet. Und doch muss ich diesen Weg gehen." Ein Zurück konnte es nicht geben. Alles Sehnen nach Anpassung, alles Verhandeln um Durchschnittlichkeit war vergeblich. Deshalb könne man sich auch durch Nachäffen niemals die Problemlosigkeit eines armen, dem Schicksal ausgelieferten Lebens erkaufen. Nicht wer die *Möglichkeit*, sondern vielmehr die *Notwendigkeit* eines solchen Lebens in sich habe, der werde durch seine Natur dazu gezwungen. Der Ausweg ins „einfache Leben" sei versperrt, und die eigene Seele lache über diesen Betrug. Nur das, was einer wirklich sei, habe heilende Kraft (Jung). Höchste Zeit für eine mentale Generalvollversammlung. Ich musste lernen, mich in meiner Rolle jenseits der Norm zurechtzufinden. Etwas, was ich bislang erfolgreich von mir geschoben hatte, bis sich das Zerreißen nicht mehr aufhalten ließ. „Denn gewöhnlich wehrt sich der Mensch so lange, als er kann, den Toren, den er im Busen hegt, zu verabschieden, einen Hauptirrtum zu bekennen und eine Wahrheit einzugestehen, die ihn zur Verzweiflung bringt." (Goethe)

Intensiv setzte ich mich mit unzähligen Biographien auseinander und erkannte alsbald wiederkehrende Elemente sowie Parallelen zu meiner eigenen Entwicklung. Konnte es sein, dass andere dasselbe durchgemacht hatten wie ich? Dass das Chaos in mir, mein Empfinden, einen tanzenden Stern zu gebären, Teil einer Entwicklung mit charakteristischen Phasen war? An welchem Punkt, in welchem Stadium befand ich mich dann jetzt, und was erwartete mich noch? Je mehr ich selbst Erlebtes und Wahrgenommenes in den Quellen dieser „Vorgänger" (Balzac), „historischen Verwandten" (Jung), „wahren Blutsbrüder" (Kafka), „Freundschaften, zurück in der Zeit" (Mann) und Brüder „in psychologicis" (Zweig) wiederfand und dies das beglückende Gefühl einer intellektuellen Vereinigung in der Gemeinsamkeit nährte, umso „normaler" empfand ich mich. Das Geschehen ordnete sich in einen größeren Zusammenhang ein. Hatte es Montaigne bei der Kompilierung und Ausarbeitung seiner *Essais* vor über vierhundert Jahren ähnlich erfahren, wenn er fremde Gedanken und Zitate in der Regel nicht als übernommene, objektive Weisheit darbot, sondern als schmückende und bestätigende Formulierung seines eigenen Denkens? Am Ende waren es nicht mehr *meine* Erlebnisse, sondern aller, ich reihte mich ein in eine Gruppe Gleichartiger; aus dem Ich wurde ein Wir. Diese Befruchtung – nicht zuletzt von Personen, die zu ihren Lebzeiten als verrückt galten, in „Irrenhäuser" gesteckt, aber auch mit dem Nobelpreis geehrt wurden – steigerte sukzessive meine Bereitschaft zur Identifikation und bewirkte gleichzeitig ein gesundendes und befreiendes Loslassen und Nachgeben.

Ich war aufgebrochen, um nach meiner eigenen Version des Paradieses zu suchen ohne die Richtung zu kennen, denn dafür fehlten mir grundlegende Informationen über mich selbst. Gezwungen, den Prozess des Unbewussten durchzumachen, hat einst auch Jung sich zuerst vom Strom mitreißen lassen müssen, ohne zu wissen, wohin er ihn führt. Hier war das „Unbetretene, nicht zu Betretende", wo keine sicheren Wege das Individuum führen und kein Gehäuse ein schützendes Dach bereitet. Von seinen Patienten, darunter zahlreiche bedeutende Männer, wusste er, dass sich viele demgegenüber innerlich verschlossen, wobei man das Schicksal, das menschlichen Eingriff nicht vertrage, weder forcieren könne noch solle.

Nach dem Motto „Tun ist besser denn Nichttun" tauchte ich forschend und beobachtend in den Schicksalsfluss des Lebens, der sich nichts aus dem statischen Ver-„stehen", Hindernissen und tobenden Stürmen um ihn macht, sondern „weit-er und weit-er" fließt. Im Unendlichen erscheinen alle Hügel flach. Dieses „In die Welt gehen" war intuitiv richtig, denn je mehr ich in Bewegung war, umso identischer war ich mit mir selber. Hier folgte ich Rilkes Empfehlung, die Fragen jetzt zu leben, doch sein Rat, Geduld zu haben gegen alles Ungelöste und zu versuchen, die Fragen selbst lieb zu haben wie verschlossene Stuben oder Bücher, die in einer fremden Sprache geschrieben sind, fiel mir ebenso schwer wie zu akzeptieren, dass ich jetzt nicht nach Antworten forschen sollte, die mir nicht gegeben werden können, da ich sie nicht leben konnte. Zugleich spürte ich, dass das Leben, so lange mein Herz schlägt, alles auch ohne mein Hinzutun plante. Das Empfinden dieses Lebensstromes ist überwältigend und hat eine tiefe, heilende Wirkung. Es ist die Erfahrung des Lebens schlechthin. In der Folge setzte ich um, was in meinem Kopf bislang jeglicher Vorstellung entbehrte. Ich hatte ausgetretene Pfade verlassen, um, vorgestoßen zu neuen Dimensionen, das Undenkbare zum Denkbaren, zur Realität werden zu lassen. Dann war ich Suchender am Such-Ende. Im Sinne einer selektierten Retraditionalisierung durften Elemente aus der Vergangenheit meiner Gegenwart nur mehr nach bewusster Entscheidung dienen – ein mühseliges Puzzlespiel, dessen Resultat jedoch keine eingeschränkte Menge hervorbrachte, sondern dessen Gegenteil: Mein

Leben wurde integrierend, weiter und uneingeschränkt. Im Grunde bedurfte es nur noch einer riesigen Umarmung dieses grenzenlosen Lebens, und dafür benötigte ich Mut. Rilke bestätigt, wir müssen unser Dasein so weit als irgend möglich annehmen, alles, auch das Unerhörte, müsse darin möglich sein. Dieses sei im Grunde der einzige Mut, den man von uns verlange: Mutig sein gegenüber dem Seltsamsten, Wunderlichsten und Unaufklärbaren, das uns begegnet. Hierin lag die Aufforderung, meine Arme zu öffnen, wenn ich selbst umarmt werden wollte. Doch wie es sich zwischen Advent und Weihnachten verhält, so kam auch ich nur in Raten in mir an. Im Zuge der Suche der Welt den Rücken zudrehend, sehnte ich mich nach dem Tag, an dem ich mich, meine pathologische Nabelschau und mein Drehen um die eigene Achse beendend, als Täter wiedergeboren, umdrehen würde, innerlich gefestigt mündig der Welt die Stirn bietend, stolz darauf, „ich" zu sein. Pressekonferenz beendet, keine weiteren Fragen mehr.

Wünschten wir uns das nicht alle? Ein jeder Mensch, wie ihn die Schöpfung geschaffen hatte? Wie sonst kann es sein, dass so zahlreiche Filme in Starbesetzung auf den Markt kommen, die von sinnsuchenden Menschen berichten, die nach ihren eigenen Definitionen leben, Mauern niederreißen und durch neue Ideen austauschen, und in uns Sehnsüchte wecken, für uns selbst und unsere ganz eigenen Träume und Überzeugungen einzustehen? Ja selbst Broadway Musicals dieses aufgreifen und uns voller Ergriffenheit zu stehenden Ovationen veranlassen!

Es bedurfte Zeit und Kraft, eine Raupe in einen Schmetterling zu verwandeln und meine Individualität aus der Kollektivpsyche, den Klauen fremder Erwartungshaltung zu befreien, doch dieser Persönlichkeitsentwicklung hatten sich alle anderen Ziele unterzuordnen. In der Hoffnung, eine Verheißung, einen Sinn für meine Existenz aufzuspüren, diesen Abschied von der einstigen Verkörperung, die mir wie eine frühe Vorgeburt meines jetzigen Ichs erschien, stand ich immer öfter voller Erstaunen vor dem sich neuerdings offenbarenden Potenzial, das Lust auf „weitere Weite" und das Leben weckte, so wie es sich in seiner unermesslichen Vielfalt offenbart. Eine Vielzahl an grundlegenden Fragen nach dem, wer oder was ich bin, löste sich auf in Sein. Es ist Schicksal, ein vom Leben geplanter Prozess, durch den ich als Hauptakteur meiner Prophezeiung schreiten musste. All dieses vor dem Hintergrund, heute sagen zu können, wie Wunder-schön es ist, erlöst von vielen Ängsten mein Leben jenseits des zu Verstehenden zu gestalten und mit dem Gefühl des Angekommen-Seins in mir selbst wahrhaft, frei und in aller Normalität aus dem Vollen zu schöpfen.

Rekonstruktion einer Selbstdemontage

Mit dem Einreichen meiner zweiten Dissertationsschrift hatte ich sämtliche mir selbst gesteckten Ziele erreicht, vor allem den Abschluss dieser Promotion mit 29 Jahren. Bereits Monate zuvor suchte ich ein neues Ziel ins Auge zu fassen, doch vergeblich. Eine Lähmung nahm von mir Besitz, das Gefühl, mich dem Bermudadreieck zu nähern, ohne ausweichen zu können, gefangen in einer Traumastarre, die nicht mehr von mir weichen wollte und an die ich ständig erinnert wurde, wenn mir Freunde viel Glück und Erfolg bei der Erreichung meiner Ziele wünschten. Doch: welche Ziele? Der Schlussakkord in meinem Wunschkonzert war längst verklungen. Selbst die Publikation der Ergebnisse meines spannenden Forschungsthemas reizte mich nicht mehr.

Der Kontakt zu meinem „inneren Kind“ (Chopich/Paul), d. h. zu meinen innersten Gefühlen, war insgesamt denkbar schlecht. Ein bekanntes Sprichwort abwandelnd, hatte ich in meiner Seele weniger Träume, als die Realität zerstören konnte. Ein Freund, der eine nachahmenswerte Karriere macht, mahnte: „Phillip, Du musst Dich nun langsam entscheiden, wie Du beruflich und im Leben fortschreiten willst!“ Was also wollte ich lernen, worin wachsen? Was sollte ich wählen? Zwar war ich überzeugt, dass ich mich in das meiste einarbeiten könnte, und natürlich gab es für den einen oder anderen Bereich Präferenzen, aber vor Langeweile war man nirgendwo gefeit. Und den Glanz einer exponierten Führungsposition in der Wirtschaft – für viele segensreiches Utopia, nach dem jeder in diesem Bereich Tätige strebt, um seinen Erfolg zu krönen – empfand ich als pure Oberfläche. Passte das von meiner Veranlagung überhaupt zu mir? Die Zukunft müsse doch vielmehr etwas Neues, Erfüllendes, Anspruchsvolles und Auslastendes bringen! Die meisten Menschen machten sich anscheinend gar keine Gedanken, wer und was sie sind, was doch eigentlich Bedingung für die sinnvolle Beantwortung der Frage sein muss, wer und was sie werden können. Stattdessen verrennen sie sich einzig in die Frage, was sie sein wollen. Doch mich quälten grundlegendere Sorgen: Wozu sollte ich mich dieser Welt noch mitteilen? Mein Interesse an der Welt reduzierte sich zunehmend. Während sich in meinem Leben bislang Zeichen an Zeichen aneinandergereiht hatten, einer Fackelübergabe in einem Geschwindigkeitslauf vergleichbar, war auf einmal Funkstille.

Mich so weit wie möglich von der quirligen Umgebung der chinesischen Metropole Shanghai entfernend, in der ich seit mehreren Jahren lebe, begab ich mich im Herbsturlaub in der Leere Bhutans in Klausur, um in Ruhe nach innen zu horchen. Wie sich herausstellte, eine passable Methode, mit der schon Rilke auf Capri gute Erfahrung gesammelt hatte. Mithilfe eines „Emotionalogramms", der Gegenüberstellung, wie mein Seelenzustand zu verschiedenen Zeitpunkten meines Lebens ausgesehen hatte und was für Gründe dafür infrage kamen, wollte ich Ziele für meine private und berufliche Weiterentwicklung ableiten. Dieses erste Antasten deckte zentrale Defizite auf, woraus sich direkt Wünsche und zielführende Schritte ergaben, und in mancher Hinsicht könnte ich nun direkt ins Endkapitel springen. Im Nachhinein wirkt vieles, was noch kommen sollte, wie von unsichtbarer Hand wunderbar choreographiert, dem aber eine andere Methode, als ich sie im Sinne hatte, zugrunde lag, um die mentale Weite, die ich in den ausgestreckten Tälern des buddhistischen Königreichs gespürt hatte, auch in der gelebten Shanghaier Enge zu realisieren.

Das Leben erschien mir wie ein Koffer, mit dem ein jeder von der Geburt bis zum Tode reist. Jeder Mensch hat einen, manchmal aber auch einen fremden. Und ich hatte plötzlich Zweifel an meinem Reisegepäck, den unaufgelösten, verdrängten „Requisiten des Kindheitsdramas", wie es Miller in ihrer altachtundsechziger Ausdrucksweise nennt, durch die ich im Grunde ständig bestimmt würde und die anscheinend in einer mir verborgenen Kammer die Jahre überdauert hatten. Schon Goethe hatte erkannt, dass die „jugendlichen Eindrücke" nie verlöschen und wir ihnen eine gewisse Anhänglichkeit nie entziehen können.

Auch spürte ich, dass mich die ständige Sorge um die Harmonie der Welt selbst aus dem Gleichgewicht brachte, mir schadete, mich zersetzte und unzufrieden machte. Nun also wollte ich die Blauhelmmission beenden und das machen, was mir wichtig war. Ich wollte die eigene Meinung öfter äußern und Auseinandersetzung und Konfrontation nicht scheuen. Ruhte ich in mir, so mein Gedanke, könnte es mir gleichgültig sein, was andere über mich dachten, und ich bräuchte nicht mehr mit Menschenfurcht durch die Welt zu laufen. Auch Stress sowie nervöse körperliche Symptome, vor allem angesichts der Frage, wie ich mich in welcher Situation verhalten sollte, würden zurückgehen. Und im Umgang mit anderen wäre ich nicht mehr viele, sondern nur noch einer. Bescheidenheit, Unterwürfigkeit, Verstecken und Tiefstapeln sollten ein Ende haben. Ich suchte erquickenden Kontakt mit Menschen, die mir ähnelten und mit denen ich gemeinsam aus dem Kelch der Normalität trinken durfte! Anstatt in einem Sicherheitstrakt mit niedrigem Selbstvertrauen zu leben, wollte ich entgegengebrachtes Lob annehmen dürfen. Ich wollte mehr selbst entscheiden, nicht mehr anderen die Wahl überlassen oder ständig aus kontroversen Strömungen eine konsolidierte allgemeingültige Synthese ableiten.

Ganz allgemein nahm ich mir vor, stärker in der Gegenwart zu leben und zukünftige Situationen weniger im Voraus zu durchdenken. Dabei spürte ich einen unbändigen, atemberaubenden Antrieb in mir. Nichtsdestotrotz wollte ich in Zukunft Langsamkeit lernen, ruhiger werden. Es konnte nicht besonders weise sein, ständig Sprintgeschwindigkeit beizubehalten, ich wollte nun, das Ziel am Horizont vor Augen, jeden einzelnen Schritt langsam vor den nächsten setzen. Mit mehr innerer Ruhe vermochte ich es vielleicht, Türen nach dem Abschließen nicht noch unendliche Male krankhaft zu kontrollieren, Gleiches galt für mehrere Wecker und Lichtschalter vorm Schlafengehen, für Elektrogeräte, Wasserhähne, Kerzen, selbst Schranktüren beim Verlassen der Wohnung. Zeitweise rückte ich noch Lampenschirme und Handtücher zurecht. – Ich war mir selbst die Behinderung beim Fortschreiten. Innere Unsicherheit manifestiert sich in äußerer Unsicherheit. Die Zeichen waren überdeutlich. Innere Widersprüche wollten sich nicht weiterhin durch Kompromisse beruhigen lassen. Ich nahm mir vor, gelassener zu werden, mehr als gegeben hinzunehmen und meine Pedanterie zurückzufahren. Es beschwerte doch mehr, als es half, mich meiner Unzufriedenheit zu erleichtern und meinen Körper mit positiver Energie zu fluten.

War mehr Sport ein schmackhaftes Rezept? Doch wie sollte ich mich entscheiden, wenn das Interessenpendel zwischen Meditation und Kampfsport schwingt, der Verstand mich mit Neuem zu motivieren versuchte, doch der Körper lustlos abwiegelte? Oder sollte ich mich wieder verstärkt meinen Musikinstrumenten widmen? Mich der Forschung, dem Fluss des Schreibens hingeben? Vielleicht könnte ich meine Energie auch im Rahmen eines Engagements in der Gesellschaft einbringen? Mehr Fragen als Antworten machten mich niedergeschlagen, das lange Warten auf Zeichen deprimierte mich, und Freunde begannen sich Sorgen zu machen, auf welcher Sparflamme mein Lebenssinn loderte. Wie ein Schiff ohne Motor schwappte ich ziel- und orientierungslos im offenen Meer und hoffte auf einen Seenotkreuzer. Ich hielt es für „Not-wendig", meiner Vorgesetzten mitzuteilen, dass mir meine Tätigkeit langweilig sei, doch sie konnte dies nicht nachvollziehen. Das Gespräch glich einem Tennisspiel: Jeden Ball, der als Einwand über das Netz auf meine Seite flog, retournierte ich mit einem „Aber". Impulsiv und sichtlich gereizt erwiderte sie schließlich: „Unterlassen Sie endlich diese Einwände, Herr Walter!" Auch meine Eltern fanden es unverständlich, wie ich bei den Projekten, von denen ich berichtete, von Unterforderung sprechen konnte. Doch ich unterschied zwischen körperlicher und geistiger Anstrengung.

Nicht beachtetes intrinsisches Engagement wirkt sich indes destruktiv aus. Ich fühlte mich ausgebremst, reduziert und so unter Potenzial eingesetzt, dass ich an manchen Tagen am liebsten von der Arbeit nach Hause gefahren wäre, um mich mit Sinnvollerem zu beschäftigen. Das Gefühl, nicht gebraucht und ignoriert zu werden, wenn Fragen zu schnell korrekt beantwortet wurden, ließ mich wie ein U-Boot untertauchen und auf bessere Zeiten hoffen. Hatte ich unerreichbare Ideale, indem ich ständig einen intellektuellen Kick erhoffte? Suchte ich quasi spirituelle Erfüllung durch meine Tätigkeit? Doch das schrittweise Annähern an eine Vision wurde täglich durch Bürokratie und zeitraubende Sitzungen korrumpiert. Vielleicht liebte ich allein ein Kraft zehrendes Überführen von Chaos in Strukturen, doch nicht mehr das Arbeiten innerhalb derselben? Ließ sich meine Langeweile etwa nicht allein durch Unterforderung und Demotivation begründen, sondern basierte sie auch auf einer falschen Vorstellung oder gleich einer falschen Welt, repräsentiert durch die Norm? Wie frustrierend, wenn selbst die Hoffnung erlischt, ein Ortswechsel brächte Linderung. Hinzu kam das Dilemma, dass ich meinen Berufsalltag durch die fehlende Balance im Privaten ohnehin überbewertete und mein falsches Selbst nur mittels Anerkennung seinen Durst löschte – anscheinend ein typisches Anzeichen narzisstisch Gestörter, die versuchen, Mängel in ihrer eigenen Kindheit durch Anerkennung, Lob und Bejahung von anderen Menschen ungeschehen zu machen. Und damit diesem Treiben endlich ein Ende gesetzt werden konnte, betätigte die Natur wundersam alle Hebel, ließ die Quelle versiegen und die Kehle aller Lechzenden austrocknen. Heute noch schaue ich voller Ehrfurcht auf den Prozess meiner Destruktion zurück, der mir wie von einer höheren Macht geplant und umgesetzt vorkommt.

Die Vorbereitung auf die zweite mündliche Doktorprüfung unmittelbar im Anschluss an meinen Aufenthalt in Bhutan bot sich als dankbare Abwechslung an, doch ich hätte mich einer Illusion hingegeben, hier mehr als eine Parallelverschiebung zu erhoffen. Das Bore-out, ein unerträgliches Maß an Unterforderung, holte mich unmittelbar am Abend der erfolgreichen Disputation wieder ein. Aufgrund mangelnder Wertschätzung meiner selbst hatte ich sämtliche Anregungen zu einer Feier schon im Voraus unterdrückt, denn im Grunde manifestierte die Forschung nur einen erneut vergeblichen Versuch einer geistigen Auslastung, die zwar physisch anstrengend, aber nicht kompliziert war. Warum nur bedeuteten mir eigene Leistungen so wenig? Anscheinend fehlte mir eine emotionale Ordnung, um Befriedigung, Stolz und Freude am Erfolg wirklich fühlen zu können. Und als sei ich in den Wochen der Vorbereitung geistig verarmt, zog mich just an diesem Vorweihnachtsabend ein philosophisches Buch, eine Eloge über das Fade im Denken und der Ästhetik Chinas von François Jullien in ihren Bann.

Wie bei einer Schnitzeljagd hielt ich damit eine weitere prophetische Botschaft in der Hand: Um zum Wahren vordringen zu können, müsse ich die Dualität der Dinge überwinden und die Mitte halten. Indem wir die Mitte bewahrten, vermieden wir es, auf einen einseitigen Standpunkt zu verfallen, der als solcher jede Möglichkeit, uns mit der Welt in Einklang zu bringen, vereiteln würde. So jedoch erlangten wir jene Neutralität, die für den großen stillen Lauf der Dinge unabdingbar sei und von der seine Selbstregelung und Stetigkeit herrühre.

Zieleinlauf des falschen Selbst

Die ersten Monate des neuen Jahres verliefen rasant, erst später sollte deutlich werden, dass ich mich auf einer „Flucht vor dem Ich" befand, währenddessen die Demaskierung des falschen Selbst unaufhaltsam näher rückte. Im Nachhinein betrachtet, war diese Phase nicht mehr und nicht weniger als die Hinführung zum evolutionären Moment, dem Zusammenbruch meines Körpers zum Zeitpunkt stärkster Spannung, in dem die enge Nussschale, das Diktat, die Welt meines selbstherrlichen Verstandes explodierte und sich leere Weite wie die Ebbe nach einer Jahrhundertflut öffnete. Unwissend, in mangelnder Kenntnis all dieser Vorgänge, vielleicht auch sie ignorierend, steuerte ich in Richtung Exodus.

Wie im Kinofilm *Der Ja-Sager* hatte ich mir in den Kopf gesetzt, keine Einladung mehr auszuschlagen, schließlich hatte ich die Pflege von Freundschaften während der Vorbereitung auf die mündliche Prüfung hintenangestellt. Ich vergaß alles andere und behielt nur ein Wort: Ja. Und es prophezeite sich, was Osho einst gesagt hatte: „‚Ja', und dein ganzes Wesen kann sich verändern. Es kann eine radikale Veränderung, eine Revolution bewirken." Damit begab ich mich – wie sollte es anders sein – von einem Extrem ins andere: Anstelle der Leselampe auf dem Schreibtisch brannten nun Scheinwerfer auf Schaubühnen. Zuvor hatte ich mich bei Abendessen mit Freunden wie in ein Gefängnis gesperrt gefühlt, in dem es kaum möglich war, der Reizüberflutung sowie meinem in Lichtgeschwindigkeit fliegenden Verstand zu entfliehen. Doch das Ende meiner akademischen Forschungstätigkeit glich einem Heißluftballon, der, einiger Sandsäcke entledigt, wieder an Höhe gewann. Ich weiß nicht, wann ich zuvor einmal innerlich so ruhig, so locker, so ganz ohne aufsteigende Hitze gewesen war. Das half, mein „zwischenmenschliches Programm" zu absolvieren: Über Wochen war ich jeden Abend ohne Pause außer Haus, gab Stelldichein bei Bekannten, ehrenamtlichen Sitzungen und Feiern. Doch nicht genug, der Bogen war wohl noch nicht ausreichend weit gespannt, es musste in allen Bereichen ein „Noch mehr" passieren, noch exzessiver, noch perverser, noch kraftraubender, wortwörtlich: noch *spannender*. So trieb es mich am Wochenende in die großen Diskotheken, wo ich ein Ideal nach dem anderen über Bord warf und meine Pubertät im Nachhinein mitsamt One-Night-Stands – wenngleich wenig stereotyper Natur – im Schnelldurchlauf absolvierte. Ich fühlte mich unendlich jung und glaubte, hier mein gedankliches Konstrukt vom „normalen" Leben „normaler" Menschen umzusetzen. Würde ich mich anpassen, so hoffte ich, bestünde die Chance, anerkannt und geliebt zu werden. So wurde ich ein Teil dessen, was mir bislang so fremd und widerwärtig war und das ich bisher so sorgfältig gemieden hatte: Hesses „tief verachtete Welt der Bummler und Vergnügungsmenschen".

Ein Verstand mit Gefallzwang ist ein Meister im Maximieren menschlicher Kontakte. Denn „es gibt nur eine Einsamkeit, und die ist groß und ist nicht leicht zu tragen, und es kommen fast allen die Stunden, da sie sie gerne vertauschen möchten gegen irgendeine noch so banale und billige Gemeinsamkeit, gegen den Schein einer geringen Übereinstimmung mit dem Nächstbesten, mit dem Unwürdigsten." (Rilke) Und warum? Um von der „verdammten Isolierung in Einzigartigkeit" (Jung) loszukommen. Für mich war dieser Drang wie eine Sucht, er kannte keine Grenzen, und zwischen den Abgründen von Liebesverschmelzung und Selbstzerstörung nahm mein Verhalten fast prostituierende Züge an. Mein Verstand wollte meinem Körper diesen Weg zwar verwehren, doch je hochprozentiger der Trank und ungezügelter der Konsum, umso eher ließ sich auch diese Grenze ins Long-Island-Delirium verschieben. Alkohol entmachtete meinen Verstand und ebnete den Weg für Leidenschaft; ich war so ziemlich zu allem fähig. Dabei schien es, als ließe sich der Riss der Einsamkeit in meinem Herzen nur durch einen anderen Riss überdecken. Ich musste erst ganz tief sinken, bevor die Sehnsucht voranzukommen größer war als die Sehnsucht, Schmerz, Angst, Einsamkeit und Fehlschläge zu vermeiden. Eine Passage aus Hesses *Demian* linderte meine Scham, wo der Protagonist bekennt, er sei ein Kneipenheld gewesen, der über Schmutz, Klebrigkeit und zerbrochene Biergläser gekrochen sei und diesen hässlichen und unsauberen Weg eingeschlagen habe, um einsam zu werden und zwischen ihn und seine Kindheit ein verschlossenes Edentor zu bringen. Hierin habe ein Beginn gelegen, ein Erwachen des Heimwehs nach sich selbst. Alkohol ist auch Hesses Steppenwolf nicht unbekannt; im Gegensatz zu mir ist bei Harry Haller zudem von Kokain die Rede. Dessen Persönlichkeit habe sich im Festrausch wie Salz in Wasser aufgelöst, wie ein von Straßenräubern geplünderter Würdenträger in zerfetzten Hosen habe er ausgesehen. Doch statt die Rolle des Abgerissenen zu lernen, habe er seine Lumpen getragen, als ob noch Orden daran hingen, und seine verlorene Würde weinerlich weiter prätendiert. Kenne ich nur zu gut – Anpassung war der Schlachtruf meines falschen Selbst. Erst viel zu spät merkte ich, dass ich dem Ziel, normal zu sein, nicht näher gekommen war, sondern mich von ihm entfernt hatte.

Ich wollte anders sein, als ich mich fühlte. Cool und galant wie die „tollen" Typen, die in den Clubs hübsche Mädchen antanzten und eine nach der anderen abschleppten, während ich zusah und innerlich ethische Debatten führte, mich über jede kratzige Haarspange echauffierte, die man im Tumult ins Gesicht bekam. Wie etwa sollte man einen Menschen gleichzeitig sexuell attraktiv finden und sich mit ihm intellektuell auf gleicher Höhe unterhalten können beziehungsweise ihn für sein Wesen schätzen? Welcher Seite ließ sich der Sexualtrieb überhaupt zuordnen? Eher dem Verstand oder den Emotionen – oder ist er gar eine dritte Kraft? Beeinflussten sich diese Kräfte, konnten sie sich sogar für länger dominieren? Die Hochfreude am platonisch Schönen hatte allem Anschein nach auch ihre hinderliche Seite. „Rangehn", wie es Nina Hagen im gleichnamigen Lied besingt, sei die Parole, so impfte mir ein Freund ein, doch entsprach gerade dies so gar nicht meinem Naturell.

Wie groß war der Wunsch, auf einem Foto einmal inmitten der Party-versierten coolen Gleichaltrigen zu sein! Fan eines Fußballclubs zu sein! Oder mit freiem Oberkörper am Strand Volleyball zu spielen! Oder über banale Witze lachen zu können! Oder dem Verzehr von Bier Genuss abzugewinnen! „Warum bin ich nicht einfach so, wie ich es mir wünsche?" Neben diesen Satz malte ich in meinem Tagebuch ein riesiges Fragezeichen über vier Zeilen. Um das für mein wahres Wesen so Fremde, gleichwohl für mein falsches Selbst so Wünschenswerte zu erreichen, versuchte ich, meinen Freundeskreis zu verjüngen. Schon mein Leben lang hatte ich mir gewünscht, was andere den „besten Freund" oder die „beste Freundin" nannten. Dieser vielbesungene Mensch, der immer bliebe und das Schönste sei, was es gibt, auch wenn die ganze Welt zusammenbricht, so die allseitige Prophezeiung.

Nicht ich selbst, sondern andere waren also der Maßstab dafür, wie ich leben wollte. Und wenn man sich in allem anders wünscht, dann ist das Gegenteil von dem, wie man ist, das Ideal des stilisierten Normalen (Abstriche erfolgten zum Glück dort, wo ich andere ebenso wenig für normal hielt, etwa bei Menschen, die mir erzählten, wo es die besten Frauen gebe, wie viele sie auf einmal gehabt hätten und eine Auflistung der Nationalitäten folgen ließen). Wie ein Chamäleon versuchte ich mich anzupassen und ließ mich von Menschen beraten, die mein Ideal repräsentierten, mochte dies bei der Einrichtung meiner Wohnung oder bei der Auswahl meiner Kleidung sein. Heute bin ich erschrocken über mich selbst, doch zum damaligen Zeitpunkt hatte das falsche Selbst mein wahres Ich so weit verleugnet, dass ich mich sogar in meinem Freundeskreis umschaute, wessen Leben ich kopieren könnte. Ich war Feuer und Flamme für Menschen, die „meinen" Traum realisierten, und wie erbost war ich, wenn andere sich kritisch über diese Menschen äußerten.

Dieser Identitätsdiebstahl war ohne mein Wissen vonstattengegangen. Auch kam ich mir gar nicht angepasst vor – bis der Hahn zweimal krähte und mir zwei Menschen unabhängig voneinander den Spiegel vorhielten und am Fundament meines Kartenhauses rüttelten. Simple Aussagen wie „Du musst doch wissen, was Dir gefällt, Phillip!" irritierten mich und machten mich bisweilen ärgerlich. Oder „Hör auf, an andere zu denken und Verantwortung für deren Gefühle zu übernehmen!" Je unnachgiebiger der Appell, nach eigenen Antworten zu suchen, umso mehr wusste ich, dass sie recht hatten und ich das Leben anderer nicht weiter kopieren konnte. Ich musste es selbst wissen – doch wie? Stellte das Leben hier eine Frage an mich, oder war ich die Frage an das Leben? Vielleicht sollte die Herausforderung, hierauf eine Antwort zu finden, der Sinn meiner Existenz sein.

Der Grad der im Inneren empfundenen gelingenden Anpassung widersprach im Grunde diametral den nach außen sichtbaren Manifestationen Widerstand, Auseinandersetzung und Konfrontation. Was sich vielleicht nicht selten dahinter verbarg, war Angst. Angst vor Nähe und Bedacht auf Distanz als zentrale Merkmale narzisstischer und schizoider Menschen, denn sie dienen ihrem dünnhäutigen und chronisch misstrauischen Wesen als Selbstschutz und begründen sich letztlich in einer richtigen Einschätzung der eigenen Verwundbarkeit, sprich der Angst vor drohender Fragmentierung ihres Ichs, dem Gefühl auseinanderzufallen. „Eintracht im Innern, Friede nach außen", heißt es in lateinischer Version auf dem Lübecker Holstentor, das früher auf den 50-DM-Scheinen abgebildet war. Wenn man stärker mit sich im Einklang ist, dann ist die Reaktion anderer zweitrangig. Oder umgekehrt: Je schlechter der Zugang zum emotionalen Zentrum, umso stärker die Kopflastigkeit und die Anpassung an kollektive Werte.

Der Versuch, neutral und ohne anzuecken durch die Welt zu gehen, verlangte von mir indes besondere Stärke oder war zum Scheitern verurteilt. Mit Pseudonymen und getrennten Rufnummern hatte ich in nur wenig Zeit ein Kontaktnetzwerk neben dem beruflichen aufgebaut. Doch in mir hörte ich Stimmen, die fragten, wie ich in meinem Alter ein so exzessives Nachtleben haben könne. Ob dies zu dem beruflichen Image passe? Konnte ich mit solchem Lebenswandel noch als Vorbild gelten und ein Team leiten? Akteur mehrerer Welten, versuchte ich mit horrendem Energieaufwand, diese parallel zu halten – ein unmögliches Unterfangen und Zeichen größter Lebensfremdheit. Wie naiv war es, zu glauben, in dieser kleinen Welt ließen sich menschliche Netzwerke perfekt trennen! Schnell bekam ich zu spüren, dass zu jedem meiner One-Night-Stands ein Mensch gehörte, ein fühlendes Wesen mit Emotionen, Verletzlichkeit und eventuell sogar der Hoffnung auf eine feste Beziehung, während ich schlicht nicht mehr an Einsamkeit leiden und Fürsorge erhalten wollte. Ab und an kam ich mir vor wie in einem Rollenspiel, und jede einzelne Rolle spielte ich mit Präzision und Empathie.

Doch wollte ich die andere Seite kennenlernen, musste ich lernen, mich emotionalen Schmerzen nicht weiter zu verschließen. Und so ließ ich im Spiel mit dem Feuer Zuneigung zu, kalkulierte allerdings, dass sie zeitlich begrenzt und somit meinem Sicherheitskonzept nicht hinderlich war. Nichtsdestotrotz war der Abschied schmerzhaft, drückte mich wie von mächtiger unsichtbarer Hand nieder und hinterließ neben einem Brief ein Lied, das ich wieder und wieder in meinem Leid hören wollte. Am selben Tag fand die jährliche Vertriebstagung statt. Erschöpft von einem Überangebot an Eindrücken, das ich prophylaktisch mit Baldriantabletten zu benebeln versucht hatte, sowie dem Karaoke bis tief in die Nacht und einer mehrfach medikamentös unterdrückten Erkältung, sollte mein Körper noch immer keine Erholung erhalten, obschon in kaum einer Ader noch Kraft floss.

Wie sehr freute ich mich auf meinen mehrmonatigen Besuch aus Deutschland, den ich erwartete. Besuch war für mich oft auch eine Weise, um zu verhindern, dass ich noch eingefahrener lebte. Denn Schrullen, wie ich sie bei Alleinstehenden zu oft beobachtete, wollte ich mir nicht zugestehen. Besuch hieß, ein Eindringen in den Elfenbeinturm bewusst zuzulassen. Doch in diesem Fall war es anders. Wie stark fühlte ich die Sympathie und die Energie nach, die seit dem ersten Moment der Begegnung vor einem Jahr floss! Obwohl meiner Erkältung mit Medikamenten nicht mehr beizukommen war, ging es nur eine Nacht später für einige Tage gemeinsam auf Reisen, und gegen Ende zu den Ausläufern des Himalaya auf über 3300 Meter, wo wir auf einem sportlichen Rundgang in dünner Luft die lokalen Sehenswürdigkeiten erkundeten, sodass ich abends von paralysierenden Kopfschmerzen heimgesucht wurde, die mich im Sinne des Wortes bewegungsunfähig machten. Am nächsten Abend zurück in Shanghai, hörte ich meine innere Stimme immer kräftiger insistieren, ich solle nicht mehr ausgehen, doch irgendwo hatte ich noch letzte Kraftreserven. Von diesem Zeitpunkt an dauerte es nicht mehr lange, bis mein Gesicht dunkelgelbe Farbschattierungen bekam – und darüber hinaus meine engsten Freunde mir ihren abrupten Wegzug mitteilten, was mich emotional so sehr mitnahm, dass ich mich zum ersten Mal in meinem Leben krank meldete. Jahrelang war ich stolz gewesen, noch nie krank gewesen zu sein, ein Soldat am Arbeitsplatz. Dieser Nimbus ward Geschichte. In der Zwischenzeit hatte ich begonnen, Antibiotika einzunehmen – doch was war mit meinem Körper los? Tief in mir spürte ich, dass er mir die Folgsamkeit verweigerte, er nahm gleichsam die Kupplung raus, während ich weiterhin aufs Gaspedal trat: Als ich im Internet nach meinen Symptomen suchte und zahlreiche Krankheitsbilder durchforschte, sackte mein Kreislauf ab, zu stark war die Befürchtung einer Infektion aufgrund meines nachtaktiven Lebens (die allerdings – und das konnte ich mit Gewissheit sagen – unbegründet war). Doch mein Verstand trieb jede recherchierte Krankheit wie eine Sau durchs innere Dorf, ich reagierte immer aufgescheuchter, bis mir blümerant – bleu mourant – vor Augen wurde und ich mich schließlich, dem „ersterbenden Blau" hingebend, kreidebleich und die Beine hoch, in einem gut besuchten Straßencafé auf den Boden legte.

Noch einen letzten Gipfel galt es zu erklimmen, die letzte Kurve vor der Zielgeraden zu nehmen: In diesem desolaten und emotional zerrissenen Zustand flog ich zum runden Geburtstag meiner Mutter für drei Tage nach Deutschland. Hier nahm ich einen Arzttermin wahr, denn bis dato hatte ich trotz aller Auffälligkeiten noch keine Fachmeinung eingeholt. Doch die Dame in Weiß konnte nichts Sonderbares feststellen. „Herr Walter, ich gehe bei Ihnen von einer einfachen Grippe aus", lautete schließlich ihre erfreuliche Diagnose. Müde und geschafft und wie vom Instinkt geleitet, offenbarte ich meinen Eltern, dass ich vorerst nicht beabsichtigte, eine Familie zu gründen, und eine Wohngemeinschaft für mich wohl das Richtige sei. Eine Ehe im Sinne einer lebenslangen Verpflichtung strebe ich nicht an, da ich nicht in der Lage sei, eine derartig einengende und für mich lebensfremde Form zu wählen. Ist die Zukunft eine Illusion, wie viel mehr noch die versprochene Liebe in der Zukunft. Die beunruhigten elterlichen Gesichter haben sich tief eingeprägt, doch im Nachhinein glaube ich, dass derartige Seelenschüsse wahrhaftig sind und nur darauf warten, sich zu bewahrheiten. Ebenso wie die Weisheit, im Fremden zum Eigenen zu finden. Nur äußere Distanz gibt die innere. Mein chinesisches Kulturumfeld, das unserem westlichen so entgegengesetzt ist, schien wie prädestiniert.

Die Rückreise war sehr beschwerlich, ich konnte mich kaum mehr auf den Beinen halten und vegetierte vor mich hin in der Flughafenlounge. Zurück in Shanghai, ging alles sehr schnell. Nachdem ich den Nachtflug überstanden hatte, fuhr ich noch direkt ins Büro, doch beim Gespräch mit Kollegen musste ich mich mittlerweile setzen und brachte kaum mehr lange Sätze ohne Anstrengung heraus. Eine SMS an die Ärztin meines Vertrauens, und am gleichen Abend hatte ich einen Termin. Der Zeitpunkt war gekommen: Meinem Körper, der 29 Jahre wie eine einwandfreie Maschine funktioniert hatte, ging der Motor aus. 22. März, 18:00 Uhr.

Du kannst vor dem davonlaufen, was hinter dir her ist, aber was in dir ist, das holt dich ein. (Afrikanisches Sprichwort)

Nichts sollte jemals wieder sein wie zuvor

Über die Jahre hatte ich mich in einen Druckkochtopf verwandelt. Die Flamme darunter verstärkte den Druck zunehmend, und es war eine Frage der Zeit, wann der erlösende Knall kam. Zum Zeitpunkt der höchsten Anpassung, der Vergewaltigung und Sünde, an meiner Wahrheit vorbei zu leben, zog meine Seele, Gottes Briefkasten in mir, die Reißleine. Sie allein, die einzig weise, hatte das Spiel des falschen Selbst durchschaut.

Wo meinem Verstand nicht beizukommen war, musste mein Körper das Leid tragen und eine Rosskur auf sich nehmen. Meine Ärztin bat mich, meine Vorgesetzte zu kontaktieren und ihr mitzuteilen, dass ich auf unbestimmte Zeit nicht zurückkommen könne. Ich war schockiert und insistierte, „Ich muss doch wenigstens die laufenden Projekte an mein Team übergeben", doch sie, die mich seit Jahren aus dem Shanghaier Leben kannte, hatte meine Situation schnell durchblickt und las mir die Leviten: „Nur weil Du viel kannst, musst Du Dich nicht überfordern. Du hast Dich in zu vielen Kanälen über die Maßen eingebracht und nicht gelernt, Nein zu sagen. Du sagst jetzt gnadenlos alles ab, Phillip, die Erde dreht sich auch ohne Dein Dazutun." Und würde ich meinen Arbeitgeber nicht anrufen, dann täte sie es. Auf den Punkt gebracht: Sie zog mich aus dem Verkehr.

Fassungslos und tränenüberströmt saß ich vor den Trümmern meiner Existenz. Unverzüglich wählte ich die Nummer meiner Eltern und rang nach Worten. Tausende Fragen gingen mir durch den Kopf: Soll ich nach Deutschland fliegen, um dort ins Krankenhaus zu gehen? Muss ich in ein chinesisches Hospital? Und was habe ich überhaupt? Welcher Bluttest ist meldepflichtig, und welches Resultat bedeutet Quarantäne, also Reiseverbot?

Nun sollte jemand anderes als mein Verstand zum Protagonist werden: mein leidtragender Körper. Was ich seit Wochen, jede Empfehlung, zum Arzt zu gehen, ausschlagend, als Schnupfen abgetan hatte, war eine lebensgefährliche Erkrankung mit Viren und Superinfektionen. Leber und Milz waren um ein Vielfaches vergrößert, und meine Abwehrkraft verfügte nur noch über den Bruchteil des Normalwertes. Wie fahrlässig war ich gewesen, mit dieser Konstitution in eine Höhe von weit über 3000 Meter zu fahren, zwischenzeitlich auf über 4500 Meter, wo gymnastische Einlagen, Sprünge und Handstände im Schnee nicht fehlen durften! Allein dem besonderen Einsatz meines Schutzengels muss es angerechnet werden, dass ich dort nicht aufgrund von Multiorganversagen das Zeitliche gesegnet habe. Nun sollte ich für mehrere Wochen krank im Bett liegen und Demut lernen. Leber und Milz hatten als Team zusammen mit den Revolutionstruppen der Viralpartisanen gegen meinen Verstand gesiegt und mich in die Grenzen gewiesen: Ich konnte nicht mehr schlucken und kaum hören. Nachts musste ich mehrfach die nassgeschwitzten Hemden wechseln, und selbst Sitzen erschöpfte mich, vom Treppensteigen in der Klinik ganz zu schweigen – es war ein ganz neues Körperempfinden, wie viele unterschiedliche Muskelgruppen beim Auf- und Absteigen zum Einsatz kommen.

Ganz still war es in mir geworden, und so hatte ich Zeit zum Nachdenken. Hatte Rilke zuvor Ähnliches empfunden, wenn er von Augenblicken redete, da etwas Neues in uns einträte, etwas Unbekanntes? „Unsere Gefühle verstummen in scheuer Befangenheit, alles in uns tritt zurück, es entsteht eine Stille, und das Neue, das niemand kennt, steht mitten darin und schweigt ... Wir können nicht sagen, wer gekommen ist, wir werden es vielleicht nie wissen, aber es sprechen viele Anzeichen dafür, dass die Zukunft in solcher Weise in uns eintritt, um sich in uns zu verwandeln, lange bevor sie geschieht ... Je stiller, geduldiger und offener wir als Traurige sind, umso tiefer und umso unbeirrter geht das Neue in uns ein, umso besser erwerben wir es, um so mehr wird es unser Schicksal sein ...“

Nach dem Motto „Nur was weh tut, beginnt sich zu suchen“ (Sloterdijk) blätterte ich durch einige Seiten des *Jakobswegs* von Coelho. Erneut wurde mir der Teppich unter den Füßen weggezogen, mein Herz brannte. Später lernte ich von einer Freundin, die sich seit vielen Jahren in Traditioneller Chinesischer Medizin ausbildete, dass Leberkrankheiten allgemein dem Themenkomplex Selbstentfaltung zugeordnet werden und speziell in Zusammenhang mit den Emotionen Aggression und Empathie zu sehen sind, Milzkrankheiten hingegen mit Denken im Sinne von Verarbeiten und Sortieren, Leber und Milz zählen zu den Yin-Organen (= Substanz), folglich ließe sich bei mir ein Yin- bzw. Substanz-Überschuss attestieren. Bei herkömmlichen Krankheiten sei hingegen ein Yin-Mangel bzw. Yang-Überschuss charakteristisch. Eine weitere Quelle ergänzt, dass die Leber nach alter Auffassung der Sitz des Lebens und der Gefühle sei. Die Redewendung, dass mir etwas über die Leber gelaufen war, bekam eine ganz neue Bedeutung ... Plötzlich hatte ich das Gefühl, in meinem Leben noch nie eine wirkliche Entscheidung getroffen zu haben, und erwähnte dies in einem Telefonat mit meinem Vater. Er nannte mir zahlreiche Gegenbeispiele, doch waren das allesamt keine Entscheidungen des Herzens. In den Wochen der Regenerierung freute ich mich wie ein Neugeborener über jede Aktivität, die ich körperlich wieder bewerkstelligen konnte. Das Schicksal hatte es ohnehin gut mit mir gemeint, dass ich in diesen Wochen nicht allein leben musste und meine liebevolle Freundin zu Gast war. Doch es sollte noch Monate dauern, bis ich körperlich wieder stabil war. Und bis heute fühle ich mich nicht auf dem gleichen Niveau wie zuvor.

Ein erster Versuch, wieder zu arbeiten, hatte direkte Auswirkungen auf meine Abwehrkraft und zwang mich erneut zur Pause, doch im zweiten Anlauf schaffte ich es – langsam, aber sicher. Wie konnte Lesen auf einmal so anstrengend sein? Was für ein Kräfteverhältnis, nach vier gelesenen Seiten eine halbe Stunde Pause einlegen zu müssen! Ich spürte viel Lust, wieder voll einzusteigen, doch mein Körper bestimmte das Tempo.

Als mein 30. Geburtstag anstand, reiste meine Familie aus Deutschland an. Wie aber sollte ich feiern? Am meisten Sorgen bereitete mir die Gästeliste, ein selektierender, öffentlich zu sehender Vorgang, der mir schon als Kind Unwohlsein bereitet hatte. Wollte ich wirklich alle unterschiedlichen Welten, in denen ich lebte, zusammenführen? Mit nur wenigen Ausnahmen entschied ich mich dafür und feierte groß und festlich. Später lernte ich, dass die Einstellung, Bereiche des Lebens in verschiedenen Schubladen unterzubringen, die voneinander im Regelfall nichts erfuhren, meinem Typ entsprach.

Kurz nach meinem Geburtstag flogen meine Familie und meine Mitbewohnerin wieder nach Deutschland, auch meine engsten Freunde kehrten nun dorthin zurück. Ohnehin sollte zu diesem Zeitpunkt ein großer Exodus meinen lokalen Freundeskreis dezimieren, womit meine zuvor wichtigsten Stützen unwiderruflich wegbrachen.

Meine Krankheit, so spürte ich, war keine normale, sondern wie sich später herausstellte, der evolutionäre Moment meiner Selbsterkenntnis; eine Art von Berufung, mich bewusst mit dem eigenen Seelenzentrum auseinanderzusetzen. Die Nähe zum Tod, gleichsam das Bewusstsein des Todes, war das einzige Medikament, die einzige Heilmethode, um das Bewusstsein des Lebens zu reanimieren, und die Wochen der wortwörtlichen Rekreation wären vergeblich gewesen, hätte nicht das Leben bereits die nächste Szene des Theaterstücks, dessen Hauptakteur ich selbst bin, vorab geplant. In der empfundenen weiten Leere, diesem kraftlosen Nichts, stellte mich das Leben vor die nächste und wohl größte Prüfung. Kaum hatte ich ein Fenster meines Elfenbeinturms geöffnet, wehte draußen kein Frühlingslüftchen, sondern stürmte ein Orkan und das einmal geöffnete Fenster ließ sich nicht mehr schließen. Nicht als Bach wollte das Wasser ins Meer einlaufen, sondern als weites, mächtiges Delta. Ich wurde Teil der Empirie für die „Doktorarbeit Leben – Dr. rer. vit.", also eines Themas, das sich zuvor nie aufgedrängt hatte. Mein Leben war im Begriff, erneut zu zerreißen. Doch nicht mehr körperlich, wie wenige Wochen zuvor, sondern geistig: Meine innere Parallelwelt kollidierte unausweichlich mit der Realität. Auslöser war eine SMS von Tao, den ich wenige Monate zuvor kennengelernt hatte. So direkt hatte ich diese Frage niemals zuvor gehört: Ob ich mir vorstellen könne, ihn zu „daten".

Was sollte ich antworten? Die SMS stand im diametralen Gegensatz zu allem, wie ich mir mein Leben vorstellte. Was ich bislang im Sinn hatte, war, die Traumfrau fürs Leben zu treffen, und bitte gleich im ersten Anlauf. Ein Date mit einem Mann? Vielleicht sogar eine Beziehung *aufbauen*? Nie hatte ich einen Gedanken an einen Prozess verschwendet! Wie funktioniert das überhaupt mit der Anbahnung? Ganz zu schweigen von Verlauf und Trennung. Ein Kollege empfahl mir einst, erst mindestens sieben oder acht Freundinnen zu „probieren", um zu wissen, was ich wolle und welche die richtige sei. Und eine Freundin erzählte, sie habe bei manchen ihrer Beziehungen schon von Anfang an gewusst, dass sie nicht von langer Dauer sein würden. Was sollte ich tun? Meine Antwort lautete Nein. Ich erwiderte Tao, dass dies vollends jenseits des Vorstellbaren sei.

Es blieb indes die Frage, ob eine positive Antwort meinem Alleinsein vielleicht ein Ende setzen könnte. Außerdem verlangte mein Verstand nach Definitionen und Fakten. Was genau meinte er? Wie lange war er noch vor Ort? Auch: Hatte er ein vergleichbares Gehalt? Doch vor allem beschäftigte mich eines: Wie sollte ich sein beharrliches „Warum nicht?" beantworten? Ihm und nicht zuletzt mir selbst gegenüber.

Während eines Wochenendausflugs mit Freunden war ich mit dem Enneagramm in Berührung gekommen. Hier hoffte ich nun Antworten zu finden und analysierte mit Feuer und Flamme meinen und daneben auch gleich Taos Typ, das Atmosphärische wurde somit einer vom Verstand kontrollierten Analyse unterzogen. Mich selbst betreffend, kam ich zu dem Urteil, dass ich bislang am ehesten einer Sieben, einem „lustigen Entertainer und Optimisten", glich und vor allem wohl auch so wahrgenommen wurde. Doch emotional spürte ich, war ich eigentlich eine Fünf, der „Beobachter und Denker". Hier tauchte ein weiteres Stück des Puzzles auf: Mir wurde bewusst, dass ich einen vollends entgegengesetzten Typus gelebt hatte! Und das hatte mich körperlich ruiniert, weil es meiner Schöpfung widersprach. Ich hatte doch tatsächlich probiert, einen anderen Grund zu legen als den, der gelegt ist – und damit auf Sand gebaut. Für Fünfen, so hieß es, von Gefühlen getrennt und nach persönlichen Beziehungen hungernd, sei es nicht unnormal, viel Zeit und Mühe damit zu verbringen, ein intellektuelles Band zurück zum eigenen Menschsein zu finden. Weil sie ihren Verstand in den Mittelpunkt ihres Daseins gerückt hätten, versuchten sie, diese Verbindung durch Modelle, Systeme, die allgemeingültige, universelle Prinzipien der Interaktion und insbesondere des menschlichen Verhaltens erklären, herzustellen. Für Fünfen sei es charakteristisch, dass sie sich zuerst mit dem Kopf und dann mit dem Gefühl verpflichteten (Palmer).

Tao hingegen war meiner Recherche nach tatsächlich eine Sieben und verkörperte somit das Ideal, den Mustermenschen, dem ich noch immer hinterher hing: Ich beneidete ihn um sein Wesen, wie tief er in sich ruhte, zufrieden und rundum ausgeglichen. Sehnsucht danach, ebenfalls über ein solches Gemüt zu verfügen, kam in mir auf – ein Ziel in unendlich weiter Ferne.

Siebenen und Fünfen ergänzen sich und sind reziprok. Was der eine nicht hat, bringt der andere mit. Während die Fünf auf der positiven Seite Tiefe, Beobachtungsschärfe, objektive Urteilskraft, Unabhängigkeit, Autarkie und oftmals einen skurrilen Humor mitbringt, sind es bei der Sieben Flinkheit und Spontanität, von einen auf den anderen Moment etwas zu beginnen, sei es eine Theaterkarte zu buchen oder die Möbel in der Wohnung zu verrücken. Siebenen sind unabhängig, obwohl sie gerne Menschen um sich haben, mit denen sie Spaß und ein stetiges Streben nach Freude teilen. Sie sind großzügig, extravagant, optimistisch, gesellig, aus sich herausgehend auch gegenüber Fremden, oftmals der Angelpunkt von Feiern. Fünfen sind dagegen privat und ruhig im Umgang mit Fremden, obwohl sie auch sehr lustig sein können, wenn sie sich sicher fühlen und die andere Person besser kennen. Fünfen geben Siebenen Tiefe, Seriosität, während sie umgekehrt lernen, Neues auszuprobieren und mehr soziale Kontakte zu knüpfen. Kurz ausgedrückt, liegt hier eine gegensätzliche, aber sich ausgleichende Konstellation mit abweichenden Vorstellungen über das Leben vor, auch bezüglich der Frage, wie man sich am besten selbst realisieren kann. Fünfen sagen: „Das Leben ist kurz, erwarte nicht zu viel", Siebenen: „Das Leben ist kurz, versuche alles".

Bald formulierte Tao die Hoffnung, dass ich ihn eines Tages voll Vertrauen und Offenheit so lieben könnte wie er mich, dass mein Entkommen aus dem Alleinsein nicht der einzige Grund unseres Zusammenseins bliebe und ich mich nicht erneut verschließen würde. Was erwartete er? Woher sollten denn auf einmal solche Gefühle kommen? Mein Leben hatte bis dato aus Büchern bestanden, und meine Emotionen waren nicht mehr als ein zu studierendes Phänomen in diesem Forscher- und Beobachterdasein. Unter anderem hatte ich ein Lexikon gestartet, in dem ich alle Gedanken mit Datum unter bestimmten Stichwörtern sortierte. So konnte ich bei Bedarf nachschlagen, wozu ich mir welche Gedanken gemacht hatte und wie sich diese eventuell wandelten. Mir war dabei bewusst, dass Emotionen zwangsweise kalt und geerdet erscheinen mussten. War ich in diesen Belangen wirklich unfähig? Teilte ich nicht eher mit Balzac die Furcht vor dem eigenen Ungestüm, mit Tolstoi vor dem Übermaß der eigenen Blutüberfüllung? Als Tao kurze Zeit später für drei Wochen ins Ausland flog, fühlte ich mich allein und wünschte, er wäre da.

Ehe ich mich versehen konnte, war er bei mir eingezogen, und damit beendete ich nicht nur mein Alleinsein, sondern ließ mich von der Realität überrennen. Zwar zog ich alle Register eines Menschen mit Beziehungsangst, provozierte und testete, wie weit ich gehen konnte, doch mein auf Distanz ausgelegtes Weltbild zerbrach: Ohne Grenze fiel das zuvor Gegenüberstehende in mich hinein und fusionierte mit mir. Die Diskrepanz ging verloren, und mein Gehirn war nicht mehr in der Lage, Informationen stimmig zu verarbeiten: Wieder einmal von einem Extrem ins andere. Ließen sich Extreme auf der einen Seite nur durch Extreme auf der anderen kompensieren?

Mein Inneres war zugleich zerrissen und wie eine stark befestigte Burg mit vielen Mauern umgeben. Versuchte jemand einzudringen, dann ergänzte ich den Wall und fühlte mich in meiner Stärke bestätigt. Doch was beschützte diese Burg? Innere Leere? Und aus den Luken schoss ich mit Kanonen auf Spatzen und sah den Balken im eigenen Auge nicht, dass meine Mauern mein emotionales Wachstum erschwerten oder verhinderten. So kritisierte ich Tao für Begebenheiten seiner Welt, mit der er im Einklang war und die ich selbst nicht nachempfinden konnte. Zeigte sich in dieser Kritik nicht vielmehr meine eigene Unvollkommenheit? Nach all dem, was ich ihm in jenen Wochen vor die Stirn schleuderte, war es ein Wunder, dass er mich nicht fallen ließ. Ein weiteres Indiz, dass gerade er und nicht ein anderer Mensch zu diesem Zeitpunkt in meinem Leben auftauchen sollte. Ein rebellischer Verstand versuchte sich im Dolchstoß und setzte alles daran, wieder allein zu sein und den Fokus von Herz und Seele abzulenken – wohl aus Angst, dass ich aufdeckte, was der wahre Grund meines und seines Verhaltens war: fehlende Selbstliebe. Hier lag der zentrale Machtkampf mit mir selbst. Verlor ich ihn, hätte der Verstand weiterhin die Oberhand, lernte ich Gefühle, würde ich ein vollständig neuer, glücklicher Mensch, mein Körper würde gesunden, und die alte Herrschaft wäre Geschichte.

Die Kriegserklärung meinem Verstand gegenüber war ausgesprochen, und ab diesem Zeitpunkt stand für mich fest, dass ich soweit wie möglich das Gegenteil von dem tun musste, was er sich wünschte, ich musste ihn dehnen und foltern, bis er in seinem persönlichen Waterloo kapitulieren würde. Wie ein Hase würde er durch die Buxtehuder Heide rennen, vom Igel verschmitzt mit „Ick bün al dor!" begrüßt, und schließlich bei der 74. Revanche erschöpft zusammenbrechen. Ein für allemal hieß es, den königlichen Höhenflug des Spatzen im Adlerkostüm zu beenden. Ich musste mit der Zerstörung dessen, was ich früher für meine Persönlichkeit hielt, fortschreiten. Ohnehin war das, womit ich mich früher fraglos identifiziert hatte, schon tot. Doch unterschätzte ich naiv die Stabilität meiner alten Sinnstrukturen. Dabei spürte ich, dass mein Geist keinem Kleingewehrfeuer erliegen würde, sondern dass hier schwerere Geschütze aufgefahren werden mussten, um den Granitbunker zu sprengen.

Meine strikte Ablehnung damals auf Taos Frage per SMS lag vor allem in mangelnder Selbstliebe und geringem Selbstwertgefühl begründet, das typisch ist für narzisstisch Verwundete, die sich in der Tiefe nicht annehmen können und Schwierigkeiten haben, sich mit sich selber identisch zu fühlen und der eigenen Identität habhaft zu werden. Dies Phänomen war das erste, wonach ich im Internet suchte – meine Intuition hatte mich zum Kern geführt: Wie sollte ich Liebe geben, wenn ich sie für mich selbst nicht spürte? Und wie sollte ich Liebe annehmen für eine Existenz, die ich nicht als liebenswert erachtete?

Was für ein seltsamer Mensch, so dachte ich, war Tao, der mir so viel Liebe schenkte, nicht mehr von meiner Seite wich, im Urlaub Postkarten schickte und mir riet, weder mich noch die Welt zu hassen! Ich müsse mich lieben und akzeptieren, so wie ich sei. Was gäbe ich dafür! Während in der Bibel die Rede davon ist, seinen Nächsten wie sich selbst zu lieben, wirft ein Blick auf die Gesellschaft und das niedrige Niveau an Nächstenliebe die Frage auf, wer sich denn selbst liebt. Das scheinen ja die wenigsten zu sein! Aber wie kann man dann anderen Liebe geben? Das Bibelgebot, diese Gleichung, klingt so leicht, aber sie geht sehr schwer auf. Leider war ich einer von denen, die dies beweisen. Nie hatte ich so sein wollen, wie ich bin, und habe stets etwas Neues zum Ablehnen gesucht. „Mein Herr", schreibt Goethe in *Wilhelm Meister*, „wie selten ist der Mensch mit dem Zustande zufrieden, in dem er sich befindet! Er wünscht sich immer den seines Nächsten, aus welchem sich dieser gleichfalls heraussehnt." Glück ist aber genau das Gegenteil, und um dorthin zu gelangen, bedurfte es einer Korrektur, wie folgende Sätze aus dem Film *Phoebe im Wunderland* darlegen: „Zu einem bestimmten Zeitpunkt in deinem Leben, wahrscheinlich, wenn zu viele Jahre schon dahin gezogen sind, wirst du deine Augen öffnen und sehen, wer du wirklich bist. Insbesondere in Bezug auf alles, was dich von den furchtbar Normalen unterschieden hat. Und dann wirst du zu dir sagen: Aber diese Person bin ich. Und in dieser Stellungnahme, dieser Korrektur, wird eine Art von Liebe mitschwingen."

Ein Mensch, der für sich keine Emotionen empfindet, ist zu allem fähig und schreckt auch nicht davor zurück, sich Schmerzen zuzufügen. Ist das Innen tot, dann ist der Körper nur die äußere wertlose Hülle. Der gehinderte Lebensfluss in mir staute sich nicht nur an, sondern drängte wie ein Bumerang mit Gewalt zurück und nahm die Richtung der Selbstzerstörung. Schon in jungen Jahren hatte ich keine gesunde Einstellung zu meinem Körper, und besonders die Veränderungen während der Pubertät brachten keine Genesung. Wackelten Zähne, so zog ich sie über dem Waschbecken mit der Eisenzange raus, wobei ich ärgerlich wurde, wenn ich ausrutschte und meine Zunge oder die Wangenhaut schmerzte oder blutete. Ich hatte ein so distanziertes Verhältnis zu meinem Körper, dass ich in einer ärztlichen Konsultation um operative Eingriffe bat. Doch dazu kam es nicht, war ich für den Mediziner schließlich äußerlich vollends gesund.

Mein niedriges Selbstwertgefühl drückte sich auch und vor allem in Essstörungen aus. Allein nach meiner ersten „Bestandsaufnahme" in Bhutan hatte ich innerhalb von vier Monaten fast 15 Kilogramm durch willensstarkes Ignorieren des Hungergefühls und Nahrungsrestriktion abgenommen. Meine Hosen musste ich vier Nummern kleiner kaufen, diese Größe trug ich zuletzt, als ich 15 war. Regelmäßig, wenn ich mit mir unzufrieden war, stellte ich die Nahrungszufuhr ein, wobei sich bei längerer Dauer Probleme der Verträglichkeit häuften. Am Ende reagierte mein Magen auf fast alles empfindlich. Oder wenn ich voller Antrieb mit einer Aufgabe beschäftigt war, wie in der Endphase des Schreibens meiner Dissertation, dann ernährte ich mich buchstäblich von Literatur: Buchstabensuppe, geistreich, doch kalorienarm. Der Kühlschrank war leer, der Magen schmerzte, und nur der beherzte „Lieferservice" einer Freundin brachte Abhilfe.

In einer späteren Phase war es erneut Hesse, der mich aus geistigem Alleinsein befreite. Auch er habe sich selbst Gewalt angetan, und im Siddhartha spricht er von einem sich in die Geistigkeit verkrochenen Ich, das dort saß und wuchs, während er es mit Fasten und Buße zu töten meinte. Schaffer-Suchomel schreibt in *Spuren unseres Menschseins in der Sprache*, Magersüchtige seien „Mögen-Süchtige". Der Magersüchtige wolle, dass man ihn liebt. Ein wesentliches Merkmal von Liebe sei Wachsen, Vermehren, also das Zunehmen, wobei die Magersucht die Umkehrung hiervon sei. Essen, so ergänzt Preiter, lege die Bedürftigkeit gegenüber dem Außen bloß. Ein weiterer Grund, es zu meiden. Es zeigt sich sehr deutlich, dass der Kopf hier den Leib töten wollte. Doch der Leib ist am Leben geblieben, indem er wie ein „Kaltblüter seine Temperatur gesenkt und seinen Lebensrhythmus reduziert hat" (Schellenbaum).

Dort, wo die Suche missglückt, hängt man in der Sucht. Und erneut ist der Zeitpunkt, an dem sie verstärkt auftrat, kein Zufall. Pure Selbstliebe hätte sich unter dem Regime des falschen Selbst gar nicht aufbauen können, denn die Seele ist intelligent und weiß, dass hier die Kopfliebe eines Diktators namens Verstand am Werk ist. Damit hätte man mich unter ganz falschen Vorzeichen geliebt, was keine glückliche Ausgangslage für eine Beziehung darstellen konnte. Und die Seele muss dies gespürt haben, sonst hätte ich Avancen nicht abgelehnt. Resistent. Immun. Doch interessanterweise gab es auch immer wieder Lichtblicke, in denen ich mich verliebt hatte und das harte Herz weich wurde. Auch wenn dies höchst selten vorkam und mir der Mut für offenbarende Folgeschritte fehlte. Heute frage ich mich, ob diese Gefühle echt oder Einbildung waren und nicht im Entmystifizieren des anderen das größte Interesse lag. Während der Tanzstundenzeit stellte ich sogar ein Foto auf dem Schreibtisch auf und erfreute mich daran, wenn ich Hausaufgaben machte. Nur: Das abgelichtete Mädchen wusste davon nichts. Typisch für eine Fünf im Enneagramm, die eine starke geistige Verbindung aufbauen kann, ohne dass die betroffene Partei weiß, wie zentral sie im Innenleben der Fünf ist. Und so ging es reihenweise. Manche innerlich gefühlte Beziehung – intellektualisiert und abstrakt, aber dadurch nicht weniger real –

dauerte über Jahre, doch obschon in der Realität nichts ersichtlich war, hatten „Trennungen" oder wenn diese mentalen Partnerinnen mit anderen Jungen etwas anfingen, physische Auswirkungen. Gleiches galt, wenn ich eine geistige Abtreibung vornahm und die Luft aus dem mentalen Ballon abließ. Es ist Schicksal, dass die meisten heute glücklich verheiratet sind. Woher sollten sie damals wissen, was in meinem Kopf vorging? Und was war echt? Ein Verstand kann so gut wie alles denken und Theorien aufbauen, er ist emotionslos naiv und billig, was zu irrwitzigen Situationen führen kann. Wie als ich einem Freund eine Packung Schokolade mit Rosenmuster schenkte, als er krank war. Ich hatte die Packung selbst geschenkt bekommen und gab sie ohne Gedanken weiter – bestes Beispiel dafür, wie die Intention beim Sender und die Rezeption beim Empfänger grundverschieden sein können. Gott machte Witze mit mir, denn dieser Freund war Tao, der geschickt worden war, mein Leben aus den Angeln zu heben. Dass das Schicksal den Unbedachten gern einen Streich spielt, hatte ich prägend zur Zeit der ersten Schmetterlinge im Bauch erfahren: Beim öffentlichen Vorlesen des in Lettern gesetzten Flatterns durch den Lehrer und dem anschließenden gemeinsamen Rausschmiss aus dem Unterricht.

Irgendwann wurde ich hart und herzlos gegen mich und auch gegenüber den Menschen, die mehr als Bekanntschaft erhofften. Ich war kalt, emotionslos, tot, Gefühle wurden durch den Kopf gesteuert. Ich lehnte mich ab – alles oder nur Teile? Nicht lieben zu können war am Ende identisch mit nicht zu sein. Im Rückspiegel sehe ich manch eine schmerzende Erinnerung, doch der Fuß auf dem Gaspedal war aus Blei. Ich hatte mich soweit von Emotionen entfernt, dass ich selbst eine liebe Freundin nicht umarmen konnte, als sie einmal in Tränen ausbrach. Dabei war und ist sie ein so bedeutender Mensch für mich. Heute fühle ich mich abscheulich, wenn ich daran zurückdenke, dass ich mich in dem ABBA-Lied *The Name of the Game* wiederfand: „I was an impossible case, no one ever could reach me." Später fand ich viele Gespräche im Rahmen von Rendezvous sehr langweilig und stellte mir vor, was ich in der Zwischenzeit alles hätte machen können.

Im Grunde ist es gefährlich, wenn Emotionen intellektualisiert werden. Es erstickt aufkeimendes Leben im Kern. Osho formulierte es in seinem Aufsatz „Weißt Du wirklich, was Liebe ist?" noch drastischer: Die Liebe, die aus dem Ego kommt, sei absolut unecht und gefährlicher als der Hass. Denn der Hass sei unmissverständlich, unmittelbar und unkompliziert, aber Liebe, die mit einer Maske auftrete, sei schwer zu erkennen. Nicht meine Gefühle, sondern der Verstand musste dann überlegen, was andere in dieser oder jener Situation machten. Zwangsweise erfolgte der Blick nach außen, und jeder weitere Schritt war Kopie. Doch gute soziale Anpassung von frühester Kindheit an und die Herausforderung, sich selbst nicht fühlen zu müssen, sind keine Wahl, sondern eine Überlebensstrategie, um mit dem Selbstverlust fertig zu werden (Asper).

Gleichzeitig ahnte ich, dass Menschen mit emotionalem Richtungsweiser klar im Vorteil waren. Doch wenn dieser überlagert wird, dann fehlt eine wichtige Orientierungshilfe. Wie konnte ich Herz und Verstand voneinander unterscheiden? Mir fehlte der Zugang zu meinen wahren Gefühlen, die Fähigkeit, mit Irrationalität umzugehen, und der Mut, mich nichtsdestotrotz damit auseinanderzusetzen. Dies ist sprachlich gesehen vielleicht wenig verwunderlich, steckt doch im Wort Courage das französische *cœur*, Herz. Ich befürchtete Enge durch eine Entscheidung, zu sehr sah ich nur das Ergebnis, doch nicht den Prozess. Ich konnte Liebe – egal aus welcher Quelle sie strömte – nicht annehmen. Doch gleichzeitig stieg die Angst vor Menschen, die mich genauso behandeln würden wie ich sie. Mein Verstand hat viele verletzt, auch mich selbst. Heute lasse ich ihn bewusst leiden, und das kann ich mit Gewissheit sagen: Er leidet! War die gewählte Methodik richtig, um zu lernen, meine Kuhhaut zu lieben? Mehr und mehr weiß ich, wer ich bin, und das macht es einfacher zu wissen, was zu mir passt. Das war vorab niemals möglich.

Ich hielt mir Menschen auf Distanz, dies drückte sich auch in meiner Sprache aus. Mathematisch könnte man es mit x-1 benennen: Für Menschen, die mich umgaben, verwendete ich nie den Ausdruck „Freund“ oder „Freundin“, immer sprach ich von „Bekannten“. Waren andere in einer Partnerschaft, hieß es bei mir Freundschaft oder Zusammenleben. Während andere den Ausdruck Liebe benutzten, konnte ich es lediglich auf den Terminus Gefühle bringen – oder, noch geringer: Da war „etwas“. Und um mich selbst über diesen Mangel hinwegzutäuschen, leitete ich meine Gedanken nicht selten mit einem „wir“ anstatt eines „ich“ ein.

Meine Leidenschaft beschwerte sich beim Verstand, dass ich nicht tief liebte, mein Körper hielt ihm mein negatives Körpergefühl vor, mein Bewusstsein das geringe Selbstvertrauen und die niedrige Wertschätzung der eigenen Fähigkeiten. Was konnte ich schon? Welch geringen Bruchteil an Wissen konnte ich mein Eigen nennen? Wie wenig förderwürdig war ich, um mich für ein Stipendium zu qualifizieren? Wie oberflächlich war die Welt, sich in den Himmel zu loben, wo ich mich selbst über mein Diplom oder meine Doktorarbeit mit Höchstnote nicht freute und mir für Letztere die Urkunde zuschicken ließ, anstatt an der feierlichen Verleihung teilzunehmen. Ein Hoch auf Jungs Tirade über „die Menschen in ihren lächerlichen

Kleidern, in ihrer Gemeinheit, Dummheit, Eitelkeit, Lügenhaftigkeit und ihrer abscheulichen Eigenliebe"! Die nachfolgenden Generationen werden, selbst wenn die Mauer in den Köpfen ewig stehen wird, zurückblicken und unseren Entwicklungsstand bemitleiden – was machte ich mir Hoffnungen? Wie selbstgerecht und limitiert sind Erwachsene, wenn sie meinen, vor Kindern die sprachliche Finesse zwischen Größe und Länge zum Besten geben zu müssen! In solch einer selbstherrlichen Gesellschaft leben wir, die Bildung im Grunde nicht fördert; aus Angst, jemand könne am Ende über mehr Wissen und Fähigkeiten verfügen und damit zum gefährlichen Rivalen werden – eine Entwicklung, die es möglichst früh zu unterdrücken gilt. Abgesehen von dem Fall, in dem fremde Förderung gewährt wird, wenn sie der eigenen Eitelkeit von Nutzen ist. Erst am Tagesende finden wir – nach dem altbekannten Abendlied – zurück zur Demut und gestehen, dass wir stolzen Menschenkinder eitel arme Sünder sind und gar nicht viel wissen, Luftgespinste spinnen, viele Künste suchen und weiter vom Ziel abkommen. Mit dem ständigen Bestreben nach Mittelmaß, nicht abzuheben und auf dem Teppich zu bleiben, stehlen wir der Zukunft die heute lebenden Kleists, Goethes oder Nietzsches. Wie schizophren ist es dann, dass Erwachsene – aus dem Gröbsten raus – nur zu oft Frank Sinatra hochhalten und fern jeder Contenance und mit Schaueinlagen geflankt beim Karaoke ein *I did it my way* zum Besten geben. Eine späte Freiheit, die man Kindern zuvor aberziehen muss, damit sie in dieser Gesellschaft lebensfähig sind? Edgar Allan Poe fragte bereits Anfang des 19. Jahrhunderts, warum man die Flügel der Adler beschneiden müsse, nur weil die Schildkröte einen sicheren Gang habe. Und die Antwort lautet noch heute, dass der Schwächere, statt am Stärkeren zu wachsen, (un-)bewusst versucht, den Stärkeren auf sein Maß zurückzustutzen. Schließlich wird seine Überlegenheit als Gefahr wahrgenommen. Als Erwachsene sehnen wir uns dann zurück in die „guten alten Zeiten" und singen mit Mary Hopkin *Those were the days*: „Oh my friend we're older but no wiser, for in our hearts the dreams are still the same. Those were the days, my friend, we thought they'd never end." Und ist es nicht die gleiche Altersgruppe, die Konzerte von Udo Jürgens stürmt und sich von Liedern wie *Ich war noch niemals in New York* angesprochen fühlt? Sich aus der Enge und Spießigkeit befreien, noch einmal voller Träume, noch einmal verrückt sein, aus allen Zwängen fliehen, einfach gehen für alle Zeit und als Krönung in zerrissenen Jeans die Bürgersteige von San Francisco bevölkern!

Antiproportional zur Selbstliebe verhielt es sich mit meiner Sehnsucht. Sie träumte von Schutz und einer anderen Welt wie in dem Buch *Der geheime Garten* von Frances H. Burnett. Wann dürfte ich noch einmal diese

Verliebtheit, dieses Fallenlassen und Wohlgefühl spüren wie früher? Wie krank war ich, dass ich nicht mehr nach Hause gehen wollte, weil ich dort genau mit diesem Thema konfrontiert wurde! Die Wurzeln des Problems steckten tief in mir. So hatte ich etwa Mitte der Grundschulzeit meiner Mutter einen Briefumschlag aufs Bett gelegt, darin ein Zettel mit der Frage, ob sie mich noch liebe. Ich erinnere mich genau, wie traurig ich war, als ich den Flur entlang lief. Sollte ich den Zettel wieder zurücknehmen, sollte ich ihn liegen lassen? Vielleicht war es eine drastische Maßnahme, doch sie zeugt schon früh davon, dass es ein gesundes Mittelmaß für mich nicht gab. Auf der heutigen Suche definiere ich vom Minimum kommend: Liebe muss mehr sein als die Angst vor Alleinsein, und Selbstliebe muss mehr sein als die Abwesenheit der Selbstablehnung. War Liebe denn überhaupt deduktiv ableitbar? Ich brauchte kein „Ich liebe dich" hören, wie komplett wäre die Welt mit einem „Ich liebe mich"! War ein „Ich liebe dich" am Ende überhaupt eine Liebesbekundung und nicht vielmehr ein Bitten um Liebe? Anstatt in uns nach Liebe zu suchen, begeben wir uns außerhalb auf die Suche. Auf Facebook versuchte ich später, in der Rubrik „in Beziehung mit ..." mich selbst anzuklicken, doch dies war technisch nicht möglich. In meiner Klage über das Leben erhielt ich Fürsprache von Freunden, dass nichts ausweglos sei, und sie rieten, dass ich Liebe annehmen solle, auch wenn ich sie für mich nicht spürte. Und darüber hinaus solle ich die Balance nicht vergessen – doch das Moderate war bislang nun wirklich nicht meins gewesen.

Inmitten dieses ntwicklungsstadiums teilte mir meine Mutter mit, welchen Typ von Partnerin sie für mich passend fände und dass es schade sei, dass ich noch nicht bereit für eine feste Beziehung sei. Es war ein von Herzen gut gemeinter Wunsch, doch angesichts meiner inneren Konstitution traf er mein Herz wie ein Dolch.

Wundersame Vorahnungen

Die Fremdheit, die mich so lange von der Welt getrennt hatte, war mir auf einmal bewusst. Wer war ich? Und wie sollte ich mich selbst finden, wenn mir jeglicher Anhaltspunkt fehlte? Hinzu kam, dass mir der Identitätsverlust und meine Unsicherheit höchst unangenehm waren. Um schnellstmöglich wieder zu einem Bild zu kommen, begann ich bei Freunden nachzufragen: Was wussten sie von mir, und wie nahmen sie mich wahr? Wie bei einem Mosaik sammelte ich mühsam Steinchen für Steinchen, die Gespräche kosteten mich jedes Mal viel Kraft. Und meine Fragen mussten zwangsweise zu

Irritationen führen – z. B. als ich mich bei einem Freund nach meiner Sexualität erkundigte. Seine Antwort verstärkte indes das Fragezeichen in meinem Herzen. Unsicherheit, gepaart mit dem Schmerz, den die offen geäußerten Wünsche meiner Mutter ausgelöst hatten, drängte mich in die Offensive. So öffnete ich mich ihr gegenüber und schilderte meinen seelischen Zustand. Ich holte sie mit an Bord, was es emotional nicht einfacher machte. Mit Verblüffung fand ich auch hier eine Parallele bei Jung; ein erneuter Anhaltspunkt, wie sagenhaft vorgeplant meine Durchgangszustände waren: Er schreibt, ein Erwachsener, dem zu viele Illusionen zerstoben seien, werde sich wohl nur gezwungenerweise zur inneren Erniedrigung und Preisgebung bequemen und die Ängste des Kindes nochmals über sich ergehen lassen. Es sei keine kleine Sache, zwischen einer Tagwelt von erschütterten Idealen und unglaubhaft gewordenen Werten und einer Nachtwelt von anscheinend sinnloser Fantastik zu stehen. Das Unheimliche dieses Standpunktes sei tatsächlich so groß, dass es wohl niemanden gebe, der nicht nach einer Sicherheit greifen würde, selbst wenn es ein „Griff rückwärts" wäre – zum Beispiel zur Mutter. Was für ein unbeschreiblicher, bis zur Atemlosigkeit beklemmender und bedrückender Moment im Leben eines Kindes, in dem man fühlt, dass er die friedlichen Wünsche und Hoffnungen der Eltern zerbrechen und eine neue Zeitrechnung einleiten wird. Und tatsächlich: Es kostete mich viel Überwindung, mit meiner Mutter zu reden. Während des Gesprächs ließ ich dann die Intuition sprechen, die in entscheidenden Momenten Wahrhaftiges aus dem tiefsten Inneren hervorbringt. Ich sagte, es könne sein, dass ich eines Jahres mit einer Begleiterin oder einem Begleiter zum Weihnachtsfest komme.

Nach meiner Krankheit verstand ich das Leben endlich als Prozess, und ich fürchtete, dass erneutes Ignorieren zu wiederholter und noch gewaltsamerer Krankheit führen könnte. Und dieses neue Gefühl fühlte sich wie ein gewaltiger Fluss an, der es mir unmöglich machte, etwas auf den Punkt zu bringen. Denn ein Punkt war ein Ergebnis, einengend, und ein solches widersprach meiner neuen Auffassung vom Leben. In diesem Fall gab es eigentlich nichts zu erzählen, weil sich alles stets verändern kann – eine universale und lebenslange Dynamik, welche sich lediglich mit Entscheidungen des Verstandes einschränken, in Wege leiten und beeinflussen lässt. Wozu aber? Über Tätigkeiten lässt sich in dieser Dynamik einiges erzählen, und da konnte ich reich und ständig berichten, aber bereits die einfache Frage „Wie geht es dir?" war in ihrer Ganzheit kaum zu beantworten, zumal sie von den meisten Menschen nicht ehrlich gemeint war, da jeder im Grunde mit sich selbst beschäftigt ist. Ein „Wie geht es dir?" setzt der Gegenwart die Pistole auf die Brust. Vielleicht könnte ein „Was geht in dir vor?" mehr Auskünfte herauslocken. Wer war ich also? „Bin" ist ein Ergebnis, „Sein" ein Prozess. Ich stand vor der unfassbaren Vielfalt und Tiefe des Lebens. Wie in einem Supermarkt stand ich vor einem Regal mit unendlich vielen Produkten und sollte mich einschränken? Das war fatal. Ich konnte es mir weder vorstellen, noch hielt ich es für umsetzbar. Wer verlangte, dass ich ein einschränkendes Statement abgebe, der hatte das Leben nicht verstanden. Auf der Suche kommen viele Gedanken, einige davon bleiben, andere werden später ausgeschlossen – ein ewig fließendes Aussortieren und Profilschärfen. Und wo ginge dies besser als in der Opposition? Nur in einem war es mein Bestreben, eine Heimat zu finden: Ein statisches „Ich bin ich" und ein dynamisches „In mir fließt Sein". Diese Nullposition ist die Schublade, in die ich mit meinem Wesen hineinpasse. Doch jetzt, wer bin ich jetzt? Ich weiß es nicht. Ich bin unterwegs. Was bringt es, immer wieder schwere „Ich bin"-Steine in den Lebensfluss zu werfen? Sie gehen sofort unter. Ist es nicht lohnenswerter – ja im Grunde alternativlos –, mit einem Boot auf ihm zu navigieren und in der Bewegung das Sein zu erfahren?

Meine Mutter reagierte im ersten Moment sensationell offen, aber wir wussten zu diesem Zeitpunkt beide nicht, was meine Worte noch für Auswirkungen haben sollten. Ich spürte, dass sie besorgt und betrübt war, verängstigt und verlegen um Antworten, nach denen ich wie ein bodenloses Fass Verlangen hatte. Ich hörte dies in jedem freudigen Lachen, das mich von nun an bedrücken sollte und meinem inneren Riss weitere Tiefe zufügte. Zu diesem Zeitpunkt verbannte ich sämtliche Familienfotos aus meiner Wohnung und stellte eines auf, wo ich als Kleinkind zu sehen bin. Hierauf erkannte ich mich wieder, im Gegensatz zu der Person auf den Familienbildern. Später verstand ich, wie natürlich die mütterliche Reaktion war. Auch sie hatte mich in all den Jahren nur mit meinem angepassten Selbst kennengelernt. Ich hingegen fühlte mich wie in einem offenen Zeitfenster und gab das Tempo vor. Nie zuvor hatte ich mein inhaltsschweres Inneres geteilt.

Ende Mai schrieb ich einen seitenlangen Brief, in dem ich unser Telefonat und vorsichtig herantastend mein bisheriges Leben reflektierte. Allerdings hoffte ich – beziehungsweise mein falsches Selbst –, dass sich das Zeitfenster bald wieder schließen würde, da es ermüdend sei und ohne möglichen Abschluss: „Eine Suche, die in der Daseinsform des menschlichen Seins nicht abgeschlossen werden kann, vielleicht." Wie konnte ich darüber hinaus etwas schriftlich machen, und dann auch noch zu diesem Thema! „Das bin eigentlich absolut nicht ich, aber in dieser Phase wohl gerade doch." Kein Schritt konnte mehr ungeschehen gemacht werden. Dieser erste Aderlass glich einer Bestandsaufnahme, einem Exposé, in dem wie von einem Orakel bereits diejenigen Themen wundersam skizziert wurden, die im Laufe der weiteren Monate während meines Rettungseinsatzes auf mich in ihrer Tiefe warten sollten.

Veteran der Kindheit

Wende ich den Blick zurück in meine Kindheit und Schulzeit, sehe ich mich unendlich intensiven und komplexen Erinnerungen gegenüber, die fast bis zur Geburt zurückreichen. Mit zunehmenden Erkenntnissen über mein wahres Selbst musste ich im Geiste nochmals den ganzen Weg meines Lebens gehen, um neue Antworten zu finden und Bürger Walters Geheimnis der Rosenknospe zu entschlüsseln.

Meine frühen Jahre lassen sich am besten mit einem Zitat aus Jungs *Erinnerungen, Träume, Gedanken* zusammenfassen, als „ungetrübte, harmloseste Kindheit mit schwerer Ahnung reifsten Menschenlebens". So zerbrach ich mir schon früh den Kopf mit unzähligen Fragen, grub etwa während der Kindergartenzeit im Garten ein Loch, um zu sehen, wo ich herauskommen würde. Ich malte es mir ganz spannend aus, am anderen Ende der Erde aufzutauchen und mich umzuschauen, doch leider setzte der hohe Grundwasserspiegel meiner Vision ein schnelles Ende. Ebenso war ich davon fasziniert, mir vorzustellen, was alle Menschen auf der Welt in ein und derselben fiktiv ausgewählten Sekunde dachten oder taten. Diese „Weltsekunde" war ein fast überfordernder Gedanke: Wie viele Verben benötigte ich allein, um auszudrücken, was ich sah! Ich hielt mich mit Vorliebe in meiner Fantasie auf, und so wie ich unseren Garten auf dem Weg in die Antarktis umpflügte, machte ich mein Leben lang gern Expeditionen, sei es, als ich mit knapp einem Jahr am Strand in Holland spazieren ging und meine Eltern mich suchen mussten oder als Vierjähriger meine ältere Schwester von einem Kindergeburtstag abholte. Ich erinnere mich an diese zwei Kilometer Marschstrecke und die Reaktionen, als wäre es gestern gewesen. Meiner Mutter hat es die Sprache verschlagen, als sie mich dort antraf.

Besonders beeindruckte mich, was wir im Schwimmunterricht lernten, vor allem die Regeln zum Verhalten bei Sog. Das Bild des widerstandslosen Treibens unter Wasser, der Erstickung nah, ergriff mich zutiefst. Seitdem unwandelbar, nehme ich das feuchte Nass als gefährliches Element wahr und verweigere sämtliche Unterwassersportarten. Mehrfach fiel ich durch die Seepferdchen-Prüfung, weil ich anstatt korrekte Antworten zu geben eine Diskussion anstrebte – ein Verhalten, das mir auch später immer wieder Probleme bereiten sollte und meine Eltern regelmäßig in die Verzweiflung trieb, denn sie waren sich sicher, dass ich die Antworten durchaus wusste, aber mich dazu hinreißen ließ, mit den Prüfern zu streiten. Immer wieder habe ich Sachverhalte hinterfragt und wollte Genaueres wissen. Ein einfaches „Das ist so" ließ ich als Antwort nicht gelten. Irgendwann in der Schullaufbahn lernte ich mich anzupassen, verlor aber den Spaß und lernte vieles lustlos, später beispielsweise durch repetitive Computerabfrage.

Andererseits überschritt ich oft auch die vorgegebenen Grenzen dessen, was ein Kind meines Alters können durfte. Während meine Mutter meiner Schwester mühselig das Fahrradfahren beizubringen versuchte, sollte ich mich mit einem langweiligen Roller abgeben. Das passte mir gar nicht und ich nervte sie, wie einfach Radfahren sei und dass ich es sicher gleich könne. Irgendwann ließ meine Mutter es darauf ankommen, ich setzte mich auf das Rad – und fuhr nach wenigen Metern selbstständig los. Es ist nicht schwer zu erraten, wie sich meine Schwester in diesem Moment fühlte ...

Meine Zeit im Kindergarten war geprägt durch Langeweile. Anstatt mit gleichaltrigen Kindern zu spielen, unterhielt ich mich lieber mit der Reinigungskraft, was für mich viel interessanter war als etwa der Stuhlkreis oder verkehrserzieherisches Puppentheater der Polizei. Immerhin bestand der tägliche Kick darin, die ausgeteilte Zymafluor-Tablette für die Zähne mit einer Hand-zu-Mund-Bewegung geschickt in der Gesäßtasche verschwinden zu lassen. Im Freien sah man mich mehr in den hohen Baumwipfeln tollen als auf dem Boden. Irgendwann wurde der unterste Ast abgesägt, das aber stellte mehr Herausforderung als ein Hindernis dar, was natürlich zu Ärger und einem Stelldichein im Büro der Leiterin führte. Einmal sollte ich zur Strafe allein in einem Sandkasten spielen, doch ich genoss es: Im Sand sitzend, verschwand ich in meine innere bunte Welt, wo ich jäh wieder herausgerissen wurde, als meine „Strafe" vorbei war und ich wieder mit den anderen spielen sollte. Beharrlich weigerte ich mich, den Sandkasten zu verlassen ...

Gegenüber den anderen Kindern trat ich oft sehr altklug auf, was das Finden von Freunden erschwerte. Als etwa auf einem Ausflug jedes Kind eine Sonnenbrille in bunten Farben geschenkt bekam, weigerte ich mich, sie zu tragen. Schließlich sei der UV-Schutz bei solcherart günstigen Brillen fraglich, die Augen könnten geschädigt werden. Ähnlich trat ich in der Frühstücksrunde oder bei Kindergeburtstagen auf, wenn es Nutella oder frittierte Pommes gab und ich meinte, den Ernährungsapostel spielen zu müssen. Zum Teil wurde ich im Folgejahr nicht mehr eingeladen. Irgendwann kam ein Auszubildender in die Kindergartengruppe, was meine Rettung bedeutete.

Nicht nur, dass ich individuelle Förderung erhielt, einzig von ihm fühlte ich mich in meinen Bedürfnissen verstanden und bestärkt.

Um die Eignung für den Wechsel auf die Grundschule zu prüfen, mussten alle Schüler einen kleinen Test bestehen. Beispielsweise sollte ich aus verschiedenen Holzklötzchen eine Tanne legen. So simpel? Dies musste doch wohl ein Scherz sein, und meine Gedanken kreisten darum, wie ich mit der geringen Auswahl an Klötzchen einen Laubblütler auf dem Tisch andeuten konnte. Meine Mutter spannte etwas an, und der Rektor fragte mich, ob ich denn nicht wisse, wie eine Tanne aussieht, und legte sie mir vor. Ich aber antwortete ihm, seine Tanne würde mir nicht gefallen, und mein Baum sei schöner. Rilkes Urteil, dass die Schule ein systematischer Kampf gegen die Persönlichkeit sei, schien sich bereits hier zu bestätigen. Wenige Monate später stand ich mit einer tannenförmigen Tüte auf dem Schulhof.

Vorgegebene Antworten in einem Test waren für mich oft eine Katastrophe. Der Druck äußerte sich nicht selten in Tränen und verschwommenen Augen. Was war richtig? Was wir im Unterricht gelernt hatten oder die eigene Erfahrung und Überzeugung? In einem Test sollten wir ankreuzen, wie man Zahnpasta „korrekt" auf der Zahnbürste appliziert. Ein Streifen längs der Borsten war die gewünschte Antwort, das wusste ich, doch zugleich kannte ich die Anwendungshinweise für die Salzzahnpasta Ajona von Dr. Liebe: „Eine linsengroße Menge genügt". Was nun? Wahrscheinlich waren es Protest und ein tiefes Unabhängigkeitsgefühl, dass ich die Abbildung ankreuzte, die zur Ajona passte. Ähnlich war es in einem Test zum Thema Backen. Wir hatten zuvor eine Bäckerei besucht und sollten nun beantworten, wie Hörnchen hergestellt werden. Wirklich immer mit der Hand – auf der ganzen Welt? Doch die Antwort „Hörnchenwickelmaschine", welche ich ankreuzte, war falsch, obwohl die in jedem Supermarkt in Frankreich tagtäglich zehntausende Hörnchen automatisch backt. Wer war jetzt der Dumme? Der Lehrer, der Test oder ich, indem ich mir treu blieb?

Vor allem in Aufsätzen erfüllte ich oft nicht die einfachste Aufgabenstellung, wie zum Beispiel, fünf Adjektive zu integrieren. Stattdessen tauchte ich beim Schreiben in meine eigene Welt ab. Neben der Arbeit standen dann Kommentare wie, dieser Teil sei zwar spannend erzählt, erfülle aber nicht die Anforderung. Viele Jahre später schrieb ein Lehrer neben einen mehrseitigen Aufsatz „KAUDERWELSCH!!!" In Großbuchstaben und mit mehreren Ausrufezeichen.

War ich im Sportunterricht aufgerufen, Mannschaften auszuwählen, suchte ich gerade die von anderen am wenigsten favorisierten Mitschüler, die Dicken, Kleinen oder Unbeliebten aus und kassierte Auslachen und siegesgeile Blicke der Gegner. Natürlich ist es ein Talent, eine Siegermannschaft zusammenzustellen, doch spaltet dies gleichermaßen. Außerdem war solch ein Außenseiterteam durch seinen großen Zusammenhalt und das intuitive Wissen um gegenseitige Schwächen und Stärken oftmals für eine Überraschung gut. Tief in mir habe ich vielleicht gespürt, auch zu diesen „Ausgestoßenen" zu gehören. Bei den Bundesjugendspielen, alljährlich ein Graus, korrumpierte ich das Ideal, indem ich beim 800-Meter-Lauf absichtlich ganz hinten lief, um die Langsamen zu motivieren, denn mein Ziel war, dass jeder mit ins Ziel kam. Mein Verhalten traf auf wenig Verständnis ... Auch C. G. Jung schrieb in seiner Autobiografie, ihm seien alle Wettbewerbe verhasst gewesen, und wenn einer aus Spiel Konkurrenz gemacht habe, so hätte er dem Spiel den Rücken gekehrt. Spielte ich Tischtennis und jemand begann zu zählen, legte ich den Schläger weg.

Schwimmen verabscheute ich, auch aufgrund einer Aversion gegen Nacktheit von frühester Kindheit an. Die Ablehnung verstärkte sich, wenn ich im Urlaub zu einem FKK-Strand musste, oder wenn ein Saunanachmittag anstand. Und Gemeinschaftsduschen waren mit ein Grund, warum ich bereits nach dem ersten Probespiel meine Idee verwarf, Mitglied eines Fußballteams zu werden. Dieses intensive und frühe Schamgefühl, das sich anhand weiterer Beispiele ausschmücken ließe, schränkte mein Leben auf unangenehme Weise ein.

Dankbar war ich für jede Form der Ablenkung und Herausforderung. Am Ende der Grundschulzeit kamen zahlreiche Russlanddeutsche in unsere Stadt, sie lebten in engen Unterkünften in einigen unserer Klassenräume. Einer von ihnen kam in unsere Klasse, obgleich er der deutschen Sprache gar nicht mächtig war. Wir spielten oft zusammen, und ich half ihm bei den Hausaufgaben. Ich hatte großes Interesse an der kyrillischen Schrift, die er mir beibrachte, später besuchte ich an der Universität Russischkurse.

Während für mich als Drittklässler noch feststand, später nicht auf ein Gymnasium zu gehen, um nicht so viel arbeiten zu müssen wie meine Schwester, entschied ich mich in der vierten Klasse um, steigerte meine Noten und schloss zu den Klassenführenden auf. Im abschließenden Gutachten stand folglich: „Phillip stellt an sich sehr hohe Leistungsanforderungen und setzt sich damit zeitweilig unter Erfolgszwang". Im Laufe der Zeit hätte ich jedoch eine recht stabile Lernfähigkeit entwickelt, und so wurde ich auf das städtische Gymnasium eingeschult. In den kommenden Jahren sollte sich nun stärker ausprägen, was sich im Kindergarten und der Grundschule bereits zeigte, allem voran das Eintreten für meine Überzeugungen. Die meisten Lehrer reagierten darauf unwirsch, etwa wenn sie mir sagten, meine Frage passe nicht in den einen oder anderen Zusammenhang, und gewisse Dinge hätten nichts miteinander zu tun. Das mochte für sie so stimmen, aber nicht für mich, was zu peinlichen Situationen vor der Klasse führte. Mit Vorliebe vertrat ich Meinungen, die gar nicht den meinen entsprachen, um Themen kontrovers zu diskutieren und von verschiedenen Seiten zu beleuchten. Zu meiner Überraschung wurden diese von den Gesprächspartnern oftmals als meine eigenen ausgelegt, und ich steckte dafür Schelte ein. Spitze Thesen führe ich heute auf mein komplexes Inneres zurück, das – da es die Weltformel nun mal nicht ausdrücken kann – ab und an wortwörtliche Geistesblitze ausschicken musste, um nicht im goldenen Schweigen zu verstummen. Vor allem im Fach Deutsch trug ich Fünfen nach Hause. Meine Assoziationen und Ideen wichen zu oft von der Thematik ab, und erzählte ich zu Hause euphorisch, was ich geschrieben hatte, schlugen meine Eltern häufig die Hände über dem Kopf zusammen und sagten die Note – leider richtig – vorher. Erst im Laufe des 13. Schuljahres erhielt ich in verschiedenen Fächern die Höchstpunktzahl. Zitierte aber in den Jahren davor ein Lehrer bei der Rückgabe einer Arbeit seiner Meinung nach „ver-rückte" Inhalte, hielt er dabei oft mein Heft in der Hand. Auch meine Buchinteressen wichen von denen der meisten Klassenkameraden ab, so kam viel Gelächter auf, als ich in der siebten Klasse das Buch *Herbstmilch* von Anna Wimschneider vorstellte. Fremdsprachen lagen mir mehr, von vornherein nahm ich diese Kurse nicht als Sprachunterricht wahr, mit dem Ergebnis, dass ich hier bessere Noten erzielte als in Deutsch.

Insgesamt entwickelte ich ein ambivalentes Verhältnis zu Lehrern. Während mich einige durch Referate förderten und mein Verhalten eher als Spiel ansahen, fiel ich in anderen Unterrichten negativ auf, hier wurde ich als „impertinent" stigmatisiert. Derartige Anschuldigungen waren schnell vergessen, wenn an anderer Stelle meine Fähigkeiten wieder benötigt wurden. Daneben gab es immer wieder Momente der Unterforderung, etwa als wir im Biologieunterricht zu einer im Wald gelegenen Bildungsstätte fuhren, wo wir Eicheln verstecken und später wiederfinden sollten, um nachzuempfinden, welch große Leistung Eichhörnchen jeden Winter vollbringen.

Quer durch meine Schulzeit fühlte ich mich wie in einem Kampf mit meinem Inneren, das in seiner Unberechenbarkeit und Selbstständigkeit das Potenzial besaß, meinen Körper in einer mir unangenehmen Weise zu betätigen. Im Kinofilm *Phoebe im Wunderland* kämpft die junge, am Gilles-de-la-Tourette-Syndrom leidende Hauptdarstellerin dagegen an, dass sie manchmal entgegen ihrem Willen spuckt. Ich kann nachvollziehen, was in ihr vorging – oftmals reagierte auch ich über die Maßen, etwas ging dann mit mir durch, wogegen ich machtlos war: Etwa als ich in der Grundschule einem älteren Mitschüler ein Knäckebrot im Gesicht verschmierte. Was nach außen als Affekt aussah, war weit mehr, denn innerlich lief ein Datenprozessor auf Hochtouren.

An der Universität hatte ich endlich die Freiheit, Lerninhalte und Lerntempo meinen Bedürfnissen anzupassen. So machte ich im ersten Semester die Scheine für das zweite gleich mit. Und wie für Hesses Protagonisten Josef Knecht im *Glasperlenspiel* war dieser „Frühling der Studienfreiheit" eine Zeit „intensiven Glückes, ja beinahe Rausches". Doch als sich die Kommilitonen untereinander erzählten, wie viele Scheine sie geschafft hatten, hielt ich mich im Hintergrund. Immer hatte ich das Gefühl, dass es besser war, meine Leistung zu verheimlichen. Den Begriff „Überflieger" ließ ich nicht gelten, schließlich ist es sprichwörtlich, dass Hochmut vor dem Fall kommt. Auch empfand ich meine Leistung als gar nichts Besonderes, es war lediglich das Ergebnis einer optimalen Kombination der angebotenen Vorlesungen. Bei erstaunten Rückfragen führte ich als Argument an – woran ich im Übrigen selbst glaubte –, dass durch die Unterforderung während der Wehrdienstzeit viel Speicherplatz frei geworden sei, um Wissen im Eilverfahren aufzusaugen. Oder ich antwortete gar nicht und wechselte das Thema. Manche Klausuren kamen mir erstaunlich leicht vor, in fortgeschrittener Volkswirtschaftslehre hatte ich einmal nach der Hälfte der Zeit alle Aufgaben gelöst, was mich so irritierte, dass ich den Professor zu mir bat und ihn fragte, ob er einen Zettel in meinen Unterlagen vergessen habe. Doch er schaute nur lächelnd über mein Skript und meinte, ich könne abgeben.

Fremde Studenten siezte ich konsequent, was vielen „merk-würdig" vorkam. Aber für mich stand hier ein größeres Konzept dahinter, das Distanz hieß. Diese versuchte ich vor allem zu solchen Studenten aufzubauen, die stets in der ersten Reihe saßen und sich so schnell wie möglich das Buch des Professors kauften. Ich saß zumeist mittendrin oder gleich ganz hinten und erfreute mich an der Unterhaltung mit Freunden. Viele Vorlesungen, etwa wenn die Professoren nur durch ihr eigenes Buch gingen, waren schrecklich langweilig. Stets fragte ich an, ob es erlaubt sei, anstelle einer Klausur eine Hausarbeit zu schreiben. Bei den Wahlfächern suchte ich die Vorlesungen oft nicht nach Inhalten, sondern danach aus, ob dies möglich war. Zum einen fand ich das schriftliche Ausarbeiten von Themen spannender, zum anderen hatte ich nach wie vor eine Aversion gegen Klausuren, vor allem solche – Trauma der Grundschule – mit vorgegebenen Antworten. Damit stand ich zumeist allein, Multiple-Choice-Prüfungen seien doch so einfach, hörte ich von meinen Kommilitonen. Sollte ich meine Andersartigkeit verfluchen oder segnen?

In den Semesterferien schrieb ich Hausarbeiten. Wozu so viel freie Zeit? Das Studium war doch schließlich die Zeit des Lernens, und von Anfang an war ich darauf fokussiert, es so effektiv wie möglich auszugestalten, Ausgehen und Feiern standen nicht auf meinem Plan. So verbrachte ich bis zum Abschluss meines Doppelmasters nur sechs Semester in Hörsälen. Ohne etwas darauf zu geben und selbst voller Überraschung, führte ich die Ranglisten an, sah dies aber mehr als glückliche Fügung und geschickte Methodik an, und behielt es, vielleicht aus Angst vor Absonderung, soweit wie möglich für mich. Nichtsdestotrotz hatte ich mir noch ein Jahr zuvor vorgenommen, den Buchpreis für den besten Studenten zu bekommen – allerdings ohne an den damit verbundenen öffentlichen Auftritt zu denken. Die Gänsehaut, das Raunen, die Atmosphäre werde ich nie vergessen, als der Dekan die Verleihung mit den Worten einleitete, dass er nun die überaus seltene Ehre habe, den Buchpreis an einen Studenten zu verleihen, der mit – er verkündete die Note mit beiden Dezimalen – 1,00 abgeschlossen habe. Darauf folgte „Phillip Walter", und Applaus brandete auf, während ich schweißgebadet im Rampenlicht stand und mir nichts sehnlicher wünschte, als zurück in die Menge der Studenten zu tauchen, wo ich dann noch das Gruppenfoto über mich ergehen lassen musste. Den ganzen Abend hatte ich schon nicht stillsitzen können und vor Aufregung mit dem Programmheft gefächert, sodass man mich genervt bat, ich solle doch endlich damit aufhören. Wie wenig konnte meine Umwelt nachempfinden, was in mir vorging! Ich schien die Welt in grundlegend anderer Weise wahrzunehmen als andere Menschen.

Heute wundert es mich nicht mehr, dass ich oft nicht verstanden wurde. Mein herausfordernder, freiheitlicher Geist lebte sein eigenes Leben, und das, was nach außen sichtbar war und von anderen in deren Beurteilungsraster eingeordnet wurde, stimmte nicht immer mit meiner mentalen Welt als Heranwachsender überein. Bereits in jungen Jahren liebte ich es, meine eigenen Erfahrungen zu machen – und tat genau das, was verboten war, sei es, dass ich, sämtliche Ermahnungen meiner Eltern ignorierend, meinen Finger in die Kerze hielt, den Elektrozaun an einer Kuhweide anfasste oder die Stricknadeln in die Steckdose steckte. Eines Winters berührte ich mit meiner Zunge ein mit Raureif überzogenes Geländer und blieb daran haften. Was für eine Situation! Ähnlich erging es mir, als wir auf einem Kinderherd Pfannkuchen herstellen wollten und ich mir, um den Geschmack von Mehl zu testen, einen Löffel voll in den Mund steckte. Ich wäre fast daran erstickt, hätte ich es nicht über dem Waschbecken ausspülen können. Einmal stellte ich Wachskerzen her, wobei die Herdflamme so hoch eingestellt war, dass der Topf Feuer fing und das Wachs schließlich explodierte, als ich es in der Spüle mit Wasser zu löschen versuchte. Und dennoch, ich bleibe dabei: Ikarus hatte recht. Was für ein unbewusster Selbstmorddrang und fataler Widerstand gegen das Leben in dieser Welt!

Konspiratives hat mich stets magisch angezogen, dies war ein Weg, die Gefahr zu umgehen, dass meine Eltern mir möglicherweise etwas untersagten. Geheime Methoden musste ich etwa anwenden, als ich nicht am lokalen Schützenfest teilnehmen wollte. Deshalb versteckte ich mein Jackett so gut, dass es meine Eltern erst Jahre später bei einem Umzug finden sollten. So war ich diesem öffentlichen Karneval entkommen.

Zum Geburtstag erhielt ich einst einen Buchgutschein, doch als ich in der Buchhandlung die Kinderecke verließ, um mich in anderen Bereichen nach Büchern umzusehen, musste ich mir anhören, dass dort Erwachsenenbücher stünden und ich dort gar nicht stöbern bräuchte. Am Ende verließ ich den Laden mit einem langweiligen Bildband über Tiere in Afrika, der mich stets an diese Situation erinnert. Gute Bücher zog ich mir aus dem Regal meiner Eltern, und so fing ich im Teenageralter an, mich mit Freud und der Traumdeutung zu beschäftigen. Ein Reclam-Heft nach dem anderen sog ich die deutschen Klassiker auf, und Thomas Mann wurde mein täglicher Begleiter, während ich mit öffentlichen Verkehrsmitteln zur Universität oder zur Arbeit fuhr.

Früher waren für mich Orte besonders reizvoll, vor denen das Schild „Eltern haften für ihre Kinder“ stand, wie Baustellen oder verfallene, zum Abriss bereite Häuser. Dadurch handelte ich mir viel Ärger ein. Überhaupt waren „die“ Erwachsenen halb entsetzt, halb amüsiert. Auch wenn ich mal wieder allein Ausflüge unternahm und diese nach hinten ausdehnte. Kam ich nach Hause, brachte ich oft Überraschendes von meiner Exkursion mit wie einen aufblasbaren Frosch, den ich einem Friseur aus seiner Schaufensterdekoration abgekauft hatte. Oder ich besuchte die lokale Polizeistelle und bat um eine Führung. Spielte ich bei Freunden, wurde Zerbrechliches oft ein Regal höher gestellt. Kletterte ich auf Balken, Schränke und Treppengeländer, bekam ich Hausverbot. Ähnlich aufreibend war es wohl, als ich mich in einer Münchener Straßenbahn für die Notbremsen zu interessieren begann. Oder als ich an der innerdeutschen Grenze um den Grenzpfahl der DDR spazierte, woraufhin eine Lautsprecherdurchsage erklang, ich möge unverzüglich das Gebiet der Deutschen Demokratischen Republik verlassen.

Als ich neun Jahre alt war, fiel die Berliner Mauer. Diesen Umbruch erlebte ich so stark, dass ich eine Dokumentation „Deutsche Einheit“ erstellte und täglich Zeitungsartikel sammelte, Karikaturen ausschnitt, besondere

Ausgaben kaufte und mich während eines Ausflugs nach Berlin mit DDR-Devotionalien ausstattete. Geschichte war in jener Zeit spürbar, regelmäßig rang ich mit der Fassung, wenn ich Genschers Ansprache in der Deutschen Botschaft in Prag sah oder in einem Sonderkonzert der Berliner Philharmoniker am Abend des 9. November 1989 das Allegretto aus Beethovens *7. Sinfonie* anhörte. Doch meine Euphorie traf zumeist auf farblosen erwachsenen Realitätssinn.

Mit dreizehn rief ich bundesweit eine Vielzahl von Antiquariaten an, um heimlich ein Buch aus der Jugend meiner Mutter aufzuspüren, von dem sie stets mit strahlenden Augen erzählte. Oder ich eröffnete diverse Konten bei lokalen Banken, um regelmäßig die Geschenke der Kinderprogramme zu erhalten. Als später Gebühren erhoben werden sollten, löste ich sie auf. Oft fand ich mich in nicht altersgerechten Situationen wieder, zum Beispiel wenn Mütter auf Kindergeburtstagen die schulischen Probleme ihrer Kinder mit mir diskutierten und auf meine Unterstützung hofften – im Grunde genommen war ich damit nicht mehr als deren „Animusmülleimer“. Mit 15 besuchte ich die Oper in Hamburg, wobei mich die erwachsenen Besucher auf „ihrem“ Terrain als Sonderling behandelten. In einem Sprachurlaub las ich am Strand bevorzugt Zeitung, während andere im Meer schwammen und sich unterhielten und auch mir empfahlen, endlich einmal schwimmen zu gehen. Entnervt, mich ständig zu erklären, verließ ich ärgerlich die Gruppe, und am letzten Tag schmissen sie mich samt Kleidung ins Meer.

Dabei wollte ich doch nichts sehnlicher, als so zu sein, wie andere auch – und stand mir damit selbst im Weg. Dass auch aufseiten der Erwachsenen und Gleichaltrigen eine Barriere mir gegenüber bestand, ist mir erst heute klar – eine Diskrepanz, die wohl nur durch Anpassung einer Seite oder besser Annäherung beider Seiten zu überwinden gewesen wäre.

Mystik im Glauben

Zurück zu meiner Selbstfindungsphase. Ausgerechnet jetzt, wo ich jede nur erdenkliche Stütze bitter ersehnte, brach mir auch noch mein Gottesglaube weg beziehungsweise erfand sich neu. Glaube war stets ein Kontinuum in meinem Leben gewesen – schon mit sechs hatte ich ein Heilig-Geist-Erlebnis –, doch die Suche nach meinem wahren Selbst und das schrittweise Ablegen der Anpassung machten vor nichts halt. Nichts durfte unwidersprochen gültig bleiben. Und so ging ich mit meinem Glauben in die „Selbstverbrennung des Widerspruchs“ (Zweig), damit sich mein Geist frei von alter Überzeugung neu erheben konnte.

Seit der Grundschule hatte ich den Kindergottesdienst besucht und mich dort in Glaubensfragen und Bibellektüre vertieft, wobei mich viele Aspekte in ernsthafte Konflikte brachten, zum Beispiel, wenn mein Verstand, einem Diaprojektor gleich, mit Nachdruck versuchte, mir ein Bild von Gott vor die Augen zu projizieren, obwohl das verboten war. Überhaupt wollte er mir die Ansicht aufdrängen, Glaube nur als „Chance“ abzutun. Ich suchte nach Antworten: Wo die Seele in mir sein sollte, wenn sie schon nicht als eigenes Organ existierte, oder ob ich Buße tun müsse, wenn ich Mücken oder Wespen erschlug. Oder ob es in Ordnung war, direkt zu Gott zu beten anstatt zu Jesus. Vielleicht durfte ich mich gar nicht als Christ bezeichnen, wenn dessen Bedeutung als Messias für mich nicht die gleiche Rolle, wie allgemein im kirchlichen Umfeld gepredigt, spielte? Und welche Konsequenz hatte es, beim nächtlichen Gebet einzuschlafen? Einmal fragte ich meine Mutter, was ich mit all meinen Sachen machen sollte, wenn Jesus auf die Welt kommt, einen apokalyptischen Moment, den ich sehnlichst erwartete. Dachte ich an verstorbene Familienmitglieder, stellte ich mir vor, dass sie mich vom Himmel aus beobachteten, wo sie in gemeinsamer Runde beisammen saßen und alles beobachteten, was ich tat. Dieser himmlische – respektive innere – „Ethikrat“ war mir zeitweise sehr unangenehm. Und war ich denn eigentlich bereit, wie Jesus mein Leben für andere hinzugeben?

Zu Anfang der Gymnasialzeit suchte ich oft das Gespräch mit unseren christlichen Nachbarn über Bibelinhalte und die Offenbarung. Ich las jeden Morgen die *Losungen* der Herrnhuter Brüdergemeine, studierte Texte von Franz Alt und stellte mir ein Leben im Kloster vor: ruhig, tief und weit weg von der Gesellschaft. Auch hatte ich für mehrere Jahre den Wunsch, Theologie zu studieren. Während Rituale für mich kaum Bedeutung hatten, orientierte ich mich stark am Wort und ärgerte mich über einen Religionslehrer, der seine erste Stunde damit startete, ein „Datum“ für den Urknall an die Tafel zu schreiben. Texte von Dorothee Sölle erschienen mir zu dieser Zeit ebenfalls als Zumutung.

Mit 23 nahm ich jeden Sonntag die Bibel zur Hand und las das Neue Testament komplett durch. Ich fand es für mich inakzeptabel, mein Leben lang hunderte von Büchern zu lesen, aber niemals vollständig das Buch der Bücher, wie es in unserer abendländischen Kultur heißt. Die wohl schönste Andacht meines Lebens wiederum war in der alten romanischen Kirche Saint-Sulpice in Paris, während der wir zu Taizé-Gesängen auf dem Boden knieten und beteten.

Nach meiner schweren Krankheit gab es keinen Bereich in meinem Leben mehr, der vor Zweifeln sicher war. Ich gehörte nun auch zu denen, die Religion als Opium für das Volk betrachteten, instrumentalisiert und unmündig gehalten durch die Kirche. *Gemeinsam antworten wir: „Ja, das geloben wir."* Ich hielt die Widersprüche nicht mehr für akzeptabel oder dass die christliche Religion von sich behauptete, die einzig heilbringende zu sein. In dem Bestreben, den Planeten, auf dem ich geboren wurde, hintergründiger zu verstehen, reiste ich viel. Griechenland oder Rom können als Wiege der menschlichen Weisheit nicht allein infrage kommen, doch gilt diese Ansicht noch heute als nestbeschmutzend und für die ewig Immobilen als unbequem. Jung, der einst den Wunsch nach einer Nordafrikareise verspürte, um „den Europäer einmal von außen zu sehen", fasst süffisant zusammen, es sei nur ein Bruchteil der Menschheit, der hauptsächlich auf „jener dichtbevölkerten Halbinsel Asiens, die gegen den Atlantischen Ozean vorspringt", lebe, sich „gebildet" nenne und deren abendländischer Geist unter Kulturmangel leide. Auch Nietzsche spricht vom „wolkigen, feuchten, schwermüthigen Alt-Europa". Doch: „Je bornierter ein System ist, desto mehr wird es den Weltklugen gefallen." (Novalis)

Ich besuchte jeden Kontinent und unzählige Länder, was andere dazu veranlasste anzumerken, mein Antrieb käme einem Weglaufen vor mir selbst gleich. Ich aber sah Reisen vielmehr als Horizonterweiterung. „Statt deine Welt zu verengen, deine Seele zu vereinfachen, wirst du immer mehr Welt, wirst schließlich die ganze Welt in deine schmerzlich erweiterte Seele aufnehmen müssen, um vielleicht einmal zum Ende, zur Ruhe zu kommen." (Hesse) Ruhe, doch keine Starre. Am jeweiligen Ziel beschäftigte ich mich besonders mit den Glaubensrichtungen und deren Praktiken, wobei ich nicht umhin kam, die eigene zu reflektieren. Je mehr Religionen ich verglich, umso mehr stellte ich fest, wie geschickt viele Texte sich sprachlich und inhaltlich in Richtung Unfehlbarkeit absicherten. Wie von einem Genie verfasst. Doch wie oft wurden Originaltexte übersetzt, abgeschrieben und Fassungen in ihrer Zusammenstellung geändert? Wie sollte ich darüber hinaus Vertrauen gegenüber Menschen, vor allem Institutionen, haben, von denen ich wusste, dass sie ihren Wissensvorsprung nutzten, um ihre Interessen durchzusetzen? Allen voran die Kirche mit ihrem Macht- und Einflussstreben. Wie fehlbar war sie! Schon zuvor war ich der Ansicht, dass es keiner Kirche bedurfte, um gläubig zu sein, und auch keines Gotteshauses. Glaube lässt sich schließlich an jedem Ort auf der Welt praktizieren!

Wie mühselig, in dieser Zeit des Umbruchs mit einer weiteren Front zu kämpfen – mein Leben schien eine niemals endende Schocktherapie zu sein! Ging ich in den Gottesdienst, fragte ich bei jedem Gebet: Glaube ich das wirklich? Ich hatte die Perspektive gewechselt, hinter jedem „ich" sah ich nun mich selbst. Auch ich konnte ein Fels in der Brandung sein, dann prallten alle Wellen an mir ab! Ich konnte doch frei sein und mir im Selbstbedienungsladen dieser Welt nehmen, was ich brauchte und was mich heilte, mir gewissenlos das Leben erlauben ohne Absolution und Segen – wenn ich bereit war, den Preis zu bezahlen: Die Übernahme der vollkommenen Verantwortung. Wähle ich nicht, ist das auch eine Wahl. Im Übrigen eine leichtere und bequemere, die nicht wenige Menschen treffen und sich lieber als Opfer fühlen.

In seinem Buch *Sprache ohne Worte* beschreibt der Traumaforscher Peter Levine, dass eine enge Beziehung zwischen Trauma und Spiritualität besteht. Das Erleben der zuvor im Trauma geballten Energie und des tiefen inneren Wandels, der die Patienten vielleicht zum ersten Mal das innere Gutsein ihres Selbst spüren lässt, fördere ein umfassendes Gefühl von Einssein. Darüber hinaus schienen genau die Gehirnstrukturen, die zentral für die Auflösung eines Traumas sind, auch für zahlreiche verschiedene „mystische" und „spirituelle" Erfahrungen zuständig zu sein. Die Kraft zu spüren, die uns lebendig macht, den Heiligen Geist als lebendige Begegnung, sei schließlich die Essenz religiöser Erfahrungen. Auch ich spürte mit zunehmendem inneren Zugang diese Einswerdung mit der höchsten Ganzheit, der „unio mystica", wie es in der christlichen Mystik heißt: Gott ist in mir, und ob andere von Universum, Kraft oder Qi sprechen, macht keinen Unterschied. Das Göttliche liegt als Anlage in uns, und wir sind befähigt, es zu erkennen, hell zu sehen. Ist Gott nun im Himmel, aber auch in mir, dann ist der Himmel auf Erden nicht mehr nur sprichwörtlich zu verstehen.

Wie viele konnten dies nachempfinden? Ohne Frage Jung, der einräumte, dass man im Allgemeinen von einem derartigen Erkenntnisstand „noch beinahe hoffnungslos weit entfernt" sei und jene, die der mystischen Vorstellung Ausdruck verliehen, „für die Masse Dunkelmänner" geblieben seien. Gottes Liebe, die – so heißt es in einem Lied – wie die Sonne ist, brannte immer und bedingungslos. Anders könnten wir als Kreatur nicht existieren, wäre unser Innerstes von Geburt an Hass und flösse ausschließlich negatives Qi. Ist Gott Liebe und Liebe in mir, dann ist Gott in mir! Dieser Lebensfluss realisiert sich in mir, und ich lege ihm keine Hindernisse mehr in den Weg. Der Schatten fiel von den Augen, oder wie es bei Johannes (8, 32) heißt: „Ihr werdet die Wahrheit erkennen, und die Wahrheit wird euch frei machen." Ihre weltliche Übertragung findet diese zum Beispiel in Liedern wie *Hero* von Mariah Carey mit „So when you feel like hope is gone, look inside you and be strong. And you'll finally see the truth, that a hero lies in you." Oder wenn im Musical der Starlight Express zur alten Dampflok Rusty sagt: „Du allein hast die Kraft tief in dir. Und wenn du an dich glaubst, dann kann alles geschehen, selbst das Meer teilt sich vor dir. Wenn du in dir diese Kraft einst findest, brauchst du nicht die Welt zu bitten, dir zu helfen. Was du erreichen willst, schaffst du mit der Kraft in dir."

Im Psalm 23 offenbarte sich mir auf einmal eine starke Zuversicht, warum ich diesem Fluss, diesem göttlichen inneren Kind in mir nacheifern sollte: „Der Herr ist mein Hirte, mir wird nichts mangeln. Er weidet mich auf einer grünen Aue und führet mich zum frischen Wasser. Er erquicket meine Seele ... Und ich werde bleiben im Hause des Herrn immerdar." – Nur mit dem Unterschied, dass ich den Herrn nicht mehr außerhalb von mir sah, sondern in mir. Und je mehr ich meine Ziele und Wünsche den Zielen und Wünschen der Schöpferkraft in mir anglich, umso mehr befreite ich mein Leben von einer Menge Ärger, von Sorge und Schwermut. Auch Psalm 119 (34), „Gib mir Einsicht, damit ich deiner Weisung folge und mich an sie halte aus ganzem Herzen", bekam eine gänzlich neue Bedeutung. Waren Gottes Wege „un-verständlich", dann waren sie wortwörtlich für den Verstand nicht zugänglich. Das Spirituelle und Kontemplative bot sich als Verbündeter im Kampf gegen meinen Verstand an. Interessantes Spiel universaler Kräfte, dessen Austragungsort ich selbst bin.

Nun war auch klar, warum den Kindern in der Bibel das Himmelreich gehört, womit die Christen gar nicht alleine sind. Auch im Daoismus gibt es das Symbol des Kindes. Der Verstand hat ihnen noch nicht gesagt, wer sie selbst sind. Und hat er es einmal getan, verbringen wir unser Leben lang damit, ihn wieder in die gebührende Rolle zurückzuführen und rein, einfältig und weise-nichtverstehend wie ein Kind zu werden. Selig sind ... Und je mehr ich es schaffe, mein Inneres dahin auszurichten, im Himmel Schätze zu sammeln, desto stärker kann ich Geniales empfinden. Das Kindliche und das Geniale erschienen am Ende als eine ganz besondere Vereinigung. Ein Gebot diktiert, dass wir nicht lügen sollen, und eine Redewendung sagt, dass Kindermund Wahrheit kundtut. Das allein unterstützt die obige These und zeigt, wie fern wir vom Ziel sind, wenn wir unser selektiv authentisches Auftreten euphemistisch als Diplomatie bezeichnen oder Ehrlichgemeintes im Freud'schen Sinne als sprachliche „Fehlleistung".

Engelsbeben

Mit Tao war ein Wesen voller mir unverständlicher Liebe in mein Leben getreten, und jeden Tag hielt er mir nun den Spiegel vor; darin erblickte ich das lockende Geheimnis meines mir unbekannten Selbst. Verkünder der frohen Botschaft und der Befreiung – war mir ein Engel erschienen? „Plötzlich ein Mensch, ein lebendiger Mensch, der die trübe Glasglocke meiner Abgestorbenheit zerschlug und mir die Hand entgegenstreckte ... Plötzlich eine Türe offen, durch die das Leben zu mir hereinkam! Ich konnte vielleicht wieder leben, ich konnte vielleicht wieder ein Mensch werden. Meine Seele, in der Kälte eingeschlafen und nahezu erfroren, atmete wieder, schlug schläfrig mit kleinen schwachen Flügeln." (Hesse)

Nach dem heiligen Augustinus ist der Engel ein Bote Gottes, durch den Gott einem Menschen eine Botschaft sendet oder ihn begleitet und in ihm etwas bewirkt. Durch ihn werde Gottes liebende Nähe erfahrbar, und nur in diesem göttlichen Bereich sei man fähig, der zu werden, der man vom Ursprung her ist. Auch ein Mensch könne zum Engel werden, sie träten in Situationen auf, in denen innerer und äußerer Zerfall droht (Stubbe).

Ein Engel, der vom Himmel herabsteigt und ein Erdbeben auslöst. Das hatte ich wahrlich nicht geplant, im Gegenteil: Gerade hatte ich begonnen, mich mehr nach mir selbst auszurichten. Dabei fühlte ich mich wie ein psychisch Gestörter, der nicht in der Lage war, ein gewöhnliches Leben zu führen. Später las ich, dass therapiebedürftige psychische Störungen bei Hochbegabten mit ihrem kindlichen Leidensweg zwischen Hochwissen und Verdecken desselbigen nicht ungewöhnlich sind: Sich zu zwingen, wie andere zu sein, seiner Natur und Schöpfung Gewalt anzutun, führe zu Neurosen, Psychosen und Paranoia. Für neurotische Menschen sei es oft kennzeichnend, dass sie in einer zu großen geistigen Enge steckten und versuchten, die Brücke zwischen der Verfolgung individueller Ziele und der Anpassung an die Kollektivität zu schlagen, wobei das Krankhafte in dem Moment abfalle, wo die klaffende Lücke zwischen Ich und Unbewusstem geschlossen wird (Jung). Ich spürte zutiefst, dass mein Verstand und mein Sehnen nicht zusammenpassten, und da ich davon überzeugt war, dass dies auch in Zukunft so bleiben werde, stand eigentlich nur die Frage im Raum, wer am Ende die Partie gewinnt. So hörte ich Tao eines Tages mit seinen Sachen beschäftigt – packte er zusammen? Ich fühlte einen kalten Schauer, mein Verstand jubilierte, gleichwohl er gleichzeitig argumentierte, aus welchen Gründen meine Furcht unbegründet sei. Wessen Anwalt war der Verstand eigentlich? Meine Seele war unglücklich über die zahlreichen Situationen und Überreaktionen, die er kalt wie Eis theatralisch inszenierte, um mich wieder von der Liebe zu trennen.

Auch er, mein Mit-Mensch, hatte darüber nachgedacht, aufzugeben. Zu oft hatte ich ihm gesagt, dass er nicht zu viel erwarten solle, und infrage gestellt, ob diese Konstellation die richtige für mich sei. Eines Tages schrieb ich ihm, dass ich uns in zwei Welten sähe: Wir lebten auf zwei gegenüberliegenden Ufern eines Flusses, und ab und an würden wir Ideen, Kommentare und E-Mails über den Fluss werfen. Tiefes Verständnis und Interesse an den Themen des anderen hielt ich auf dieser Basis für ausgeschlossen. Die Sprunghaftigkeit in meinen Gedanken – an einem Tag dachte ich ernsthaft über das Zusammenziehen nach, am anderen darüber, eine Freundin zu suchen – und ständig wechselnde Vorstellungen von meinem Leben machten ihm zu schaffen. Nach Riemann zeigte ich mit der hier aufgefahrenen Enttäuschungsprophylaxe und den Bewährungsproben typische Verhaltenszüge der schizoiden Angstform: Mit einer zwanghaften Lust am Zerstören, unter der ich selbst litt, zeigte ich mich gerade dort besonders wenig liebenswert, wo ich lieben und geliebt werden wollte. Ich trug meinen tiefen Zweifel am Geliebt-werden-Können am Gegenüber aus und versuchte, bei diesem systematisch alle Liebesbereitschaft zu zerstören, was ein Unmögliches bedeutete, wenn dieser über eine ungewöhnliche Liebesfähigkeit verfügt. Doch mir war ein Engel zur Seite gestellt worden: Er blieb, arbeitete mit mir wie ein Coach, und konfrontierte mich täglich mit Situationen, die mein Verstand zuvor noch nie durchdacht hatte. Über allem war ihm das Risiko bewusst, mich zu verlieren, doch wie Hesses Goldmund bei seinem Freund Narziss sah er sich berufen, mir mein Geheimnis zu enthüllen, mich von der Schale zu befreien und mir meine eigentliche Natur zurückzugeben.

Ich fragte mich, ob jahrelange Liebesverweigerung und Schmerzverdrängung verantwortlich für die Superenergie der letzten Jahre waren. Mein Verstand schürte die Angst, je mehr ich lieben lernte, umso mehr werde meine messbare Leistungsfähigkeit abnehmen, und beklagte sich, ich hätte seit meiner Krankheit und dem ständigen Auseinandersetzen mit mir selbst nichts Produktives mehr zustande gebracht und würde intellektuell verdorren. Sah er etwa Urkunden, Auszeichnungen, Diplome, Medaillen und Bestzeiten als erstrebenswert an? Erkannte er hinter diesem Genuss nicht die versteckte Sklaverei? Und war ich in emotionalen Belangen nicht im Grunde ein Minderleister?

Ständig war ich mit mir selbst und meinen Gedanken beschäftigt. Jeden Morgen während der Fahrt zur Arbeit fragte ich mich, wer ich bin, sehnte mich nach dem Tag, an dem mich diese Frage nicht mehr beschäftigen würde, und nahm mir vor, noch viel mehr zu lesen. Waren die 30 Jahre zuvor ein Theaterstück gewesen, hatte ich meine Mitmenschen konstant angelogen? Welch Desaster, müsste ich diese Frage mit Ja beantworten! Erst wenn ich herausgefunden hatte, wer ich bin, könnte ich ein Auge in Richtung Zukunft werfen, die hoffentlich den Ausgleich für den hohen Preis der sorgenden Gedanken, Schmerzen und Tränen bringen würde.

Nichts war mehr wie früher. Trotz allem konnte ich sagen, dass ich in den letzten Wochen viel positive Energie erfahren hatte, sodass ich nun weit optimistischer war als sämtliche Monate zuvor; daran hatte Tao den Löwenanteil. Der ewig Positive und unbezwingbar Heitere, der in seiner leichten, fröhlichen Art und mit seinem Just-do-it-Geist sämtliche negativen Einwände nicht gelten ließ und Werbesprüche persiflierte: „Die Welt mit jemanden erforschen, den man liebt – unbezahlbar. Für alles andere gibt es Mastercard." Tief in mir wusste ich, dass der Hauptgrund für meine Krankheit emotionale Spannung gewesen war, niemals wieder wollte ich das erleben. Das Leben ist eine Bühne, ständig fragte ich mich, wer ich war. Was ist meine Rolle, was das wahre Selbst? Wie sollte ich zur Balance finden? Davon war ich weit entfernt.

„Du wunderst dich, dass ich nicht glücklich bin, weil ich doch so gut tanzen kann und mich an der Oberfläche des Lebens so gut auskenne. Und ich, Freund, wundere mich, dass du vom Leben so enttäuscht bist, da du doch gerade in den schönsten und tiefsten Dingen heimisch bist, im Geist, in der Kunst, im Denken! Darum haben wir einander angezogen, darum sind wir Geschwister. Ich werde dich lehren, zu tanzen und zu spielen und zu lächeln, und doch nicht zufrieden zu sein. Und ich werde von dir lernen, zu denken und zu wissen, und doch nicht zufrieden zu sein. Weißt du, dass wir beide Kinder des Teufels sind?" (Hesse)

Andere Menschen kannten mich anscheinend besser und wussten mehr über mich als ich selbst, und das verleitete mich dazu, Fremdwahrnehmungen zu sammeln und in der Vergangenheit zu recherchieren. Eine besondere Wertschätzung schloss sich aus, denn obendrein war ich davon überzeugt, dass jeder Mensch alles erreichen könne, was er sich vornimmt, und dass alles nur eine Frage des Willens, des Fleißes und der Umsetzung sei. Dies glaube ich heute nur noch bedingt. Die Wahrnehmung meiner selbst und die meiner Mitmenschen hatte keine große Schnittmenge, umso mehr hielten Letztere mit ihren positiven Kommentaren und Urteilen unwissentlich mein wahres Selbst am Leben: Die Seele, um eine jahrhundertealte byzantinische Metapher zu verwenden, repräsentiert durch eine Taube, war in einem Käfig, dem menschlichen Körper, gefangen.

Die Flut der Befreiung sorgte für Wellen von Dankbarkeit gegenüber Menschen, die mir ihre Wertschätzung zeigten, und die waren so stark, dass ihre Schaumkronen bis in manches Postfach trieben. Unter anderem schrieb ich meinem ehemaligen Mathematikprofessor, der mich an der Universität als Tutor angenommen hatte. Dass er die Vergabe des Tutoriums als Begabtenförderung bezeichnete, konnte ich damals nicht verstehen. Ich lernte viel von ihm, und wie kein anderer weckte er in mir die Liebe zur Mathematik, obschon dieses Fach meine schlechteste Abiturnote gewesen war. Sein Antwortschreiben las ich mit großer Spannung. Besonderen Nachhall hatte sein Wunsch, ich möge neben dem Erreichten das persönliche Glück finden, womit er meine tiefste Sehnsucht auf den Punkt brachte.

Immer wieder bekundeten Mitmenschen, ich hätte in meinem bisherigen Leben schon eine Menge erreicht, und mein Großvater ermahnte mich bei jedem Telefonat: „Denk an dich, Phillip!" Auf der anderen Seite gab es auch Menschen, die mir ständig erzählten, auch sie hätten die Möglichkeit zur Promotion gehabt, aber diese nicht ergriffen! In ihrem Auftreten waren sie ebenso selbstgerecht und charakterschwach wie so zahlreiche karriereorientierte, eitle Manager mit ihrem ständigen Streben, einen Sonnenstrahl ihres Vorgesetzten zu erhaschen, der doch selbst nur nach oben lächelt und nach unten tritt. Wie schnell konnten sie ein Opfer kluger List werden! Oder, um mit Charakteren aus George Orwells *Farm der Tiere* zu sprechen: Manch eine Ziege darf ihre Hörner nicht einsetzen, sondern muss gewiefter verfahren, um gegen ein Schwein angrunzen zu können.

Es war hochinteressant, wie mich andere und wie limitiert ich mich dagegen selbst sah und mir damit im Weg stand. Meine langjährige Professorin hatte mich jüngst gebeten, Vorlesungen zu übernehmen, und fiel aus allen Wolken, als ich ihr antwortete, dass ich doch gar nichts wisse. Eigen- und Fremdwahrnehmung sind wohl bei keinem Menschen identisch, doch mussten sie bei mir so eklatant voneinander abweichen? Anstatt anzustreben, dass andere mich sahen, wie ich mich sah, hatte ich den Wunsch, mich so sehen zu können, wie andere mich sahen. Erst dann meinte ich, ungebremst durchs Leben rauschen zu können – obgleich ich dieses anscheinend schon tat: Mitmenschen bezeichneten mich als hyperaktiv, verglichen mich mit einem aufgeputschten Duracell-Hasen und brachten mich in Verbindung mit der Aufmerksamkeitsdefizit- und Hyperaktivitätsstörung ADHS. Mein Leben sei gekennzeichnet durch grenzenlose Energie, es ginge immer wie geplant vorwärts und die Inschrift auf meinem Grabstein würde lang werden (aus meiner Sicht reichte der Satz: „Er hat es sich nicht leicht gemacht."). Ich selbst hingegen schrieb meiner Schwester eines Tages, wie faul und behäbig ich im Grunde sei, doch ich fühlte, dass sie mir dies irgendwie nicht abgenommen hat. Per Telefon sagte ich meinem Vater einmal, dass ich jederzeit ohne Bedauern bereit wäre, dem Tod in die Augen zu blicken, nur eines fehle vielleicht: erfüllte Liebe.

Liebevolle Einträge in meinem Gästebuch zeigen indes, dass mir Liebe geschenkt wurde, solcherart scheint meine stete Unzufriedenheit mit mir selbst ungerechtfertigt. Ein Teufelskreis: Ich sei zu anspruchsvoll, schwer zufrieden zu stellen, so hörte ich ein um das andere Mal. Doch legte ich, da meinen Augen ein Filter fehlt und sie somit eine Vielzahl an Details erblicken, allzu viel auf die Goldwaage – gute Voraussetzungen für ein hochwertiges Ergebnis, das Lob zur Folge hat, was in mir aber wiederum den Automatismus Nichtannehmbarkeit in Gang setzte. Schließlich sah ich hierin eine Falle, die mich in Abhängigkeit lockte. Beifall konnte nur daher rühren, so meinte ich, dass ich meine Schwächen bestmöglich versteckt hielt. Während ich davon träumte, von innen viel selbstbewusster zu sein, sagte mir eine alte Schulfreundin, sie kenne keinen, der solch ein starkes Selbstbewusstsein besitze wie ich. Heute erst sehe ich die Hintergründe. Welches „Selbst" war mir damals „bewusst"? Mein falsches! Und, trauriges Zeugnis: Je stärker es nach außen schien, umso angepasster hatte ich es wohl gelebt!

Ganz normal sei ich nicht, partikulär, mystisch, ein Sonderfall. Sogar „fucked up" bekam ich zu hören. Aber für verrückt gehalten zu werden hätte auch Vorteile. Und war nicht Verrücktheit im höheren Sinn der „Anfang aller Weisheit" (Hesse)? Alice kokettierte im gleichnamigen Film, sie sei in ein Loch gefallen und habe sich den Kopf gestoßen. Wenn ich von meinen Ideen und Wünschen erzählte, kam es vor, dass mir Freunde zum Spaß die Hand auf die Stirn legten, als ob ich erhöhte Temperatur hätte. Ich dagegen tue doch nichts anderes, als gegen die eigene Langeweile anzukämpfen, deshalb bin ich stets an Innovativem interessiert und bringe mir gern autodidaktisch Neues bei. Doch habe ich eine Methode erst erkannt, lasse ich die Beschäftigung meist fallen. Im Berufsleben ist das im Grunde nicht anders. Chaotische Zustände, die förmlich nach einem Turn-around schreien, scheinen mich anzuziehen, doch sind Strukturen erst geschaffen, haben Prozesse Fahrt aufgenommen und ist die Zeit gekommen, sich an den Früchten des energiezehrenden Aufräumens zu erfreuen, wird mir langweilig, und ich nage sogleich wieder am intellektuellen Hungertuch. Arbeiten *am* System ist meines, *im* System mein Untergang. Lediglich Zeit stellt eine unüberwindbare Grenze für meine Interessen dar, zu viele Wissensgebiete gibt es. Bei Projektwochen sah man mich mindestens einmal in jedem

Projekt, in meiner Freizeit reichte das Spektrum von Instrumenten bis zur Ahnenkunde. Besonders gern hätte ich den Flickflack gelernt!

Mein Leben lang quittierten mir andere, ich würde meine Meinung und Sicht der Dinge klar und ohne Beschönigungen äußern, selbst wenn ich mich damit in der Minderheit befände. Dabei standen die bissigen Kommentare im Widerspruch zu meiner Harmoniebedürftigkeit. In der Tat hatte ich eine Abneigung gegen alles Banale und Flache und war nicht bereit, Unechtheit und Fassadenhaftes gelten zu lassen. Zu stark war der Reiz am Entzaubern, Ernüchtern bis hin zur Erklärung des Unerklärlichen. Eine Tätigkeit als Konferenzredner wurde mir empfohlen. Wenn andere wüssten, wie sehr die Wirkung nach außen und meine inneren Emotionen voneinander abwichen und wie unendlich viel Überwindung mich jeder öffentliche Auftritt kostete – allein eine banale Vorstellungsrunde oder das Aufrufen des eigenen Namens, beispielsweise bei Gruppenreisen, kostete mich ungeheure Anstrengung. Ähnlich wie Hesses Protagonist Hans Giebenrath in *Unterm Rad*, der jedes Mal scheu zusammenzuckte, wenn der Dekan in seine Nähe trat oder gar seinen Namen rief, Schweiß trat auf die Stirn, Herzklopfen setzte ein, wenn er eine Antwort geben musste.

Bei mir sei doch immer alles toll, und meine fröhliche Stimme täte gut, kraftvoll und gesund wirke mein Körper, so sagte man mir. Und dabei schleppte ich mich gleichzeitig mit Selbstmordgedanken umher! Selbst während meiner Krankheit urteilte jemand, ich sei ein erfrischender Mensch. Und das mit meinem geschwächten Körper! Doch das kannte ich schon: Nach außen sah man mir fast nie etwas an. War ich innerlich angespannt, wirkte ich locker. War ich lebensunlustig und blickte traurig in den Horizont, wurde ich von anderen „zielorientiert" genannt. Wie hervorragend funktionierte mein falsches Selbst, das mich als Clown präsentierte, dem man vor Lachen nicht ansah, wenn ihm das Herz zerbrach. Erzählte ich von meiner Depression, kam großes Verwundern auf: Ich hätte doch immer so in mir ruhend gewirkt! Und tanzte ich bis tief in die Nacht und ging wenige Stunden später zu einem Sonntagsbrunch, bekam ich zu hören, ich sähe so ausgeruht aus, als hätte ich die beste Nachtruhe genossen. Zum Geburtstag wünschte mir eine Schulfreundin, ich möge weiterhin so viel Spaß am Leben haben, wie sie es von mir kenne. Ich glaube, bis ich angefangen habe, über mich und das Leben nachzudenken, hat dieses auch wirklich gestimmt. Der Gedanke allein energetisiert: Ich habe das Leben geliebt, und es gibt kein anderes Ziel, als diesen Zustand wieder zu erreichen!

Mitten in meinem Prozess der Suche hatte ich voller Erstaunen auch meinen Lebenslauf zur Hand genommen. Vor Arbeit, Forschung und Ablenkung hatte ich diesen lange nicht mehr angerührt. Und das Durchblättern der Zeugnisse und Referenzen hatte einen sehr aufbauenden Effekt. Doch sollte hier ein Hinweis auf Hochbegabung versteckt liegen? Was sollte das schon bewirken? Endlich: Identifikation!

Ein Zuviel an allem

Wie oft hatten mir Freunde geraten, ich solle mich doch einmal auf Hochbegabung testen lassen! Das lehnte ich aus vielfältigen Gründen ab. Zum einen wollte ich mich weder als zwischenmenschlicher Versager noch als zerstreuter Professor und asexueller Bücherwurm sehen – solche Bilder lebten in meinem Kopf. Zum anderen war da meine horrende Prüfungsangst, die ich mit Hochbegabung nicht in Verbindung zu bringen vermochte. Ich verheimlichte soweit es ging Klausurtermine und hielt mir Menschen vom Leib, die „mitfiebern" oder mir Glück wünschen wollten. Das machte mich nur noch nervöser. Manche Prüfungen oder selbst einfache Gesprächstermine benötigten wochenlange mentale Vorbereitung – verlief diese gut, konnte ich mit einer stoischen Ruhe in die Prüfung gehen, wenn ich mich darauf konzentrierte, ruhig zu atmen und langsam zu reden. Denn mich stressten im Grunde gar nicht die Prüfer mit ihren Fragen, sondern die dadurch entstehende Hochfrequenz: Die unendlichen Reize auf meinen gedanklichen Datenautobahnen. Als Folge bekomme ich kaum einen ganzen Satz heraus; als ob der direkte Zugang zu meinem Sprachzentrum versperrt ist, ringe ich nach Worten oder bringe einzelne Fragmente in völlig falschem Zusammenhang an. Ich nahm Aspirin als Placebo ein, hatte Bauchschmerzen, Magenprobleme, fühlte Brechreiz beim Zähneputzen, trank bis zur Ungenießbarkeit gezogenen Johanniskraut- oder Baldriantee oder putschte mich mit Liedern wie *Moment of Glory* von den Scorpions auf.

Mit ihrem Gerede über Hochbegabung ahnten die anderen sicherlich genauso wenig wie ich, dass dies ein inhaltsreiches Konzept war, eine volle Identifikation. Deren Gedanke ging wohl eher in die Richtung, dass ein Etikett „hochbegabt" auf meiner Schublade hübsch anzusehen sei, aber vom Öffnen der Schublade war niemals die Rede. Ihre Anregung war ein Spiel mit der Büchse der Pandora.

Und so kam es wie immer: Nur über meine eigenen komplizierten Wege konnte die Einsicht langsam reifen. Während ich im Internet nach Büchern über Selbstsuche und Selbstliebe surfte, wobei meine Suchbegriffe nachvollziehbarerweise nicht die präzisesten waren, tauchten Buchempfehlungen über Hochbegabung und Hochsensibilität auf. Was sollte das mit meiner Stichwortsuche zu tun haben? Wie bedeutend war im Nachhinein der nächste Mausklick! Hier stand ich vor dem Schloss, in das der Schlüssel zu einem neuen Leben passte, hier war das Baumloch von Alice, das sie ins Wunderland beförderte. Matchball im Tie-Break und Elfmeterschießen in einem. Nur ein Klick, und es folgte ein Strudel wie zu Beginn von Smetanas *Die Moldau*, ein Sog, der kaum Zeit zum Atmen ließ. Es blieb nicht beim Lesen eines Klappentextes, nein, noch einer und noch einer. Am Ende las ich quer durchs Internet und sammelte Zitate, Zeugnisse meiner ganz eigenen Normalität. Robinson Crusoe hatte fremde Fußspuren entdeckt, was für eine Hochphase, Ambrosia und Manna im Überfluss! Gibran hatte mit seiner Metapher Recht behalten, dass einen das lebendige Wasser im Brunnen während des Trinkens selbst auch trank.

Ich las so intensiv, dass ich Kopfschmerzen bekam. Wie konnte das sein, es schien Menschen zu geben, die so erlebten und fühlten wie ich! Die zuvor leere Hülle Hochbegabung füllte sich zusehends mit konkreten Vorstellungen, gekoppelt mit inneren Emotionen und Gedanken. Antrieb, Intensität, Komplexität – wie sehr prägen sie auch mein Leben! Unvorstellbar, dass diese Attribute ausgerechnet Hochbegabung kennzeichnen! Hier lag ein Puzzlespiel vor mir, das auf jemanden wartete, der es neu zusammensetzen würde. Durcheinandergewürfelte Schubladen, die es wieder in ihren Ursprungszustand zu bringen galt.

Auf einmal verstand ich, warum Langeweile sich wie ein roter Faden durch mein Leben zog und Gegenmaßnahmen im Fiasko enden konnten, wie das Beispiel einer Kutschfahrt im Münsterland anschaulich vor Augen führt: Schon nach kurzer Zeit war uns das Ganze zu eintönig. Während wir mitten auf einem Waldweg wendeten, verrutschten Gezäum und Scheuklappen des Pferdes. Der Warmblüter trabte los, und der Weg zurück war ein ungeplant rasant-holpriges Abenteuer – von Langeweile keine Rede mehr, vielmehr wurden die Folgen so unberechenbar, dass ich bei voller Geschwindigkeit absprang ...

Ich wäre seit jeher für Trubel und Theater gut gewesen, so erzählen meine Eltern. Dabei hatten sie nichts unversucht gelassen: Ich bekam Hefeflocken auf mein Essen gestreut oder besuchte Yogastunden, doch die Lehrerin beklagte sich wenig später, ich müsse aufhören, die Gruppe zu unterhalten, oder diese verlassen. Bis hin zur Ergreifung wahrhaft drastischer Maßnahmen habe ich meine Eltern gereizt. Einmal stoppte mein Vater auf dem Seitenstreifen der Autobahn die Familienkutsche, setzte mich raus und fuhr an. Penetranz trifft Überforderung. Ein andermal fuhren wir im Urlaub auf einem See, in dem eine versunkene Stadt lag, lediglich der Kirchturm schaute heraus, und auf dem wurde ich abgestellt, das Boot fuhr leicht weiter. Wenngleich diese Maßnahmen nur scherzhaft angelegt waren, hatten sie für mich eine traumatische Wirkung. Was war daran lustig?

Oftmals schoss ich über das Ziel hinaus. Bei der frühkindlichen Musikerziehung vor der Grundschule war ich Dauergast im Büro der Musikschulleiterin, da ich ständig negativ auffiel. Allein schon die Flöte, die wir dort spielen sollten, gefiel mir nicht. Sie war ein japanischer Import von Yamaha und nicht aus Holz wie die spätere Mollenhauer. An dieser hatte ich mehr Freude, auch wenn sie eines Tages nicht mehr spielbar war, weil ich in Abwechslung zu Stiften, Fingernägeln, Pulloverbündchen oder Tieren meines Spielzeugzoos, denen früher oder später die Schwänze oder Beine fehlten, das Mundstück zerkaut hatte, und sie auch optisch gelitten hatte. Da hatten wir fast etwas gemein. Wie oft war ich gestürzt, vor Wände oder Glastüren gelaufen, auf einem Schlitten mit einem Briefkasten an einer Mauer kollidiert, hatte mir unzählige Narben im Gesicht vor allem im Umfeld der Badewanne zugezogen, dass meine Mutter sich kaum mehr traute, mit mir beim Arzt aufzutauchen. Dort schmiss ich die Spritzbestecke auf den Boden, wurde von mehreren Personen festgehalten und ließ meine Stimmbänder so laut zum Einsatz kommen, dass ich noch heute darauf angesprochen werde. Vor allem Zahnarztbesuche stellten für alle Teilnehmenden eine wahre Tortur dar. Oftmals gab es Phasen, in denen sich mein unruhiger innerer Dämon Wege der Außenerscheinung wie nervöses Augenzucken oder Rümpfen der Nase suchte. „Dämon“ trifft den Kern. Hier konnte nur ein Dämon am Werk sein, ein heimlicher Feind, dem es gelungen war, mich zu spalten und mit meinen Urtrieben zu entzweien.

Ich stand ständig unter Strom. Ruhig zu sitzen war nie meins, bei 40 Grad Fieber wollte ich als Kind lieber toben als im Bett verbleiben. Selbst im Urlaub in südlichen Gefilden konnte ich mich nicht im Schatten halten und bekam einen Sonnenstich als Quittung – die Natur kennt ihre eigenen Korrektive. Einmal stellte ich eine Wasserbombe her; und während das Wasser in den Schlauch floss, beugte ich mich unter den Ballon und versuchte ihn von unten anzusaugen. Am Ende flutschte er direkt vom Wasserhahn in meinen Mund und weiter durch die Speiseröhre, um sich für einige Tage zu verabschieden. Dies war schmerzlos im Vergleich zu dem kochenden Wasser, das sich eines Tages durch Unachtsamkeit über meinen Arm ergoss.

In Kontakt mit anderen wirkte ich oft so interaktiv, dass ich in Kaufhäusern mit den Angestellten verwechselt wurde, obschon ich selbst nur anprobierender Käufer war – vielleicht, weil ich stets viel gestikuliere, was in Restaurants schon Tabletts zu Fall gebracht hat. In Gaststätten blieb nach meinem Aufenthalt kaum ein Bierdeckel übrig, den ich nicht in kleinste Teilchen zerrissen hatte, und kein Zahnstocher war mehr zu gebrauchen. Immerzu müssen meine Hände mit etwas spielen, daran hat sich bis heute kaum etwas geändert.

Die Welt ist so voller Details, die kontinuierlich neuen Wind durch meine Systeme wehen, mich tief erfüllt wundern und meine sonst an den Tag gelegte Anspruchshaltung vergessen lassen. Wie faszinierend kann ein durchsichtiger Strohhalm sein, ein 6-fach-Gewürzstreuer oder dass sich Heinrich von Fallerslebens Text der Deutschlandhymne auf Beethovens Melodie von *Freude schöner Götterfunken* singen ließ. Oder Doppeldeutigkeiten im Hörverständnis wie „all die Sachen" und „Aldi-Sachen". Als ich hier im Unterricht laut auflachte, fasste der Lehrer zusammen: „So kann man Phillip mit kleinen Sachen eine Freude machen." Kaum einer teilte meine Freude an „Kleinigkeiten". Forderte ich eine Reaktion ein, hieß es nur, das sei doch banal. Meinem Umfeld erschloss sich meine Welt oft nicht.

Generell fallen mir Kleinigkeiten und Inkonsequenzen sofort auf. Sind es Rechtschreibfehler in Texten, die mich fast körperlich schmerzen, oder ein Wechsel vom Sie zum Du inmitten eines Briefes. Im Berufsalltag verweigerte ich beizeiten meine Unterschrift, wenn ein Schriftstück zu viele Fehler enthielt. Wurde es dennoch ratifiziert, war ich mir zumindest treu geblieben. Vielleicht ist es kein Wunder, dass ich meine Welt mit großer Vorliebe in Statistiken darstelle. Während eines Schüleraustausches war mir so langweilig, dass ich erhob, von wem ich wann einen Brief bekam, hierzu erstellte ich Tages-, Wochen-, Monats- sowie kumulierte Übersichten. Ebenso führte ich täglich sämtliche Ausgaben in Form einer privaten Buchhaltung auf und erfreute mich unterschiedlicher Additionen und Posten. In einem Supermarkt meinte ich, die Anzeigetafeln über der Obsttheke gerade hängen zu müssen, wobei, in Anlehnung an Loriot, am Ende mehr und mehr abfielen. Aus dem Chaos ruft es: „Das Bild hängt schief!" Derartige Kleinigkeiten sind unerträglich und echauffieren mich. Eine Freundin urteilte: „Du regst dich maßlos über Kleinigkeiten auf, bei denen du noch dazu vorhersehen kannst, dass sie schief gehen. Bei großen Sachen hingegen, bei denen ich aus der Haut fahren würde, bleibst du ruhig und gelassen." Vielleicht erreichte mein System erst dann Normalumdrehung, während es vorher im Stotterzustand verharrt hatte.

Vieles nahm ich so intensiv wahr, dass es mich Schachmatt setzte und noch lange Zeit danach beschäftigte. Im Deutschunterricht sollten wir etwa einen Aufsatz über die Fontane-Ballade *Die Brück' am Tay* schreiben, doch nach dem ersten Lesen konnte ich mich nicht mehr konzentrieren und beschwerte mich beim Lehrer über den Inhalt. Ich fand den Text grauenhaft und war erbost über die Auswahl. Auf einen guten Ausgang der Arbeit brauchte ich nicht mehr hoffen. Als ebenso apokalyptisch empfand ich als Kind die Disney-Filme *Dumbo* oder *Bernard und Bianca* – oder auch ein brennendes Haus in *Lassie*; traurige Kinderbücher nahmen mich ebenso mit wie melodisch bewegende Lieder, etwa *Kein schöner Land* oder *Nehmt Abschied, Brüder*. Doch das, was ich schwer verarbeite, zieht mich gleichzeitig magisch an und lähmt mich. Wie die Poster mit den Profilen der gesuchten RAF-Terroristen, die zu meiner Jugend in jeder Postfiliale hingen: „Terroristen – Vorsicht Schusswaffen!" Ich malte mir stets aus, wie ich reagieren würde, falls mir einer von ihnen begegnete. Altlasten verursachten Unfallbilder, Todesnachrichten, kämpfende Tiere in Afrika-Reportagen, Museumsexponate wie die Anakonda im Frankfurter Senckenberg-Museum, die ein ausgewachsenes Wasserschwein verschlingt, oder Fotos, die menschliches Leid festhalten.

Nichtsdestotrotz hielt ich mich auf Reisen immer wieder in armen Ländern auf, wo ich mich nicht allein aufgrund schlechter oder fehlender Netzverbindung einem schmerzlichen Entzug von Handy und iKonsorten unterwarf. Wahrgenommenes Wohlstandsgefälle war ein Phänomen, das mich schon früh beschäftigte und mich atmosphärisch einnahm. Der Anblick von Armut lässt mich die Welt begreifen und stellt einen überdeutlichen Appell dar, von tiefstem Herzen dankbar zu sein. Hochgezüchtete Stadtbrut – wie oft vergaß man im gesättigten Überfluss die Dankbarkeit! Gleichwohl stellt dies jedes Mal erneut wortwörtlich eine Grenzerfahrung dar, denn wie schwer ist es, einfach zu sein: Ich erreiche eine Grenze und schiebe sie weiter in Richtung des Seins.

Stark geprägt hat mich ein Scheidungskrieg, den ich mit etwa fünf Jahren im Familienurlaub in Italien miterlebte. Die toskanischen Ehepartner schrien sich an, bespritzten sich mit dem Gartenschlauch, und ein jeder ging in Abständen ins Haus, kam mit einem Gegenstand heraus, der dem anderen wertvoll war, und schmiss ihn vor dessen Augen auf den Boden. Meine Einstellung zu anderen Menschen, besonders in Bezug auf Vertrauen und Partnerschaft, erhielt hier eine bis heute nicht geheilte Narbe. Derartige Momente habe ich wie mit einer inneren Kamera fotografiert und gespeichert. Und wo Tage nicht ausreichten, ging es nachts in meinen Träumen weiter. Vermeintlich Nebensächliches konnte mich aus der Bahn werfen.

Insgesamt bin ich ein visueller Mensch, ich kann mich zum Beispiel exakt erinnern, wo ein Buch in meinem Bücherregal steht oder wo ich ein Zitat wiederfinden kann. Die auditive Aufnahmefähigkeit ist dagegen nicht so hoch.

Las früher jemand im Unterricht etwas vor, blieb dies ohne Resultat, wenn der gleiche Text nicht vor mir lag. Die Kombination ist dagegen ein Trumpf, und so lernte ich Fremdsprachen präferiert über Lieder, die ich erst lesend erarbeitete und deren Vokabeln ich mir später durch Singen einbläute. Vor einer Prüfung in der Universität hatten wir einen Fragenkatalog bekommen, einiges daraus sollte vorkommen. Meine vorbereiteten Antworten liefen wie auf einem Teleprompter vor meinem inneren Auge ab, und ich brauchte sie von dort nur abzuschreiben.

Durch das intensive situative Erleben vermag ich in meiner Erinnerung nicht nur Dingliches abrufen, sondern auch sämtliche dazugehörigen Gefühlswelten und Sinneseindrücke wie Gerüche oder Geräusche. Hintergrundmusik in einem Restaurant kann für mich wie eine Fahrt in einem Riesenrad sein, ein Auf und Ab durch Emotionen, die je nach Lied wechseln. Für Außenstehende ist diese parallel zu einer Konversation stattfindende Navigation nicht wahrnehmbar, wenn es mir zeitgleich gelingt, meine äußere Stimmung entsprechend dem Gesprächsthema anzugleichen. Ähnlich verhält es sich mit Fotos, besonders Familienbildern, sämtliche negativen Gefühle und Enttäuschungen aus der wechselhaften Zeit meines Selbstverlusts steigen bei ihrem Anblick in mir auf. Vor allem wenn ich Jugendbilder von mir intensiv betrachte, fühle ich nach, was im Moment der Aufnahme für Gedanken hinter meiner Stirn strömten. „Daran kannst du dich sicher nicht mehr erinnern" – ein Satz, der mir bitter aufstößt, das Gegenteil ist der Fall. Während einer dieser Mentalreisen blickte ich eines Tages wie mit einem inneren Breitwinkelobjektiv auf meine Erinnerungen und wurde fast ohnmächtig. Wie ein Gefühl der Trance spürte ich den Odem, den Fluss, das Qi in mir, während nur mein peripheres Äußeres altert. Ich – das war immer ich, egal in welcher Erinnerung. Meine Schwester merkte einmal fragend an, ob wir in unterschiedlichen Haushalten aufgewachsen seien. Nein, aber wir haben in verschiedenen Welten gelebt.

Täglich wird eine erdrückende Datenwalze durch mein inneres Recyclingsystem verarbeitet, und mein Verstand hat nichts Besseres zu tun, als daraus ein Konzert hunderter neuer Gedankenmelodien zu komponieren. Eine Freundin urteilte, manch einer würde bewusstseinserweiternde Drogen zu sich nehmen, um meine Wahrnehmung zu haben. Ich wünschte mir nichts mehr als das Gegenteil! Nur wenn ich erkältet war, fühlte ich mich wohlsam gedämpft, und das Innere meines Kopfes erschien mir heimisch räumlich. Immer wieder empfahlen mir Mitmenschen, ich müsse einen Gang zurückschalten, doch das muss gelernt sein! Es ist wie bei einem Auto, das von München nach Hamburg mit 200 km/h gefahren ist und bei dem nun der Motor langsam abkühlen muss. Die oft gehörte Empfehlung, nach Deutschland zurückzugehen oder in einem europäischen Land zu arbeiten, stieß mir stark auf. Ein äußerer Ortswechsel allein verändert nicht die innere Natur oder macht Ereignisse ungeschehen, Geschichte lässt sich nicht zurückdrehen. Und wozu auch? Bin ich in meinem Herzen daheim, erscheinen alle Orte auf Erden gleich gut, und der Widerspruch zwischen „Wo Gott dich hingesät hat, da sollst du blühen“ und „Wem Gott will rechte Gunst erweisen, den schickt er in die weite Welt“ verliert seine Relevanz. Wie sollte ich ruhiger werden, wenn sich jeden Tag die Erde erneut um die Sonne dreht! Vielleicht denke ich wirklich zu viel, aber nicht freiwillig, es kommt von innen. „Getrieben" ist passiv, und es wäre fatal, würde ich zusätzlich noch aktiv „treiben". Wäre ich froh, wenn mein Kopf einmal nicht auf Hochtouren liefe und ich nicht ständig den wahnhaften Drang hätte, etwas machen zu müssen! Dieser Drang ist wie ein Turbo, der zusätzliche Energiereserven aktiviert und bei Normalbetrieb nicht zur Verfügung steht.

Kein Gespräch läuft ohne innere Parallelkonferenz ab. Nach außen wirke ich geistig anwesend, doch de facto bin ich oft abwesend. In mir jagen Gedankenstürme: In Windeseile wird jeder Außenreiz aufgenommen, die Gedanken ver-selbst-ständigen sich, innere Kommissionen werden einberufen, die verschiedene Standpunkte und Sichtweisen beraten, und das viel zu ernst. Bringe ich im Gespräch meinen nächsten Beitrag, bekomme ich oft vorgeworfen, ich würde springen oder meine Reaktionen oder auch Gefühlsschwankungen seien abrupt und unvorhersehbar: „Wie kommst du jetzt darauf, Phillip? Das passt gar nicht zum Thema.“ Erst nach langen Minuten quälender Geduldsprobe stellt so mancher fest, dass meine Worte eben doch zur Thematik passten – und wiederholt sie als eigene Erkenntnis. Natürlich kann niemand die gedanklichen Zwischenschritte sehen oder was sich in mir abspielt, und vor allem als Kind in der Schule ist man in derartigen Situationen nur allzu oft „der Dumme“.

Das Zuviel an gedanklicher Aktivität kommt mir oft wie ein Nebelschleier vor. Ich fühle mich manchmal darin gefangen, erschöpft und ermüdet. Der Überfluss kommt einer Last gleich – sie ist im wahrsten Sinne des Wortes lästig, ich leide unter ihr. Wie kann ich nur so verkopft sein und ständig darüber sinnieren, was andere denken, was andere über mich denken und was von meinem Gesprochenen welche Konsequenz hat? Könnte ich so schnell schreiben wie denken, bräuchte ich eine Bibliothek eigener Werke, um diesem sprudelnden Quell, dieser farbenfrohen Fantasiewelt Ausdruck zu verleihen. Eines Tages habe ich zum Beispiel darüber nachgedacht, was man beim Autofahren macht, wenn man nicht denkt. Nur aus dem Fenster schauen? Sehe ich den gleichen Autotyp wie den meinen, kommt beispielsweise die Frage auf, ob sich die beiden Fahrzeuge kennen, sie möglicherweise auf der Produktionsschiene hintereinander fuhren oder ihre Materialien die gleiche Herkunft haben. Meinen inneren labernden Radiosender stelle ich am besten aus, indem ich meine Gedanken bewusst auf ein spezifisches Thema fokussiere und in den Modus Verstandeseffektivität schalte. Dieser scheint auch zu laufen, wenn ich Witze höre und mir während des Zuhörens überlege, ob es besser ist, mit den anderen zu lachen. Oder ich korrumpiere Witze bewusst: In einem lokalen Nudelrestaurant gibt es zusammen mit der Rechnung als Gaumenfreude einen Glückskeks mit witzig gemeinten Sprüchen, darunter: „Dies ist nicht dein Keks." Ich lasse mit Vorliebe die Bedienung kommen und mir einen neuen Keks bringen. Besonders belastend empfinde ich meinen Verstand, wenn ich nervös bin. Dann gibt es keine Kleinigkeiten mehr, die zu vernachlässigen wären. Er will alles wissen, mit „perfekt" gibt er sich nicht zufrieden.

Am liebsten arbeitet mein Verstand mit klaren Zielvorgaben. Dabei haben Ziele auch ihr Negatives, denn sie liegen in der Zukunft. Niemals legte ich den Fokus auf die Gegenwart, welche immer nur zum Übergangsstadium für die Zielerreichung verkam. Doch je mehr die Emotionen leiden und eingesperrt sind, desto stärker bietet sich das Wollen als Befreier und Freudenapostel an. Ziele wurden definiert, und dann hieß es – das folgende Wort drückt das Phasenhafte aus – Durch-ziehen. Unterwegs wurde nie Halt gemacht. – Moment! Realisiere ich Unverbesserlicher, ich Gepeitschter es aktuell nicht schon wieder so? Auch Jung schreibt: „Ich hatte alle Mühe, mich neben meinen Gedanken zu behaupten. Es war ein Dämon in mir, und der war in letzter Linie ausschlaggebend. Er überflügelte mich ... Ich konnte mich nie aufhalten beim einmal Erreichten. Ich musste weitereilen, um meine Vision einzuholen. Da meine Zeitgenossen begreiflicherweise meine Vision nicht wahrnehmen konnten, so sahen sie nur einen sinnlos Davonlaufenden ... Ich musste weiter ... Immer musste ich dem inneren Gesetz folgen, das mir auferlegt war und mir keine Freiheit der Wahl ließ ... Ich bin ja selber das Opfer, ich kann nicht bleiben ... Wo das Daimonion am Werke ist, ist man immer zu nah und zu fern. Nur wo es schweigt, kann man mittleres Maß bewahren. Der Dämon und das Schöpferische haben sich bei mir unbedingt und rücksichtslos durchgesetzt. Das Gewöhnliche, das ich mir vornahm, zog meist den Kürzeren ..."

Will auch mein schaffender Wille, mein Schicksal es so? Erst am Ziel nehme ich mir vor zu leben, doch liegt hier auch wieder der Startpunkt für eine neue Herausforderung ... Diesen „modernen Weg dionysischer

Selbstzerstörung" (Schellenbaum) nennt man Fortschritt. Wie aber lassen sich Strebsamkeit und Zufriedenheit vereinen? An jedem Ziel wartet eine kurze Hochphase auf mich, aber eine noch längere Tiefphase. Dann komme ich abends nach Hause und weiß mit der neuen Freiheit nichts anzufangen. Sollte ich lesen, ausgehen, Tennis spielen oder einfach nichts tun? Leben so normale Menschen? Wie langweilig! Ein andermal war ich über den Mangel an Zeit frustriert und empfand das Leben alltäglich limitiert. Später las ich, dass dieses Wanken auch etwas Positives an sich hatte: Während das Klischee von Genie und Wahnsinn noch am ehesten auf Künstler und Schriftsteller zutreffe, seien bei diesen Unzufriedenheit, Oppositionalität und affektive Probleme, vor allem eine leichte manische Depression, der Kreativität förderlich. Gerade die Spaltung und der innere Widerspruch machten das Leben reich und blühend. Vielleicht würde mir ein neues Buch- oder Forschungsprojekt meine Fröhlichkeit zurückgeben? Psychoanalytisch verstand ich mich erst nach der Lektüre von Alice Miller. Sie beleuchtet, dass weder der Grandiose noch der Depressive die Wahrheit zulassen könne, dass für das wahre Selbst keine Liebe in der Vergangenheit vorhanden gewesen sei und dass keine Anstrengung der Welt diese Tatsache je werde ändern können.

Ständig wurde ich gefragt, wie viele Stunden ich nachts schliefe und wann ich die Zeit hätte, parallel zu einem zeitaufwendigen Beruf eine Dissertation zu schreiben. Irgendwie fiel mir darauf nie eine stichhaltige Antwort ein, denn Zweigs „Auch die Pause gehört zum Rhythmus" war mir unbekannt. Schon meine Diplomarbeit hatte ich in drei Wochen fertiggestellt und dem Professor zur ersten Durchsicht geschickt. Vor allem, wenn ich kurz vorm Ziel stand, gab es kein Halten mehr. Ich verließ die Wohnung nicht mehr, putschte mich tagsüber mit Kaffee auf und frönte am Abend dem narkotisierenden Alkohol, um wenigstens ein paar Stunden Schlaf zu bekommen. Ähnlich war es bei meiner ersten Dissertation, die ich innerhalb weniger Monate schrieb und am Ende von Schüttelfrost überrascht wurde. Ich schrieb nicht nur tagsüber, sondern auch nachts. Wenn die Welt um mich herum schlief, hatte ich nicht mehr das Gefühl, etwas zu verpassen. Dabei hatte ich von meinem Professor gar keinen Zeitdruck. Es kam alles von innen, und sicherlich haben mich viele negative Erinnerungen an ehemalige Lehrer motiviert, jenen, die mich ständig kritisiert und an mir gezweifelt hatten, wollte ich die Quittung ausstellen und Brandfackeln schleudern. Es ihnen im Nachhinein zu zeigen, mich durchzusetzen, hat mir Unmengen an Energie gegeben. Später sagte ein früherer Lehrer zu meinem Vater, im Grunde genommen hätten sie es ja immer schon gewusst – eine späte Erkenntnis, die, wäre sie früher gekommen, mir viel Leid erspart hätte. Aber da große Teile der stärksten kreativen Energie aus Quellen empfundener Ungerechtigkeiten und unterdrückter kreativer Anstrengungen stammen, war vielleicht genau diese Bitternis notwendig, um die Sehnsucht nach Wissen, Freiheit und Weite zu wecken und sich zu einem späteren Zeitpunkt in einem radikalen Rundumschlag von allem Engen, Einseitigen zu befreien und die erdrückende Grabplatte wegzuschieben. Alles im Leben gilt als Vorbereitung für den nächsten Schritt, und insofern bin ich auch dankbar, denn ohne meine Vorgeschichte wäre ich sicherlich nicht dort, wo ich heute bin.

Nach intensiver Auseinandersetzung mit der Materie begriff ich, dass Minderwertigkeitsgefühle als Basis der geistig-seelischen Entwicklung kein Einzelfall waren. Dabei bleibt zu hoffen, dass Lebenswille und Behauptungsdrang groß genug sind, um die zerstörerischen Impulse so umzufunktionieren, dass am Ende nicht Wahnsinn und Selbstmord stehen, sondern eine hochproduktive geistige Verfassung. Mit einem starken Gefühl der Dankbarkeit, besonders für das erlösende Gefühl aus der Einsamkeit, aber auch mit Erschrecken, wie wenig sich im vergangenen Jahrhundert anscheinend verändert hatte, las ich, wie Hesse bereits 1906 in *Unterm Rad* nur allzu ausführlich ausführt, dass zwischen Genie und Lehrerzunft seit alters her eine tiefe Kluft herrsche. Für die Professoren seien Genies ein Gräuel, jene Schlimmen, die keinen Respekt vor ihnen hätten. Schulmeister wiederum würden lieber einige Esel als ein Genie in ihrer Klasse haben, Hesse bezeichnet Begabte als die Gehassten und oft Bestraften. Wer nun mehr vom anderen leide, wer mehr Tyrann, mehr Quälgeist sei, der dem anderen Teil seiner Seele und seines Lebens verdirbt und schändet, könne man nicht untersuchen, ohne mit Zorn und Scham an die eigene Jugend zu denken. Das Schauspiel des Kampfes zwischen Gesetz und Geist wiederhole sich unermüdlich, und Staat und Schule zeigten sich atemlos bemüht, die wenigen wertvolleren Geister zu knicken.

Druck fühle ich auch, wenn ich zu Geburtstagen Bücher geschenkt bekomme. Wann sollte ich jemals im Leben alle Bücher lesen, die mich interessierten? Selbst in diesem Moment fühle ich inneren Drang. Ist es erstmals die Lust am Ichsein oder die Sehnsucht zu meiner eigenen Zukunft hin? Ich möchte meinen vorangegangenen Generationen mitteilen, wer ihr Fleisch und Blut ist, ihnen – bevor wir uns eines Tages trennen müssen – von meiner inneren Welt erzählt haben und sie ein Stück auf meinem Weg mitnehmen. Wie ein kräftiges, grünes Blatt wünsche ich mir, mit meinem Stammbaum eins zu werden. Und wie werden manche Zeitgenossen reagieren? Ein Werk von Heinrich von Kleist oder ein Gedichtband von Hölderlin machte sich in der Hausbibliothek recht schmuck, doch solch einen Psychopaten in der Familie zu haben ...?

Ein Leben in Widerstand

Mit meinem Innenleben konnte es kein Wunder sein, dass ich immer wieder auf Widerstände stieß, welche mich wohl auch magisch anzogen. Was hätte ich damals für das Wissen gegeben, dass gerade Begabte überdurchschnittlich oft anecken. Wäre mein Leben leicht, dann sei es nicht meines, hatte meine Mutter einst fast prophetisch resümiert. Meine Einstellung gegenüber Hindernissen scheint eine besondere zu sein. Zu stark bin ich davon überzeugt, dass es immer einen Weg zum Ziel gibt. Dies gilt vor allem, wenn ich fühle, etwas Richtiges zu tun. Dann kennt meine Kampfeslust keine Grenzen, was mich ständig in im Grunde unlösbare Situationen brachte. Suchte ich nach einer Synthese auf höherer Ebene? Oder war ein Dämon in mir, der den schweren Weg vorzog, auch wenn es einen leichteren gab? Über allem standen meine Überzeugungen, auf die auch Bestechungsversuche vonseiten einiger Erzieher keinen Einfluss nehmen konnten. Sie bissen hier auf Granit. Widerstand ist keine Absicht, er fließt von innen und macht vor Hierarchien keinen Halt. Autoritäten kann ich nur anerkennen, wenn sie durch besondere Fähigkeiten oder Eigenschaften untermauert werden. Ein Rang, ein Posten allein ist kein Kriterium.

Je hierarchischer die Strukturen, umso stärker mein Widerstand. Bei der Bundeswehr hatte ich ein Streitgespräch mit einem Kompaniespieß über meine Weiterverwendung nach den ersten Wochen. „Walter! Verlassen Sie sofort mein Büro!“, brüllte er mich mit hochrotem Kopf an. Später landete ich, wie von mir gewünscht, im Sanitätsbereich, doch leider in der technischen Abteilung. So hatte ich mir das nicht vorgestellt. Eines Tages zog ich mir einfach – ein Gruß nach Köpenick – eine andere Uniform an, legte mir eine kaum nachzuprüfende Begründung zurecht und begann im Patientenbereich zu arbeiten. Mein Einsatz wurde dort schneller geschätzt, als mich der andere Bereich vermisst hatte, und so durfte ich dort bleiben. Am Ende meiner Dienstzeit musste ausgerechnet der genannte Spieß die Kompanie antreten lassen, um mir für Leistung und Führung eine förmliche Anerkennung auszusprechen.

Immer wieder treffe ich auf hierarchisch höher gestellte Menschen, die Angst haben, ich würde an ihrem Stuhl sägen oder die in ihrer Eitelkeit verletzt sind. Nur allzu oft wurde meine Ehrlichkeit mit Frechheit gleichgesetzt. Der Ausdruck „frech“ manifestiert indes, dass das Gegenüber erschreckt den Wahrheitsgehalt erkannt hat; ein Schutzmechanismus des erbosten Selbst beziehungsweise eine beidseitige Grenzüberschreitung: Zu große Nähe wird mit Aggression abgewehrt. Unbequeme Ehrlichkeit erlaubt kein Verbiegen, höchstens eine unvollständige Darstellung von Begebenheiten, und ist zumindest ein roter Faden in meinem Leben.

Während andere bewusst protestieren, um aufzufallen, scheint mein Wesen darauf ausgerichtet zu sein, allein schon durch Präsenz zu provozieren oder unbewusst aus der Reihe zu tanzen, wie als ich bei einem Klassenausflug anstatt wie andere mit Schlafsack und Isoliermatte mit einer klappbaren Gartenliege anreiste. Was für ein Kainsmal! Vielleicht war ich in manchen Situationen auch zu gutgläubig, ich war sicher, dass mir niemals etwas Böses passiert. Häufig wies ich Warnungen oder Kommentare zurück und aß ungerührt im Winter Schnee, trank die Maggi-Fläschchen des Kaufmannsladens leer oder blieb nach dem Tschernobyl-Unfall auf dem Nachhauseweg von der Schule im Regen stehen. Ich war überzeugt: Ich hätte mit einem Flugzeug abstürzen können, gäbe es Überlebende, dann wäre ich darunter.

Mein Umfeld mag nie den Eindruck gehabt haben, aber ich liebe Strukturen und Ordnung. Spielte ich mit Freunden, schlug ich mit Vorliebe „Aufräumen" vor, doch traf ich damit zumeist auf Unverständnis. Nur die Eltern freuten sich, und so stellt sich am Ende die Frage, ob hier nicht doch auch die Anpassung mit ihren Motiven das Ruder übernommen hatte. Der Ordnung musste stets ein Zustand kreatürlichen Chaos vorausgegangen sein. Waren alle Behälter ausgekippt und der Inhalt auf dem Boden verstreut, konnte Phönix aus der Asche steigen.

Bis vor meinem Selbstverlust bezeichnete ich den Stil meiner Wohnung, meines „größeren Körpers", als museal, und hatte ich morgens einmal das Bett nicht gemacht, holte ich dieses noch vor dem Zubettgehen nach. Eine chinesische Freundin schrieb einmal den Kommentar „sehr sauber" in mein Gästebuch. Dieser Zustand war dauerhaft, und ich freute mich, wenn Freunde lobten, bei mir könne man jederzeit unangekündigt vorbeikommen. Heute sehe ich dies als verwerflichen Aspekt meines angepassten Selbst. Wenn nicht für mich, dann für andere schon lange nicht. Selbst Hotelzimmer räumte ich auf. Diesen Lebensstil habe ich hinter mir gelassen. Mein Privatleben versuche ich so einfach wie möglich zu gestalten. Denn das ständige Ordnen meiner komplizierten Welt ist so fordernd, dass ich bereits bei der Vorstellung kollabieren könnte, Disharmonie oder Lärm auch in den eigenen vier Wänden schultern zu müssen. Es sind die vielen kleinen Dinge des Alltags, die für andere scheinbar leicht sind, doch die mich „über-mannen" und an denen ich scheitere. Verwundert schmunzele ich manchmal über anderer Leute praktikable Lösungen, und fasziniert denke ich mir, wie interessant normalbegabte Menschen sind. Ich kann mathematische Theoreme erklären und hatte in einem Praktikum Formeln mit unzähligen Variablen für die Prämienberechnung entwickelt, doch zu Einfachem wie Hefegärung im Wein, der Frage, warum Menschen an allen Orten der doch runden Erde senkrecht stehen, einem überall als bedienungsfreundlich gelobten Apple-Computer oder Begrifflichkeiten wie eine E-Mail „signieren" oder „verschlüsseln" finde ich keinen Zugang. Dafür denke ich zu kompliziert. Als ich jung war, konnte ich zwar Küchen und Bäder aufbauen, elektrische Kabel verlegen und Lampen anschließen, doch das Ausfüllen eines Formulars oder manch ein technisches Haushaltsgerät ließen mich an meiner Alltagstauglichkeit zweifeln. Wie konnte ich früher ein Leben allein bewältigen? Nicht ohne Genugtuung las ich, wie Montaigne über sich sagte: „kein Monat vergeht, ohne dass ich dabei ertappt werde, dass ich keine Ahnung habe, wozu der Sauerteig beim Brotbacken dient oder was da eigentlich vorgeht, wenn sie den Wein in der Kufe mischen." Ein Freund bemerkte einmal, dass man bei mir mit kleinen, vermeintlich unbedeutenden Kommentaren eine Menge bewirken könne. Das macht Sinn: In meiner Welt fehlen genau diese Öltropfen, um Sand aus dem Getriebe zu lösen.

Als ich dreizehn war, nummerierte ich all meine Bücher, erstellte eine Bibliographie sämtlicher Titel und räumte sie in verschiedenen Rubriken und nach Alphabet und Größe geordnet in meine Regale. Bis auf die Nummerierung und die alphabetische Reihenfolge hat sich daran wenig geändert. Ordnung war besonders auch in Prüfungsphasen wichtig, und über die Jahre hatte ich bestens gelernt, mich selbst zu managen. Dazu gehörte das Instrument der Wiederholung: Jeden Tag exakt das Gleiche essen, immer wieder dieselbe Musik hören oder identische Filme anschauen. Da ich darin jedes Mal etwas Neues entdecke, ist mir auch nicht langweilig, und es gelingt mir, Gedankenfeuerwerke oder die Reizüberflutung zu reduzieren.

Weichen Antizipation und Realität voneinander ab, offenbaren sich die Tücken eines komplexen Systems. Als ich in einem Hotel am zweiten Morgen erneut den Brotkorb des ersten Tages bestellte, geschah dies in der Annahme und Vorfreude, ich würde exakt dasselbe bekommen. Pustebrot! Es durfte nicht sein, dass Menge und Komposition nicht identisch waren. Während des ganzen Frühstücks erörterte ich in meinem Kopf, ob ich nun ruhig bleiben und darüber hinweg schauen oder mich in die Sache hineinsteigern wollte. Egal, dieser Morgen war gelaufen.

Vor allem morgens liebe ich Routine, ganz gleich um welche Uhrzeit ich das Haus verlassen muss: Die Zeit zwischen dem Klingeln des Weckers und dem Umdrehen des Schlüssels ist identisch. Und je mehr Menschen in meine Pläne involviert sind, beispielsweise bei einem Essen mit Freunden, umso mehr habe ich das Bedürfnis, eine große Menge an Informationen vorab zu erfragen, um mir Situationen gedanklich zurechtzulegen. Stressig wird es für mich, wenn etwa unerwartet andere Personen hinzustoßen. Heute spüre ich, dass mein Energieniveau – oder sollte ich Spannungsdruck sagen? – nicht mehr das gleiche ist wie vor meiner Krankheit, und obschon es mich oft traurig stimmt, reguliere ich mehr denn je, welcher Person ich meine Energie und Zeit schenke.

Zusammenfassend komme ich zu dem Ergebnis, dass ich große Mengen an Zeit für mich und mein Privatleben benötige. Bin ich vielleicht nicht begabt genug, mit meiner Hochbegabung umzugehen? Das schizoide Angstmuster ist vielleicht nicht stark genug ausgeprägt, als dass fremde Schubladen mich kalt ließen? Oder bin ich dabei, es zu lernen? Geht es in diesem Punkt überhaupt um Begabung und nicht vielmehr um fehlende innere Ruhe?

Allein schaffe ich es nicht mehr

Je mehr ich mich öffnete, desto mehr erkannte ich: Jeder Mensch ist ein Unikat und versucht, sich selbst zu finden, sich zuzugestehen, er selbst sein zu dürfen und auf seine Weise glücklich zu werden. Wie sah dies bei mir aus? War ich authentisch oder eine Marionette meiner Gedanken? Ich hatte das Gefühl, dass mich kaum jemand wirklich kannte, sondern nur Fassade wahrnehmbar war. Meine Augen erzählten vielleicht Geschichten – und meine Haut als Organ der Seele. Da ich nach außen, wenn überhaupt, nur Positives kommunizierte, konnte mir keiner helfen. Wagte ich eine realitätsnahe Antwort, provozierte ich für mich unangenehme Nachfragen. Ich teilte Tätigkeiten und auf Gefühlsebene nur Freude, aber keine belastende Traurigkeit. Ich war auf der Schattenseite allein und verschlimmerte das ungleiche Verhältnis, wenn ich anderen Ratschläge gab oder half, Streitigkeiten zu schlichten. Sorgen zu „teilen“, nahm ich wortwörtlich, denn ich ging mit den Problemen anderer noch lange schwanger und belastete mich dadurch zusätzlich. Ich bewundere Menschen, die zuhören können, ohne das Aufgenommene zu verinnerlichen.

Mir klang ein Satz meiner Mutter im Ohr, wie sie in meinem Beisein einer Nachbarin vor Jahren sagte, ich erzählte so gut wie nichts über mein Privatleben. In der Interpretation war sie abhängig vom äußeren Schein, von dem, was ihre Augen wahrnehmen konnten, und von ihren Gefühlen. Denn das Wesen, das jenseits der Sichtbarkeit liegt, gilt es zu fühlen. Es ist der wahre Wert, der überdauert, während das Äußere vergänglich ist und verblüht. Manchmal glaubte ich, mich in die Psyche der Attentäter von Schulmassakern hineinversetzen zu können: War es wie bei mir, dann lebten sie in ihrer eigenen Welt mit unzähligen Gedanken, die auf der Innenseite ihrer Stirn vorbeiflitzten und dann wieder im Orkus ihres Kopfes verschwanden – eines Tages berufen, herauskatapultiert zu werden mit etwas für alle Unerwartetem. Und Sichtbarem. Sie selbst waren Opfer, die zu Tätern wurden. Welch ein Glück, dass mir anstatt eines Gewehrs ein Stift mit Tinte als Waffe reicht. Abdrucken statt abdrücken.

Einmal stand ich lange vor dem Spiegel, schaute mich an und ließ die vorangegangenen Monate Revue passieren. Wer braucht Kinofilme mit Außerirdischen? Wer nur lange genug eine Nase anschaut oder Augenbrauen oder Ohren, der merkt, wie seltsam wir im Grunde aussehen. Irgendwann hielt ich fest, dass sich mein Äußeres nicht verändert hatte, aber in mir ein neuer Mensch lebte. Es war alles mental! Wie oft würde ich noch scheitern, wenn ich nicht erkannte, dass ich die Welt nur ändern könnte, wenn ich an dieser Stellschraube drehte. Probleme ließen sich lösen, sobald ich meine Einstellung erneuerte. Gedanken kommt hier eine Schlüsselfunktion zu. Denken kann zu Taten führen. Denken wir nicht, benötigen wir auch kein Medium des Ausdrucks, keinen Mund, kein Papier. Hier scheint eine Urkraft zu liegen, die Fortschritt bringt und das Rad am Rollen hält. Wie konnte ich angesichts dieser Ausgangslage die Brücke schlagen, um mit meiner Familie, mit Freunden und Bekannten in Einklang zu kommen? Ich müsste mehr kommunizieren und synchronisieren, denn die Zeitverschiebung, die Asynchronität, brachte einen nicht auszuhaltenden Druck mit sich.

Wen aber könnte ich mit meinen Gedanken belästigen, wo doch ein jeder bereits mit sich selbst beschäftigt ist? Potenzielle Gesprächspartner sah ich kaum: Wer würde meine Thematik nachvollziehen können? Schließlich war ich bislang nicht nur gegen traditionelle Anschauungen geprallt, sondern auch auf Voreingenommenheit und Unfähigkeit, unkonventionelle Möglichkeiten gelten zu lassen. So einfach ließ sich dieser heiße Brei nicht auslöffeln, Gespräche ließen sich lenken, aber der Zugang musste sich ergeben. Wie beim Topfschlagen tastete ich mich voran, doch bis zum Schlag, der die Fesseln abwarf, kam es oft nicht. Ob ich wieder in einer Sinnkrise sei oder – wie es im allgemeinen Jargon abfällig heißt – auf einem Selbstfindungs-„Trip"? Ich solle mich weniger mit mir selbst beschäftigen, weniger Bücher lesen und mir das nicht alles einreden. Bei derartigen Empfehlungen, das geschriebene Wort, dies letzte mir gebliebene Archipel, zu verlassen und wieder ins Meer zu springen, fühlte ich mich noch einsamer und niedergeschlagener. Alleiniges Erleben ohne verifizierende Recherche – welch ein Tipp! – empfand ich als oberflächlich und vordergründig, und so disqualifizierten sich von den wenigen Gesprächspartnern mehr und mehr, weiter Teil meiner Expedition zu sein. Unter Hilfe verstand ich nicht nur jemanden, der mir zuhörte, sondern ich benötigte immer stärker ein verbündetes Ohrenpaar, das in einer ähnlichen Situation war. Das weltweite Netz mit all seinen Informationen empfand ich als Hängematte – oder als Spaziergang auf dem Mond, bei dem man völlig unerwartet ein weiteres menschliches Lebewesen antrifft und eine neue Realität beginnt. Wie wohltuend war Nietzsches hohes Maß an Verständnis, dass einer immer Unrecht habe, aber mit zweien die Wahrheit beginne. Einer könne sich nicht beweisen, aber zwei könne man bereits nicht widerlegen. Wie sehr sehnte ich mich nach dieser zweiten Person! Dann wäre auch ich auf einmal normal und durfte es sein. Nichts erforderte eine Erklärung. Prompt stellte mein opportunistischer Verstand die Frage, warum ich mich nicht schon eher mit diesen Quellen beschäftigt hätte und denn wirklich erst das komplette Feld umgepflügt werden musste, dass ein zarter Keim nach neuer Saat sich seinen Weg zur Sonne bahnen konnte. Damit dieser behütet und getröstet wunderbar aufwachsen konnte, war die Zeit reif für ein Coaching, um meinem innersten Geheimnis, an dem ich einst zerbrochen war, auf die Schliche zu kommen. Denn darin lag der Schlüssel für meine weitere persönliche Entwicklung.

Der FAZ-Artikel *Der Wunsch, normal zu sein* hatte mir im Gegensatz zu einem sterilen Servicekatalog eines Shanghaier Zentrums für Familienberatung aus der Seele gesprochen, obschon mein Verstand immer noch abstritt, dass ich, wohlgemerkt nicht er, hochbegabt bin. Hier war von einer Frau die Rede, die mehrere Sprachen beherrschte, ihr Studium nach wenigen Semestern mit 1,0 abgeschlossen hatte und sich wöchentlich mit einem Coach traf – einer Expertin, die sich auf die Förderung von hochbegabten Erwachsenen spezialisiert hatte – um besser mit ihrer „Situation" umgehen zu lernen. Frappierende Ähnlichkeit, die meine Zweifel zwar nicht ausräumten, aber am Ende des Tunnels ein Licht aufflackern ließ, und so nahm ich wenig später den Erstkontakt auf. Ich erzählte ihr, wie sich das Leben mir gegenüber offenbarte – kaum ein Satz blieb ohne unterbrechende kommentierende Gliedsätze –, und über meine facettenreiche Suche. Vielleicht nicht identisch frustriert wie Faust, vielmehr insistierend, dass ein Tor dennoch mal klug sein darf, stand ich an einer Wegkreuzung in meinem Leben und musste für viele kleine und große Bauprojekte noch die Ausschreibungen gewinnen. Und obschon mein Verstand sein Leitmotiv posaunte, dass eigentlich wichtigere Themen anstünden wie die Veröffentlichung meiner zweiten Dissertation oder gleich die Ausarbeitung einer dritten, gesteht er in Reue, dass ihm dieses leichter falle als die Beschäftigung mit dem Selbst oder eine Partnerschaft.

Doch der Prozess der letzten Monate hatte mich demütig gelehrt, wie wertvoll dieser für mein Leben ist und dass die Fragen, blieben sie heute unbeantwortet, mich morgen wieder einholen würden. Erneut fand ich den besagten Zweiten, wenn Nietzsche schreibt, dass jenes verborgene und herrische Etwas, für das wir lange keinen Namen hätten, bis es sich endlich als unsere Aufgabe erweise, dieser Tyrann in uns eine schreckliche Wiedervergeltung für jeden Versuch nehme, den wir machten, ihm auszuweichen oder zu entschlüpfen, für jede vorzeitige Bescheidung, für jede Gleichsetzung mit solchen, zu denen wir nicht gehörten, für jede noch so achtbare Tätigkeit, falls sie uns von unserer Hauptsache ablenke – ja, für jede Tugend selbst, welche uns gegen die Härte der eigenen Verantwortlichkeit schützen möchte. Krankheit sei jedes Mal die Antwort, wenn wir an unserem Recht auf unsere Aufgabe zweifeln wollten, wenn wir anfingen, es uns irgendwo leichter zu machen. Sonderbar und furchtbar zugleich. Unsere Erleichterungen seien es, die wir am härtesten büßen müssten. Und wollten wir hinterdrein zur Gesundheit zurück, so bliebe uns keine Wahl, als uns schwerer zu belasten, als wir je vorher belastet gewesen wären.

Die Antwort, die ich mit großer Spannung erwartete, lautete, sie spüre, dass aus meiner Anfrage nach einem Coaching ein großer Druck sowie ein tiefer Wunsch sprachen, mein Leben zu ändern. Und: Sie würde nicht versuchen, mich davon abzuhalten, Suizid zu begehen, was dem Aufzäumen eines Pferdes von hinten gleichkäme. Welche konkreten Ziele verfolgte ich nun mit dem Coaching? Zuoberst: Ich selbst zu sein, eins anstatt viele, unzerstückt, „all-ein", meines wahren Selbst bewusst zu werden und mit Tiefe in mir und der Welt zu leben. Körper und Geist vereint, so die weitere Vision, würden der Odyssee nach innen und außen den Wind aus den Segeln nehmen und mich die Begabung nicht mehr als Belastung empfinden lassen. Nicht andere sollten mehr Maßstab meiner Entwicklung sein, sondern ich wollte aus meinem Inneren heraus – entsprechend meiner Kapazitäten und Neigungen – wachsen, mich entfalten und mich dabei frei, losgelassen, ungebremst und altersgerecht jung fühlen. Vereinfacht: Denken reduzieren und Sorgen abwerfen, Freude erhöhen und der Sonnenseite zuwenden – angesichts der Unsicherheit, wann ich das Zeitliche segnen sollte, so schnell als möglich, denn die Tatsache, sterben zu müssen, war noch lange kein Beweis dafür, vorher gelebt zu haben.

Im Grunde genommen suchte ich eine Annäherung von Fremd- und Eigenwahrnehmung. Um dies zu erreichen, mussten Blockaden aus dem Weg geräumt und zahlreiche Welten durch kontinuierliche Synchronisation vereint werden. Ein besonderes Ziel war für mich, Liebe ohne Misstrauen und Angst, sondern mit Zuversicht empfangen und auch geben zu können, so wie es, Wink des Schicksals, zeitgleich in den *Losungen* stand: „Jesus, ich sehne mich, dass du das Schläfrige wegwischst und mir neue Lebendigkeit schenkst. Sei du für mich das Wasser, das meinen Durst nach Liebe stillt und mich erfrischt, damit das Leben wieder in mir strömt und auch für andere zur Quelle des Segens wird." (Grün) Nach einer „sanften Landung" galt es einen Neustart zu gestalten und – was ich in Ansätzen fähig war zu denken – in der Realität umzusetzen.

Erleichtert las ich später bei Jung, dass ich mit meinem inneren Uneinssein nicht allein war. Im Gegenteil. Er sah dies als ein typisches Kennzeichen des Kulturmenschen, der sich an der Bändigung des Animalischen versuche. Das Hineinschrauben in den „Kulturzwang" bezeichnet er wahr-sagend sogar als „Konflikt der Menschheit". Allgemein ließe sich heute vom postmodernen Paradigma der Identitätszersplitterung, der Dispersion der Persönlichkeit sprechen. Aus eigener Erfahrung berichtet er schließlich, dass die sogenannten Intellektuellen zu den schwierigsten und undankbarsten Patienten gehörten, denn sie kultivierten eine Psychologie à compartiments. Unbestreitbarer Fakt bliebe über allem, dass sich mit einem durch kein Gefühl kontrollierten Intellekt zwar alles erledigen ließe, man aber dennoch eine Neurose habe. Hesse äußerte über seinen Harry Haller einst, dass dessen Seelenkrankheit nicht die Schrulle eines Einzelnen sei, sondern die Krankheit der Zeit selbst, die Neurose seiner Generation.

Bei der Kontaktaufnahme mit meinem Coach fühlte ich Erleichterung, wieder eine Hochphase, in der ich fröhlich war und mich sogar über den Berg wähnte. Ich verfasste eine vierzigseitige Kompilation meiner bisherigen Gedanken, die als Basis für die Coachings gelten sollte. Solche Phasen gleichen dem Abriss eines Hauses. Bricht ein großer Brocken ab, staubt es ordentlich, und Wasser wird versprüht, um die Luft zu reinigen. Meine erleichterte Seele reagierte nun bei jedem noch so kleinen emotionalen Gedanken mit Tränen: Einer Nettigkeit von Freunden, einem Gruß oder wenn jemand traurig und allein war. Es versetzte mich in Rührung. Ich selbst hielt es für seltsam, wie ich nach so langer Eiszeit auf einmal so sentimental werden konnte und fragte: „Gibt es denn für mich nie ein Mittelmaß?"

Das erste Coaching-Gespräch stand an, und ich wartete auf den Anruf, schließlich hatte ich zuvor noch meine Telefonnummer geschickt. Doch anscheinend ist es Usus, dass der Klient und nicht der Coach anruft, was ich aber nicht wusste. Als kein Anruf einging, schrieb ich mehrere SMS, prüfte den Vertrag und die Webseite, doch dies blieb ergebnislos. Zuvor sehr aufgeregt, war ich nun maßlos enttäuscht, traurig und fühlte mich sehr allein. „Ein trauriger Abend" und „in mir ist keine Fröhlichkeit mehr", schrieb ich in mein Tagebuch. Weiterhin formulierte ich eine E-Mail, Titel „Ver-ZWEI-barung", die meine Gefühle ausdrückte. Ich hätte gedacht, dass mit der Ankündigung, „in medias res" zu gehen, meine „res" und nicht andere gemeint seien. Zudem brachte ich die Situation mit dem Coelho-Buch *Veronika beschließt zu sterben* in Verbindung, von dem sie zuvor gesprochen und das ich innerhalb von Tagen durchgelesen hatte. Dort ist die Situation geschildert, wie ein Meister viel zu spät in einen Hörsaal kommt, sich dort unerwartet schweigsam verhält und erst als sich das Auditorium dramatisch reduziert hatte, begann, sein Wissen zu teilen. War ich vielleicht Teil einer Geduldsprüfung? Geduld war schließlich noch nie meine Stärke. Frühes Beispiel ist, dass ich immer wieder dazu tendierte, bereits am 1. Dezember sämtliche 24 Törchen meines Adventskalenders zu öffnen und die Schokolade zu essen. Bis zum Ende der abgesprochenen Uhrzeit wartete ich und fragte mich, wie lange diese „Prüfung" sein sollte. Oder sollte ich mich jetzt auch wie Veronika verhalten, wie eine vermeintlich Verrückte benehmen und als erste Befreiungstat eine Ohrfeige austeilen? So eine Enttäuschung hatte ich nicht erwartet.

Meine Mutter vielleicht auch nicht, als ich sie Anfang September während ihrer Arbeitszeit anrief und – geballte Ladung in einem Satz – offenbarte, dass meine Lebenslust in den Vormonaten die Grenzen des Suizids gestreift hätte, ich nun wüsste, hochbegabt und hochsensibel zu sein und ein Coaching in Anspruch nähme. Und wieder, wie beim Telefonat im Mai, reagierte sie unglaublich faszinierend. Vermeintliche Hiobsbotschaften retourniert sie beim ersten Hören sagenhaft locker, auch wenn sie später damit noch gedanklich beschäftigt ist. Während diese Themen in meiner Jugend nie eine Rolle gespielt hatten, schien bei ihr in den letzten Jahren bereits die Erkenntnis gewachsen zu sein, dass mein „Anderssein" hierin ihre Ursachen fand, doch war dieses nie zur Sprache gekommen.

Für mich war es gar nicht so einfach gewesen, ihr die Nachricht zu überbringen, umso erleichterter fühlte ich mich jetzt. In einer E-Mail versicherte ich ihr später, dass ich für den Moment positiv gestimmt war und sich vieles zum Besseren verändern werde. Ich schilderte ihr meinen letzten Sommer, in dem ich so depressiv und niedergedrückt gewesen sei, dass ich an manchen Tagen unfähig war, die Wohnung zu verlassen, und wiederholte, dass ich mir Gedanken gemacht hatte, das Leben zu beenden. Ich berichtete von tränenreichen Nächten und Verkrampfungen, und dennoch sei ich weiter in den „Keller der Psyche" gegangen, um mein wahres Selbst zu finden. Ich äußerte auch den Wunsch, dass meine Eltern mit mir gemeinsam mein Leben erforschten und interpretierten. Doch ich merkte, dass diese Forderung gar nicht so leicht für sie umzusetzen war, schließlich war der Selbstverlust nur für mich konkret, für andere dagegen eher abstrakt, zudem hatten sie mich nie als angepasst wahrgenommen. Eigentlich hatte ich mit ihnen noch gar nicht reden wollen, da ich wusste, wie geschäftig ihr eigener Alltag war und das Verhältnis zwischen Eltern und Kind generell ein besonderes ist. Doch ich fühlte, dass die emotionale Distanz immer größer wurde und es nur durch den besagten Sprung über den Schatten möglich war, diese zurückzuführen. Ob dieser gelingen würde? Springt der Schatten nicht mit? Immerhin bliebe mir die wärmende Sonne im Rücken. Drehte ich mich um oder wartete ich auf die Dunkelheit, könnte ich den Schatten ohne Sprung überlisten.

Hölderlin ging es seinerzeit nicht anders, wie Stefan Zweig schreibt: Seine Großmutter und Mutter „hoffen, nun er sein Studium beendigt, werde er bald Vikar sein, eine Frau nehmen ... Aber Hölderlin weiß, dass er diesen Traum zerstören muss, nur schlägt er ihn nicht hart entzwei in den teuren Händen – sanft, doch eindringlich schiebt er alle Mahnungen an diese Möglichkeit zurück." In einem Brief an seine Mutter schrieb er: „Glauben Sie mir, dass ich mein Verhältnis zu Ihnen nicht leicht nehme und dass es mir oft Unruhe genug schafft, wenn ich meinen Lebensplan mit allen Ihren Wünschen zu vereinen suche." Doch im Tiefsten weiß er, dass er sie niemals überzeugen kann. „‚Es ist kein Eigensinn', stöhnt er aus tiefstem Herzen, ‚was mir meine Natur und meine jetzige Lage bestimmt. Es ist meine Natur und mein Schicksal, und dies sind die einzigen Mächte, denen man den Gehorsam niemals aufkündigen darf.'"

Kein bewusster Wille, das wusste ich nach meiner Krankheit nur zu gut, konnte dauerhaft den Lebenstrieb ersetzen. Auch ließe sich die mir zugedachte Aufgabe im Universum, dem „Circle of Life", nur wahrnehmen, wenn ich meinem Sein entsprechend lebte. Akzeptierte ich dieses nicht, war meine Schöpfung vergebens. Mein Inneres forderte hier nichts, was es nicht schon hatte. Nichts Fremdes konnte mir widerfahren, sondern nur etwas, was mir seit Langem gehört und aus mir heraustritt. Und dass ich mich überfordert fühlte, war angesichts der inneren Fülle selbstverständlich.

Was für eine Wendung an diesem Septembertag, an dem ich morgens noch ins Tagebuch geschrieben hatte: „Ein schlechter nebeliger Morgen. Wir reden kaum, ich fühle keine Energie, das Leben ist zu nichts zu gebrauchen. So stelle ich mir erste Schritte einer Trennung vor."

Das Coaching inspirierte mich, in meinem Leben aufzuräumen. Ich verhielt mich forscher, setzte beispielsweise eine Änderung meiner Berufsbezeichnung durch und war überrascht, wie viele feindliche Panzer in mir allein durch sicheres Auftreten kampflos den Rückzug antraten. Wie bei der Befreiung des Petrus aus dem Gefängnis schien mir ein Engel mit gewaltiger Kraft vorauszugehen, der die Wächter meines Überichs einen nach dem anderen entmachtete, sodass sie das Leben in mir nicht mehr davon abhalten konnten, herauszukommen und sich zu entfalten. Früher hatten in diesem Kreis noch fremde Menschen wie in einem Taubenschlag gewütet. Nun schmiss ich sie alle raus. Ein Safaripark für Wilderer? Die Zeiten waren vorbei! Schon Novalis schrieb 1800 im *Heinrich von Ofterdingen*, dass die meisten Menschen nur Überbleibsel eines vollen Gastmahls seien, das Menschen von verschiedenem Appetit und Geschmack geplündert hatten.

Der harmoniebedürftige Idealist in mir wollte nicht mehr ständig der Nette sein und zurückweichen, sondern Konfliktfähigkeit lernen, ohne dass ich bei jeder Auseinandersetzung Herzflimmern bekam. Sterne müssen ab und an aufeinanderknallen, damit neue Welten entstehen können! Ebenso war endlich der Zeitpunkt gekommen, dass ich mich nicht mehr immerzu selbst erniedrigte. Ich begann, Lob anzunehmen und fühlte, dass eine prägende, überwältigende und folgenreiche Entwicklung in mir in Gang gesetzt worden war: Das Erleben einer voraussetzungslos und bedingungslos geltenden Liebe, die umfassend mir, nicht nur meinen „liebenswerten" Seiten galt. Jener, den ich Gottes Engel nenne, befreite mich schrittweise von der Not eines ständig konditionierten Lebens und schenkte mir zunehmend Mut, mich auch mit meinen Schattenseiten und Ängsten auseinanderzusetzen – mich so zu sehen, wie ich wirklich bin. Darüber hinaus musste ich nicht fürchten, fremde Zuneigung wieder zu verlieren. Und noch mehr: Ich schraubte das Bedürfnis nach Anerkennung von außen massiv zurück. Ich tat Dinge, weil sie mir persönlich Freude machten, unabhängig von der Reaktion anderer. Das war eine große Befreiung, und fast ärgerte ich mich, dass ich mein wahres Selbst einst armselig verloren hatte. Eine Textpassage von Osho aus *Beyond Psychology* ermutigte mich, auf diesem Weg fortzuschreiten: Jeder Mensch mit Sinn für seine eigene Individualität lebe durch seine eigene Liebe, seine eigene Arbeit, ohne sich darum zu kümmern, was andere dächten. Je wertvoller die Arbeit sei, umso niedriger sei die Wahrscheinlichkeit, irgendeine Wertschätzung für sie zu erfahren. Zu Lebzeiten sei man verachtet, dann, nach zwei oder drei Jahrhunderten, würden Statuen von einem aufgestellt und die Bücher würden geachtet – der Grund liege darin, dass es zwei oder drei Jahrhunderte für die Menschheit dauere, sich die Intelligenz anzueignen, die ein Genie schon heute hat. Die Lücke ist weit. Um von Idioten respektiert zu werden, müsse man sich wie sie verhalten und ihre Erwartungen erfüllen. Um von dieser kranken Menschheit Ansehen zu erwerben, müsse man noch kränker sein als sie. Dann würden sie einen anerkennen. Aber was würde man gewinnen? Man verlöre seine Seele und gewinne nichts.

Auf einmal konnte ich, zumindest zeitweise, mich mit Menschen freuen, die das Eldorado meines Verstandes, eine Familie mit Kindern, schon auslebten. Auch schob ich die Wolkenwand über einer Beziehung mit einer langjährigen Freundin weg, welche durch mein falsches Selbst vergrätzt worden war. Erst jetzt sah ich ein, dass ich ihr gegenüber verletzend und unsensibel gewesen war. Zuvor ein Sklave des Verstandes, war ich nun fähig, rebellierende Gedanken im Keim zu ersticken. Ich sprach mit ihnen, und sie lösten sich in Luft auf. Mein Verstand hatte die Freiheit, mir Überlegungen anzubieten, doch ich hatte am Ende die Wahl. Ein wahnsinniges Gefühl, noch mehr, da ich diese Szenerien in mir geradezu visuell verfolgen konnte.

Daneben gab es aber auch Gedanken, die hartnäckiger Natur waren, und es bedurfte hier Stärke, mehr noch: Beharrlichkeit. Gerade den stärksten inneren Widerständen wollte ich meine volle Beachtung schenken, denn sie konnten nicht umsonst so unbeugsam sein. Ohne Frage war dies mit starken Schmerzen verbunden, doch erfüllte mich meine Unnachgiebigkeit mit Stolz, vor allem als ich bei Jung las, dass es vielen Menschen unheimlich wird und sie davonlaufen, wenn es um das innere Erleben geht, um das Allerpersönlichste, und dass das Heilende ein Gift sein könne, das nicht jedermann ertrage. Wie Hesse, der interessanterweise während der Erstellung seines *Siddhartha* bei C. G. Jung in psychotherapeutischer Betreuung war, könnte ich sagen, dass es bis aufs Blut gehe, weh tue, aber über allem förderlich sei.

War es möglich, den Verstand als eine separate Einheit wahrzunehmen, musste es eine höhere Ebene geben, die dies vermochte. Wer oder was war dieses „Ich“, das die Gedanken mit aller Vernunft selektiert? Und warum war mir dies möglich, genauer: Welchem Ich in mir? Ich fand bei Hesse die Äußerung, dass wenn ein Mensch dazu vorschreite, die eingebildete Einheit des Ichs zur Zweiheit auszudehnen, er beinahe schon ein Genie sei, zumindest eine seltene und interessante Ausnahme. Würden diese Menschen ihre Mehrteiligkeit laut äußern, liefen sie Gefahr, von der Majorität eingesperrt zu werden, welche die Wissenschaft zu Hilfe bäte, die wiederum Schizophrenie diagnostizierte, um die Menschheit davor zu beschützen, aus dem Munde dieser Unglücklichen einen Ruf der Wahrheit vernehmen zu müssen.

Wie von einem Berg herab eröffnete sich mir ein Blick auf die Ebene. Und was sah ich dort? Zwei bis zu den Zähnen bewaffnete verfeindete Armeen, Verstand und Herz, zwei Hälften, die nicht zusammenpassten, sich ständig blutig rieben und mich bereits einmal zerrissen hatten. Erstmals für mich offensichtlich, sah ich den Grund und Beweis zugleich für so vieles: Tief in mir tobte seit meiner Geburt ein quälender Kampf, ein höllisches Knäuel steckte dort, das Außenstehende niemals hinter der munteren Fassade vermutet hätten. Eine Textstelle über Heinrich von Kleist in Zweigs *Der Kampf mit dem Dämon*, nahm ich euphorisch auf, da sie mir sehr viel Erleichterung schenkte: Das ständige Patt zwischen der dämonisch starken Leidenschaft der Natur und dem gleichsam dämonischen Willen des Geistes habe bei Kleist im Gegensatz zum Austräumen ein reales Ausleben verhindert, was zu extremen Verzerrungen geführt habe. In der Folge habe sich auch dessen Erotik niemals ganz gradlinig auf der normalspurigen Bahn gesunder Männlichkeit mit eindeutiger Zielrichtung bewegt. Stets auf eine Verwirrung des Gefühls aus, hätten in ihm alle Übergänge und Verwandlungen, die verwirrendsten Möglichkeiten, immer aber die undurchdringliche Unklarheit seines Verlangens „geschillert", und keine seiner Beziehungen, ob zu einer Frau oder zu einem Mann, sei klar und einfach gewesen, nie eine Liebe, sondern immer ein Vermengtes, Übertriebenes, ein Zuviel oder Zuwenig. Vielleicht, so kam mir der Gedanke, war es für einige Menschen, die diesen zermürbenden Kampf in sich führten, normal, dass sie nicht in der Lage waren, sich festzulegen oder zu wissen, was für sie zutrifft. Im Schlachtlärm waren die leiseren Nuancen und Persönlichkeitsanteile auch für sie nicht mehr wahrnehmbar. Es klang beruhigend, war aber auch ernüchternd, dass es Kleist anscheinend niemals gelungen war, die chronische Entzündlichkeit seines Eros in ein Gleichgewicht zu bekommen, und ihn die Auseinandersetzungen nicht nur in die Einsamkeit zurückgejagt hatten, sondern auch bis in den Exzess. Wie erschreckend wenig wird auch dieser an seiner Erklärungsnot und mangelnden Zugehörigkeit Leidende sich in den Augen der Gesellschaft erkannt haben!

Zu Kleists Zeit mehr noch als heute galt, den Leidenschaften nicht unterworfen zu sein, als „Abnormität", was jegliche Bestrebung ad absurdum führt, jemals zu den „Normalmenschen" (Zweig) zu gehören. Außenseiter. Das bedrückende Gefühl der Einsamkeit war bei mir seit Jahren ein Dauerzustand, an den mich mein Geist tagtäglich gleich beim Aufstehen als ersten Gedanken erinnerte. Je länger ich mich in die Materie einlas, umso mehr stellte ich fest, dass das Thema Einsamkeit ein besonderes war. Über Siddhartha lässt uns Hesse mit Absolutheit wissen, dass niemand so allein wie er gewesen sei, Jung reflektiert in seiner Autobiografie, dass er sich bereits als Kind einsam gefühlt habe und dieses Gefühl niemals von ihm gewichen sei und von Günderrode führt aus, dass, je mehr ein Mensch Anlage hat durchzudringen, je schauerlicher die Einsamkeit seiner Wege, je endloser die Wüste sei.

Innerlich leer und kalt sah ich meinen Körper als Maschine: Ich war einer der leblosesten Menschen, ein Denkautomat, eine Hölderlin'sche „Nichtnatur". Ramakrishna urteilte noch härter: Ein Mensch ohne Mitgefühl verdiene nicht, Mensch zu heißen. Vielleicht war ich ein Halbmensch, mit Gefühlen für andere, nur nicht für mich. Nach außen war ich fröhlich und ein aktiver Netzwerker, doch meine Seele glich dem Hades. Jeden Tag kämpfte ich um den Antrieb, die Lust, aus dem Bett zu steigen, und musste mich motivieren, zur Arbeit zu gehen, wo ich meine Gedanken immerhin auf andere Themen bringen würde. Doch Einsamkeit lässt sich nicht auf einen Tageszeitpunkt zurückführen, sie ist ein Dauerzustand und machte mich so krank, dass ich nachts im Schlaf aufstand und in meiner Wohnung suchte, ob dort noch jemand sei. Oder tagsüber mich zwar einerseits über die vielen schönen Erinnerungsstücke in der Wohnung freute, doch im gleichen Zuge deprimiert war, dass ich das meiste weder nutzte noch mit jemandem teilen konnte. Ich hatte mich von meinem Selbst entfernt und mir dadurch tiefe seelische Wunden zugefügt. Wie schön musste ein Morgen sein, an dem ich sorgenfrei aufwachen konnte, ohne vom Verstand terrorisiert zu werden! Im Nachhinein verstand ich ein weiteres Mal, wie in mir schon vor langer Zeit ein Kohlenfeuer zu glimmen, ein Krebsgeschwür zu wachsen begonnen hatte. Wie Feinde hatten sie sich den Weg zu meinem Herzen gebahnt, es eingekesselt und sich für die letzte Schlacht vorbereitet. Doch diese sollten sie verlieren, denn ich würde aufwarten, meine letzte Kraft aufzuwenden, um zu zeigen, dass ich keine Maschine bin.

Ich fühlte mich allein mit meinen Gedanken und Sorgen. Die Antworten auf meine Hilferufe in Form von E-Mails empfand ich nicht als ausreichend tiefgründig – wenn überhaupt eine Reaktion kam. Die Atmosphäre war geschwängert von versuchter Zuweisung von Schuld und der Suche nach Schlüsselmomenten, die es nicht gab. Dies vertiefte die Spaltung in mir, anstatt dass es sie schmälerte. Auf dem Weg zum eigenen Selbst ist man ziemlich allein. Wie ein Kreidefelsen auf Rügen, der nach immer größer werdendem Riss im Begriff ist, in die Ostsee zu rauschen, brach mir die Serienschaltung mit meinem Elternhaus weg. Implosion. Zarathustras Bestätigung, dass viel bitteres Sterben im Leben der Schaffenden sein müsse, war nicht gerade erbaulich. Rilke schreibt in *Briefe an einen jungen Dichter*, wenn die Menschen, die einem nahe sind, plötzlich fern seien, dann finge es an, weit um einen zu werden. Man solle sich seines Wachstums freuen, in das man niemanden mitnehmen könne. Gleichzeitig erinnert er, dass man gut gegen die sei, welche zurückbleiben, indem man sie nicht mit den eigenen Zweifeln quäle und sie nicht mit Zuversicht und Freude erschrecke, die sie nicht begreifen könnten. Stattdessen solle man sich eine schlichte und treue Gemeinsamkeit suchen, die sich nicht notwendig verändern müsse, wenn man selbst „anders und anders" werde. Voller Nachsicht solle man an ihnen das Leben in einer fremden Form lieben und vermeiden, dem Drama, das zwischen Eltern und Kindern ausgespannt sei, Stoff zuzuführen. Hätte ich diese Passage nur eher gelesen! Ich hatte immer genau das Gegenteil getan, nachgehakt und gebohrt, und sie waren meinem Gefühl nach ausgewichen. Frustriert dokumentierte ich in meinem Tagebuch, dass sie mich in Zukunft bitte nicht mehr fragen sollten, wie es mir ginge. „Wann wird es möglich sein, ihnen zu erzählen, was gerade in mir ist und mit mir passiert?" Dabei rang ich selbst nach Worten für meine Unvollkommenheit, mein Ungelöstes. Die Wirklichkeit realisierte sich jenseits des zuvor Vorgestellten. Wie sollte ich etwas innerhalb dieser Sphäre beschreiben? Fern jeden Ausdrucks und allem Begreifbaren atmete das Leben, es floss in mir und entzog sich damit dem Brett vor dem Kopf, der Fassbarkeit meines wortwörtlich stehenden – Stillstand und jeder Weite hinderlich zugleich – Ver-standes. Er war nicht mehr gleichgesetzt mit meinem Ich oder meinen Gedanken, sondern höchstens ein Instrument.

Zu sehr war ich es gewohnt, Ergebnisse kundzutun – doch einen Prozess? Auch war vollkommen unabsehbar, wie lange dieser noch dauern sollte. Aus heutiger Sicht: lebenslang. Verständnis fand ich erneut bei Kleist und Jung. Während Ersterer in einem Brief schrieb, nicht zu wissen, was er über sich „unaussprechlichen Menschen" sagen solle, bekannte Jung in seiner Autobiografie, dass er von sich nur wenig wisse und dass dieses wenige zudem noch sehr widerspruchsvoll sei. Auch Rilke bestätigt, dass die Dinge alle nicht so fassbar und sagbar seien, als man uns glauben machen wolle. Vielmehr seien die meisten Ereignisse unsagbar und vollzögen sich in einem Raum, den nie ein Wort betreten habe. Das fast vernichtende Preisgegebensein an Namenloses vergleicht er mit einer Person, die beinahe ohne Vorbereitung und Übergang auf die Höhe eines großen Gebirges gestellt werde. Sie würde vermeinen zu fallen oder sich hinausgeschleudert glauben in den Raum oder in tausend Stücke auseinandergesprengt.

Bingo! Langsam realisierte ich, welchen Grund es hatte, dass ich ein Buch nach dem anderen aufsog. Ich suchte nach Worten, Ausdrücken und Konzepten, um mich annäherungsweise besser zu verstehen, mich auszudrücken, wobei ich die Schriftform bevorzuge, auch wenn Reden durch seine weniger dramatische Erscheinung oft eine bessere Alternative gewesen wäre. Schriftlich war ich in meinem Prozess oft viel weiter, hier durfte ich in Sätzen denken, während ich in der mündlichen Kommunikation, reduziert auf Wörter, zurücklag. Ich bezeichnete dies als meinen Herta-Müller-Komplex. Nicht nur, dass ich nach dem Lesen ihres Werkes *Der König verneigt sich und tötet* Albträume bekam, auch sie bezeugt, dass es nicht für alles Worte gibt: Wenn der Großteil am Leben nicht mehr stimme, würden auch die Wörter abstürzen. Das Gefühl der Einsamkeit drängt sich hier förmlich auf, denn selbst im Falle, dass Gesprächspartner vorhanden sind, gelten berechtigte Zweifel, ob man ihnen, ohne missverstanden zu werden, die Dinge, die einem wichtig sind, mitteilen kann. Wie wenig war ich bereit, Jungs Erfahrung, dass ein Mensch einsam werde, wenn er mehr wisse als andere, für mich anzunehmen. Warum sollte gerade ich Gedanken in mir herumtragen, über die ich mit niemandem sprechen konnte? Warum realisierte sich der Gegensatz zwischen äußerer und innerer Welt in so vehementer Weise ausgerechnet an mir? Und so zerbrach ich mir weiter den Kopf darüber, wie mich andere verstehen könnten, wenn ich mich in meiner Komplexität selbst nicht verstand und namenlos blieb. Blickst du in einen Abgrund, ist es eine Frage der Zeit, bis auch der Abgrund in dich blickt. Und beschrieben andere mit ihren Worten, was sie sahen, zog es mich runter. Welch Anmaßung, diese oder jene Wörter zu verwenden! Was bleibt von mir, wenn mir andere mit ihren Ansichten die Welt zerredeten? Irgendetwas konnte doch nicht stimmen, wenn jedes anspruchsvolle Elektronikgerät selbstverständlich mit einer Bedienungsanleitung geliefert wurde, ja selbst banale Backmischungen nicht ohne Hinweise auskamen, aber bei Menschen bitte alles hübsch einfach und ohne Erklärungsnotwendigkeit in eine Schublade passen sollte! Dabei bedurfte es nicht erst eines Softwaresystems, bei dem die Schubladen „Windows" hießen und das unsere Denkstruktur durch tägliche Benutzung beeinflusste, nein, Hesse schrieb schon im *Glasperlenspiel*, dass das Auslöschen des Individuellen, das möglichst vollkommene Einordnen der Einzelpersonen eines der obersten Prinzipien unseres geistigen Lebens sei.

Und meine innere Stimme fragte: Du trauriges Gegenüber und zugleich glücklich-einfaches, weniger komplexes Wesen, wie kannst du mit deinem simplen Verstand die Weisheit destillieren, wo es meinem Brenner noch an Gas mangelt? Ist in deiner Welt, deinen Worten, anscheinend Tag, dann ist bei mir die Nacht, in der die Tuba die Triangel übertönt.

In diese Nocturne kann ich nur schweigend lauschen, indem ich die zwölf Stufen der Jakobsleiter hinabsteige und meinen Verstand mit seiner *Sinfonie der Tausend* diminuiere, poco a poco vom Ritardando ins schwere Largo übergehe und meinen Blick nach innen wende, wahrnehme, wie ein Geigenbogen, einer Säge gleich, mein Herz und meine Seele malträtiert und der Paukenschall den Druck auf meiner Brust verstärkt. Hier inszeniere ich ein inneres Gericht und orchestriere die Einsätze. Forte fortissimo, volles Register, wie beim weihnachtlichen Orgelspiel des *O du Fröhliche*. Es geht um alles. Finale. Es geht um mich und die Freude schöner Götterfunken. In welchem Raum probt meine sprichwörtlich innere Stimme, auf die ich nach dem Ratschlag so vieler hören sollte? Hier auf dem Gang schallte es von überall her: Dirigent, erste Geige, unzählige Pfeifen, die davon träumten, dass nach ihnen getanzt wurde – alle haben sich versammelt und verhandeln in mir um meine Zukunft. Und ein jeder verfolgt, Hörner raus, in völliger Disharmonie seine eigenen widerwärtigen Interessen. Ist das Ziel ein trauriges Moderato, ein Kompromiss? Das darf nicht ausreichen! Laiengruppe, hier darf nicht jeder den Ton angeben oder etwas über die Bühne bringen! Ich will 100 Prozent maestoso, stringendo und vivace. Gewissheit, Wahrheit über meine Vorbestimmtheit, mein in die Wiege gelegtes Schicksal. Silentium! Meine Seele wünschte Ruhe.

Ich dachte an tägliche Meditation, mehrtägiges Vipassana, den Jakobsweg und einen Klosteraufenthalt, bei dem ich ganz allein mit mir sein durfte, mit stillem Herzen und geduldiger Seele, eingekehrt in der Ruhe, um mein unsichtbares Gegenüber laut werden zu lassen. Ohnehin konnte ich mich stundenlang mit einer anderen Person anschweigen und in dieser Zeit dennoch einen Roman ausgetauscht haben. Wie viel intensiver musste dagegen reales Sprechen sein! Derartiges passe doch gar nicht zu mir, sagten langjährige Freunde und Wegbegleiter. Nach dem sukzessiven Ablegen der Anpassung vielleicht immer mehr.

Die Hoffnung auf Erreichung meiner gestellten Ziele war verglüht, aufgelöst im Säurebad der realen Welt. Im Oktober schrieb ich in mein Tagebuch, manchmal glaubte ich doch, dass es einfacher sei zu sterben, als durch meine Probleme zu gehen. Ich schaffte es nicht allein, die Realität zu bewältigen, und stellte infrage, ob ich das überhaupt wolle. Ich wünschte mir, alles los zu sein, dann könne mich nichts mehr bedrücken, aber ich spürte auch, wie fatal dies war: Mit 30 wäre ich unfähig, noch irgendetwas im Leben neu aufzubauen. Wie einfach wäre es, das ganze Projekt Leben zu beenden, anstatt Alternativen zu erwägen, Zarathustra in vollster Zustimmung die Hand zu reichen, dass es keine andere Erlösung für den gäbe, der an sich selber leide, es sei denn den schnellen Tod. Das erwähnte Phänomen, mich bis ins Äußerste in Eventualitäten hineindenken zu können, wurde mir hier zur Gefahr. Was mochte ich persönlich, und was hatte ich nur realitätsnah nachempfunden? Die Schule des Lebens hatte mich gelehrt, wie man durch abnormes Verhalten Aufmerksamkeit erlangen konnte, und im Rückblick ist es nicht verwunderlich, dass der Griff in die Trickkiste immer tiefer erfolgen musste. Meine Seele schrie nach Fürsorge, nach Mehrsamkeit – es war kein „stummer Schrei nach Liebe" mehr –, und ich fühlte stark nach, wie andere kurz vor ihrer Verzweiflungstat noch einen letzten Anruf absetzen. Tief in mir dachte ich an meine Familie und wie ich diese Phase gemeinsam mit ihnen bewältigen wollte. Wie ich es schaffen wollte, mit ihnen zu reden. Aber alles war viel zu komplex – als ob auf jedem meiner Gedanken ein Elefant säße.

Ich spürte, dass das, was ich in meinem Leben umsetzte, für andere ein Problem sein könnte, ja selbst für mich, mein größter Wunsch war, Last abzuwerfen. „Ich sehe in den Sternenhimmel und frage mich, warum ich so viel Last trage, suche Ent-lastung", schrieb ich. Alle Schubladen des Schrankes auf einmal schonungslos aufgerissen zu haben, das totale Mich-infrage-Stellen, war wahrlich eine ganze Menge, ein infernalischer Grenzzustand. Mehr als zuvor stand ich quasi alternativlos vor der Herausforderung, das Leben dort zu lieben, „wo es an jeder Stelle schrecklich war" (Rilke) und den „Schmerz der Gebärerin" (Nietzsche) zuzulassen, wollte ich das neu zu empfangende Kind sein, das durch den dunklen Geburtskanal muss, um die Weite und Freiheit des Lebens erfahren zu dürfen (Grün).

Doch beide Urkräfte wären nicht ständig im Patt, wenn meine „Leiden"-schaft hier nicht wieder eingegriffen hätte und zwar mit anderen Mitteln, aber ebenso harten Bandagen wie der Verstand kämpfte. Wie Zweig über Kleist schreibt, sah auch ich keinen anderen Ausweg, als tief hinein ins Grauen meiner Seelenlandschaft einzutauchen, mit dem Ziel, mein tiefstes Selbst von den Ketten zu befreien, die Amnesie aufzuheben, meine Geschichte aus dem Dunkel des Vergessens auszugraben, die Taube aus dem Käfig zu lassen. In einem Fanatismus der Selbstvergewaltigung hieß es, sich langsam in die innerste Seele des Konflikts zu bohren, oft in schiefen Wendungen und Krümmungen, um dann gewaltsam das Gefühl herauszusprengen. Schreiend wie ein Wilder und in die Hände klatschend, war ich erstaunt, was für „haarsträubendes Getier" auf dieser Reise aus den „Dickichten meines Lebens" (Rilke) aufflog.

In solcherlei Wegbeschreibungen erkannte ich meine inneren Vorgänge wieder und entwickelte ein grobes Modell, mit dem ich Wortwahl und Reflexionswinkel in Verbindung brachte. Schließlich fühlte ich den Energiefluss meiner Gedanken im Kopf ebenso, wie ich meine Augen einst beim Sehen beobachtet hatte. Der Körper ist ein wahres Wunder, wenn man auf ihn achtet. Was im Gespräch zu einer außenstehenden Person galt (Aus-sagen = nach außen sagen), traf auch auf die Auseinandersetzung mit meinem inneren Universum zu (In-sagen = nach innen sagen). *Lógos* im wahrsten Sinne: Inneres leises Denken und äußeres lautes Sprechen. Allgemein ist die Rede von der Beleuchtung eines Themas, und dies scheint nur notwendig, wenn es zuvor „dunkel" anstatt „hell" oder in diesem Fall sogar „erleuchtet" war. Man konnte auch ein Auge darauf werfen, ins Auge fassen, wie wenn man eine Sonde zum Mars schickte, doch was half das, wenn sie keine Ergebnisse zurückfunkte? Am besten ist es, eine Thematik ohne den besagten beschränkten Blickwinkel wortwörtlich zu reflektieren. Im Einfallslot (0°) traf ich mitten ins Schwarze oder voll den Nerv; hier schallte es aus dem Wald, wie ich es hineinrief. Kurzum: Ein Volltreffer. Oder, um mit Franz von Sales zu sprechen, ich suchte „geraden Herzens". Die Reflexion ist „total". Je konkreter die Wortwahl, umso kleiner der Winkel, umso brauchbarer das Ergebnis. Je nach Größe („Kleinigkeit" oder „Megathema") und Nähe der Thematik („akut", „es brennt" oder „noch weit weg") ließen sich Erfolgsaussicht und Präzision der Antwort beeinflussen. Im anderen Extrem könne man sprichwörtlich um den heißen Brei reden, und der wortwörtlich unreflektierte Einfall verlief – „knapp daneben ist auch vorbei" – im Nichts. Schätzte ich Nähe und Größe falsch ein, riskierte ich, „mit Kanonen auf Spatzen zu schießen". Bewusst „ein Blatt vor den Mund zu nehmen" oder „durch die Blume zu sprechen", führte dagegen neben der Reflexion auch zu Transmissionsverlusten. Ein weiterer Sonderfall bestand im Einzingeln, Druckausüben oder In-die-Bredouille-Bringen, wobei das Pendant darin liegt, im Ansatz stecken zu bleiben oder sich im Kreis zu drehen. Zu keinem Einfall – Sendepause – kommt es in dem seltenen Fall, wo ich weder spreche noch denke, zum doppelten Einfall bei Unterhaltung und gleichzeitiger innerer Parallelkonferenz. Gedankenloses Sprechen ist am Ende ebenso möglich wie alleiniges Denken.

Der Kriegserklärung an meinen Verstand musste ich Taten folgen lassen, denn der Preis der Niederlage in diesem Entscheidungskampf meines Lebens war hoch. Würde ich nicht siegen, ginge ich als vierfacher Verlierer vom Platz: 1. Mein Verstand hätte einmal mehr über mich gesiegt. 2. Mich von dem geliebten Menschen zu trennen, würde bedeuten, dass ich nicht in der Lage war, mich im guten Sinn von meinem Elternhaus abzulösen. 3. An seiner Stelle eine Freundin zu suchen, wäre ein erneuter Schritt in Richtung Anpassung, würde meine positive Entwicklung ausbremsen, mein Schicksal herausfordern, mir im Innersten widersprechen, der Lust am Widerstand meines inneren Rebellen nicht genügend Rechnung tragen, und ich würde Langeweile riskieren. 4. Am Ende wäre nicht nur ich wieder allein, sondern auch Tao.

Ich war überzeugt, dass der sich höllisch wehrende Verstand fähig war, seine Weltsicht zu ändern, wenn ich ihn nur lang genug beugte. Wo lernte man nicht, dass sich Ausdauer auszahlt und zu einem vollendeten Werk führt? Geduld musste ein weiterer Eckpfeiler in der Entwicklung sein, zumindest ließ schon allein die erneut hohe Zahl an möglichen Querverweisen in der Literatur darauf schließen. Ob Rilke empfahl, mit tiefer Demut und Geduld die Stunde der Niederkunft einer neuen Klarheit abzuwarten, oder Zarathustra uns die Metapher schenkt, dass lange als schweres Wetter am Berge hängen müsse, was einst das Licht der Zukunft zünden soll. Sie alle bestätigten mich darin, dass ich zum Sieg in diesem Dämonenkampf vornehmlich Durchhaltevermögen und Zeit benötigte, währenddessen ich den Unterschied zwischen Emotionen vom Herz und vom Verstand lernte. Denn Erstere richten sich nach mir, Letztere nach der Welt. Erst wenn ich dies von ganzem Herzen, ganzer Seele und ganzem Gemüt wisse und fühlte, dann war der Zeitpunkt reif, auf dieser Entwicklungsstufe eventuelle Adjustierungen vorzunehmen und mich neu zu realisieren. Nur wer nichts tut, macht keine Fehler – ist lebendig begraben, so gut wie tot. Doch wie viele Kraftreserven hatte ich für diesen Gang durch die Wüste?

Mein Leben lang hat mein Intellekt versucht, zu integrieren statt zu spalten. Für Phänomene verschiedener Art versuchte ich – wie auf der Suche nach der alles vereinenden Schöpfungsformel –, eine übergeordnete Ebene zu finden, denn ich habe schon immer viele Extreme in mir vereint. Die Überwindung der Dualität spricht mich wesentlich stärker an als das Trennen in ein „Entweder-oder". Manchmal empfand ich Freude an dieser großen Vereinigung, die wie ein nicht limitierter Hauptpreis daherkam und den roten Teppich für ein umfassendes, unbeschränktes und abwechslungsreiches Leben ausrollte. Von einem Extrem ins andere: Zuvor noch so krank, niemanden zu lieben, im Anschluss voller Liebe für alles, was mir unter die Augen kam. Doch unsere vermeintlich moderne Gesellschaft gefällt sich in der Rolle, zu spalten, zu trennen und Menschen in einfache, einprägsame Klischee-Schubladen einzusortieren, was aufgrund der Vielschichtigkeit jedes Einzelnen eigentlich ein unmögliches Unterfangen ist.

Was ich dagegen nicht verstehe, ist, dass eben diese abendländischen Menschen, sofern sie religiös sind, Gott als allintegrierenden Schöpfer ansehen, der alle Gegensätze in sich vereint, aufhebt und ein großes Ganzes formt. Einer in der Vielfalt, der uns nicht unter die Dinge gesetzt hat, um auszuwählen, sondern um das „Nehmen so gründlich und groß zu betreiben, dass wir schließlich gar nichts anderes als Schönes empfangen können in unserer Liebe, unserer wachen Aufmerksamkeit, unserer gar nicht zu beruhigenden Bewunderung." (Rilke) Diesem kam ich doch wesentlich näher, oder sollte ich diese Aussage als häretisch verurteilen? Meine Antwort darauf lautet „Nein", und auch bei Jung sollte ich finden: Wer erfahren habe, dass von Natur aus Gegensätze sich so einen können, dass sie nicht mehr auseinanderstreben und sich bekämpfen, sondern sich gegenseitig ergänzen und das Leben sinnvoll gestalten, dem werde die Ambivalenz eines Natur- und Schöpfergottes keine Schwierigkeiten bereiten. Im Gegenteil, er werde den Mythus von der notwendigen Menschwerdung Gottes, der essenziellen christlichen Botschaft, als schöpferische Auseinandersetzung des Menschen mit den Gegensätzen und ihre Synthese im Selbst, der Ganzheit seiner Persönlichkeit, verstehen. Die notwendigen inneren Gegensätze im Bilde eines Schöpfergottes könnten in der Einheit und Ganzheit des Selbst versöhnt werden als „coniunctio oppositorum" der Alchemisten oder als „unio mystica". Das Ziel sei, dass die Menschen sinnvoll der Schöpfung eingeordnet werden, um ihr Sinn zu verleihen. Allgemein verlören die Schichten der Psyche mit zunehmender Tiefe und Dunkelheit die individuelle Einzigartigkeit. Sie würden „nach unten", d. h. mit Annäherung der autonomen Funktionssysteme, zunehmend kollektiver, um in der Stofflichkeit des Körpers, nämlich in den chemischen Körpern, universal zu werden und zugleich zu erlöschen.

Waren wir zu stark geschult, dass wir uns als das Gegenteil dessen ansahen, anstatt einen Versuch der Annäherung zu unternehmen? Durchaus denkbar. Werden nicht Idealismen gelehrt und von Amts wegen von denen gepredigt, die wissen, dass sie selbst sie weder jemals erfüllt haben noch sie je erfüllen werden? Die Crux hieran ist, dass diese Lage unbesehen hingenommen wird. Dabei hieß es doch: „Deine Zauber binden wieder, was die Mode streng geteilt" (Schiller). War hierzu eine „Differenzierung des Eros" (Jung) notwendig, die die Freundschaft zwischen den Geschlechtern aus der Verdammnis der Unmöglichkeit erlöst? Eine „sexuelle Dispersion" (Sigusch) und neue Empfindungsweisen, die sich selbst als Lebensweisen definieren und pluralisieren? Anscheinend. Dann ließe sich mein Bild vom „Verlierer der Evolution" zum „postrevolutionären Vertreter des Fortschritts" wenden und die Welt mit einer neuen Ökumene im Guten auf den Kopf stellen. War das eine utopische Vision?

Kaum einer hinterfragt die eigene Kultur. Doch je mehr Länder man bereist, umso stärker weitet sich der Geist und umso weniger lässt man sich in alte Strukturen einengen. Und je länger ich mir die vorgeblichen Unterschiede anschaute, umso mehr sah ich, wie diese auf einer höheren Ebene nicht mehr existierten. Infolgedessen bin ich nicht mehr bereit, mich nur *einer* Philosophie oder *einer* Religion hinzugeben. Mich von kultureller Sozialisierung zu befreien und wie einst Montaigne als Weltbürger zu leben, scheint näherliegend, selbst wenn Zweig die Bedenken einwirft, dass sich aus einer solchen erasmischen Vielfältigkeit naturgemäß keine einheitliche Wirkung ergeben könne. Vielleicht harmonisieren mein Geist und mein Körper wesentlich mehr, als es mein Verstand bislang erfasst hat, denn ich kann nicht verstehen, wie die meisten Menschen sich dem Anschein nach in Bezug auf Liebe und Partnerschaft auf das jeweils gegensätzliche Geschlecht limitieren können. Geschieht dieses unreflektiert? Vielleicht fühlen sie so, dann freue ich mich für sie über ihren Einklang mit sich und vor allem mit der Mehrheit der Menschheit. Doch wie sieht es aus, wenn der biologische Körper von innen nichts als Gleichgültigkeit verspürt beziehungsweise durch die Hyperaktivität des Verstandes an Gefühle und Triebempfinden nicht heranzukommen ist und die Überzeugung herrscht, dass jede Form der Limitierung einer Vergewaltigung entspricht? Würde ich mich entscheiden, wäre ich in meinen Möglichkeiten eingeschränkt und freiwillige Geisel der Klaustrophobie: Die Weite fürchtet die Enge, psychisch und auch physisch. Für mich ist ein Körper neutral, erst der Verstand polarisiert entsprechend seiner Kulturation. Und das kann ich für mich mit Gewissheit sagen, denn diese Erkenntnis ist gewachsen.

Durch Zufall stieß ich eines Tages auf eine der Kernpositionen von Alice Schwarzer: „Unser Begehren ist kulturell geprägt und nicht biologisch determiniert." Ob sie es im gleichen Zusammenhang meint? Gedanklich und in der Umsetzung habe ich mich steppenwölfisch angenähert, die Extreme zu testen: „... alle gehörten mir, allen gehörte ich, alle hatten wir aneinander teil." (Hesse) Doch ich blieb wohl in den Ansätzen stecken: Meine Versuche wurden von keiner Seite als wirklich bewertet – und von mir selbst wohl auch nicht. Nirgends gehörte ich dazu, nirgends fühlte ich Identifikation. Was empfahl sich mehr, als endlich mein eigenes Reich der Mitte, das ich zu lange als verkappt angesehen hatte, auszurufen! Wie der Polarstern bei Konfuzius, der selbst ruht und um den alle Sterne kreisen, oder wie ein Mandala von Jung, über das er sagt, es sei der Weg zur Mitte, zur Individuation, was „zum eigenen Selbst werden" bedeute, insofern wir unter Individualität unsere innerste, letzte und unvergleichliche Einzigartigkeit verstünden. Erst aus ihr heraus würden sinnerfüllende Ziele möglich; ein Phänomen, was zahlreiche Psychologen an ihren Patienten beobachteten, die zuvor gerade von einer

Neurose geheilt waren. Ergo, vermeintlich verkappt, denn genau hierin lag der erste Schritt, wie ich bestätigend bei Meister Eckhart las: Derjenige, der ein gutes Leben beginnen wolle, solle es machen wie einer, der einen Kreis zieht. Habe er den Mittelpunkt des Kreises richtig angesetzt und stehe dieser fest, so werde die Kreislinie gut.

Verblüfft bin ich immer wieder über Menschen, die dies nicht so spürten. Was wissen wir vom Leben, was noch kommen soll, und warum schränken wir uns ein? Klingt nicht das Gegenteil sinnvoller, der so oft zitierte Weltgeist, der uns weiten anstatt einengen wollte? Und was sollen Liebesbeziehungen mit Geschlechtlichkeit zu tun haben, schließlich ist Sex körperlich, und Fleisch selbst liebt nicht. Es ist, überbewertet per se, nur eines von unzähligen Medien, Liebe auszudrücken. Mein Suchen in diesem Bereich führte mich schließlich zum *Symposion* von Platon und der Rede der Diotima, welche schon weit vor unserer Zeit vortrug, dass Menschen nur eine gewisse Art der Liebe herausnähmen, diese mit dem Namen des Ganzen belegten und Liebe nannten. Sie dächten, dass Eros das Geliebte, nicht das Liebende sei, und daher erscheine uns Eros so wunderschön. Dabei sei das Wesen des Liebenswerten und Liebenden doch ganz anders: Neben denen, die „dem Leibe nach zeugungslustig" sind, gäbe es solche, die auch „in der Seele Zeugungskraft" hätten, viel mehr als im Leibe, für das nämlich, was der Seele gezieme, zu erzeugen und erzeugen zu wollen: Weisheit und jede andere Tugend. Solche hielten die Schönheit in den Seelen für weit herrlicher als die in den Leibern, denn auch Unterhaltung erzeuge und gebäre, was man schon lange zeugungslustig in sich getragen habe: „schönere und unsterbliche Kinder" (Platon). Erkenne ich, dass die Weisheit zum Schönsten gehört und Eros Liebe zum Schönen ist, also inmitten der Weisen und Unverständigen steht, bin ich mir des Philosophen in mir zunehmend bewusst. Schönheit ist geschlechtsunabhängig.

Vom platonischen Geist einer höher entwickelten Form des Eros beseelt, wende ich mich von Hellas wieder in Richtung aufgehender Sonne, um mich an den Quellen daoistischer Weisheit zu laben. Vielleicht glich ich einer Waage mit unterschiedlichen Bedürfnissen. Als Gewicht könnte eine Person und noch dazu ein Geschlecht meine Schalen niemals auf eine Höhe bringen. Bräuchte ich, um die Balance der Mitte zu halten, nicht beide Elemente, das männliche und das weibliche? Konnte Ganzheit im Leben nicht erst entstehen, wenn man alle gegensätzlichen Pole zuließ? Die Silbe „poly" müsse viel stärker Einzug in das Vokabular erhalten: Menschen zum Zusammenleben, für die Konversationspflege, zum Ausgehen ... Oder lag hier ein Denkfehler zugrunde, und nur ein weiblicher Pol konnte einen männlichen ausgleichen?

Wer oder was wäre dann die Waage, und müsste ich als Rahmenbedingung die Unvollkommenheit meiner Schöpfung ansetzen?

Die Geister scheiden sich, ob wir eine oder zwei der Urkräfte in uns beheimaten. „Ist es ein lebendig Wesen, das sich in sich selbst getrennt? Sind es zwei, die sich erlesen, dass man sie als eines kennt? Solche Frage zu erwidern, fand ich wohl den rechten Sinn: Fühlst du nicht an meinen Liedern, dass ich eins und doppelt bin?", fragte schon Goethe im *West-östlichen Divan*. Nach C. G. Jung, der wie ich im Daoismus Inspiration fand, trägt jeder Mensch beide Elemente in sich, zumindest verkörpert er eines, und das Gegenteilige ist als animus oder anima in ihr oder ihm. Doch in welchem Ausmaß? Hier sind die unterschiedlichsten Ausprägungen an Menschen zu verzeichnen, die noch dazu lebendig, fluid und schwankend sind. Das chinesische Yin-Yang-Symbol unterstellt als sine qua non die Gleichverteilung, die Einigung der Gegensätze auf einem mittleren Weg, die als das „fundamentalste Hauptstück innerer Erfahrung" bezeichnet werden kann, die zugleich „die individuellste Tatsache und die universalste, gesetzmäßigste Sinnerfüllung des lebendigen Wesens" (Jung) ist. Ließe sich am Ende eine Synthese zwischen Laozi und Platon ziehen? Und brauchte ich dann überhaupt noch einen anderen Menschen? Und wie wirkt sich dieses sexuell aus? Im klassischen Fall hat das Gebende einen dominanten Trieb, der sich in der Penetration des Nehmenden äußert. Dem Menschen in der Mitte wie mir geht dieses ab: Aktiv und passiv findet die Befruchtung bevorzugt auf geistige Weise statt, und Dominanz, sexuelles Eindringen ist hier zu subsumieren, liegt ihm in jeglicher Form nicht nur fern, sondern widerspricht auch seiner asexuellen „Orientierung". Vielleicht kommt verstärkend hinzu, dass er als Kind selbst unter fremder Dominanz gelitten hat und eben aus diesem Trauma jener strikte Widerstand rührt, vor allem in Bezug auf Menschen, denen gegenüber er eine tiefere Wertschätzung empfindet. War dieses am Ende die „Krüpplichkeit", über die Lou Andreas-Salomé – amouröser Anziehungspunkt unter anderem für Nietzsche, Rilke und Freud – bereits 1915 schrieb, und die „überraschend oft auf die besonders hochragenden" Menschen zutreffe, bei denen irgend eine kleine Unzulänglichkeit der Gesamtentwicklung die seelischen Kosten aufzubringen habe für allzu überheblichen Anspruch des Geistes, möglichst wenig Körper zu sein? In solchem Fall handele es sich um die im echten Wortsinn „Sublimierenden", das heißt die ganze Fruchtbarkeit ihrer Wärme auf asexuale Ziele Lenkenden. Schließlich sei doch alles „Schaffen", ob denkerischer, künstlerischer, handelnder Art, oder wie es sonst sich kundtun mag, ebenfalls nur eine Methode, die Objektwelt mit dem Subjekt wieder in eins zu umgreifen, sich ihr zu vermählen, nur sei es eine andersgerichtete

Methode als der auf den Nebenmenschen konzentrierte Zeugungstrieb. Dass diese andere Methode bereits vor eingenommener Richtung ins Partnerische einsetzen müsse und dass sie also ganz zuunterst, vom Quellpunkt des Sexuellen, auszugehen habe, sei damit schon von selbst gegeben. Und gerade weil hier die Libido noch so individuell unverbraucht sei, vermöge sie vielleicht, als Triebkraft in den Werken des Geistes, über das individuelle Geschöpf hinaus Allgültigerem zum Ausdruck zu verhelfen.

Eine generelle Überwindbarkeit des Unverarbeiteten unterstellend, ließe sich die folgende These ableiten: Was dem Kommunismus der real existierende Sozialismus, ist dem Platonismus die real existierende Verwirrung der Gefühle. Oder um nochmals mit Andreas-Salomé zu sprechen: Auch dem, „dem im Sexualleben gleichsam Aschenbrödels Rolle zufällt zwischen ihren angeseheneren, des Hauses Würde und Glanz vertretenden Schwestern, auch dem kommt unter Umständen die hohe Stunde, die es in goldener Feenkutsche in das noch glanzvollere, noch gewürdigtere Reich entführt, wo ihm die Krone vorbehalten ist".

Aber wieder einige Stufen runter: Generell lässt sich Liebe als universelles Prinzip gar nicht zuordnen. Man kann sie in jedem einzelnen Menschen finden, wenn man sich in ihm erkennt. Wie soll sich ein Mann in eine Frau verlieben, wo doch hier die optische Wiedererkennung – „I like you" im Sinne von „ich wie du" – mehr als fraglich ist? Umso mehr scheint hierin ein Beweis zu liegen, dass Liebe eben nicht wortwörtlich oberflächlich ist, sondern es darauf ankommt, den Raum zwischen zwei Menschen auszufüllen. Und damit ist Liebe als Phänomen immer noch geschlechtsunabhängig. Und wollte ich die Fähigkeit zu lieben als mir eigen nennen, konnte es dann noch eine Kategorie namens „selektiv fähig" geben? Eltern, die zwei Geschlechter repräsentieren, liebt man schließlich auch, noch dazu zur gleichen Zeit. Heute werden die Phasen immer länger, in denen Geschlechtsunterschiede wie Petitessen erscheinen, doch in den ersten Monaten hatte meine Suche nach kleinsten Anzeichen Ähnlichdenkender mich in den Wahnsinn getrieben. Selbst in einen esoterischen Text über Indigo-Kinder vertiefte ich mich und fand die interessante Stelle, dass bei ihnen Sexualität kein Ausdruck von Maskulinität oder Feminität sei, sondern die Fähigkeit einer menschlichen Seele, mit einer anderen Seele zu interagieren. Anstatt Körper zu Körper würden sie sich Seele zu Seele binden. Auch meine Liebe gilt der Seele, nicht dem Fleisch.

Später fand ich zudem ein Interview mit der Gender-Forscherin Christina von Braun, in der sie zum Ausdruck bringt, dass es unseriös sei, Sexualität definieren zu wollen, da die Grenzen fließend seien. Konsequent urteilte ich schon früher quer durch die Geschlechter, wenn es in einem Gespräch beispielsweise über das Aussehen ging. Jeglichen Einwand konnte ich nicht nachvollziehen und erwiderte, dass Beurteilungskriterien unabhängig seien. Attraktiv und anziehend sind etwas anderes, gekleidete Körper ansprechender als entkleidete. Diese Situationen lassen sich im Rückblick als Pforten zur Anpassung ausmachen. Bereits damals blickte ich von einer übergeordneten, vereinenden Ebene, dem platonischen „hohen See des Schönen". Wie konnten andere dies vor lauter „sterblichen Flitterkrames" (Platon) nicht sehen? Wann würde dieses andauernde „Ich-sehe-was-was-du-nicht-siehst"-Spiel sein Ende finden? Anscheinend niemals, wenn ich Zarathustra Glauben schenke, dass der Schönheit Stimme leise rede und sich nur in die aufgewecktesten Seelen einschleiche. Auch Riemann sieht als Charakteristikum des Genialen an, bei dem sich die Einsamkeit und Ungebundenheit positiv auswirke, wenn jemand frei von Traditionen und Rücksichten Dinge erkennen könne, die der Geborgene und Traditionsgebundene nicht sehe oder zu sehen wage. Die exponierte Situation führe zu Erkenntnissen, die Grenzen überschreiten könnten, von denen andere sich respektvoll fernhielten. Heute, wo ich von Menschen höre, deren Begabung die interessantesten Züge und Ausprägungen annimmt, aber auch nachdem ich immer wieder erfahren habe, wie viele von ihnen Suizidversuche unternommen haben, fühle ich, dass die Zeit gekommen ist. So wage ich den Schritt, den Pfosten einzurammen: Ich hebe für mich die klassische Geschlechterdifferenz auf und lebe nach außen sichtbar, was immer schon in mir angelegt war.

Platon wusste schon vor unserer Zeitrechnung, dass Eros genau das begehren würde, woran er Mangel hat. Und im Zarathustra hieß es, unser Glaube an andere verrate, worin wir gerne an uns selbst glauben möchten. Getreu dem Motto „Wohin die Aufmerksamkeit geht, dahin fließt auch die Energie" verliebte ich mich einmal in ein Mädchen, das die Hauptrolle in einem Theaterstück der Schule spielte. Sind dies neue, unter einer Kappe getarnte Kriterien der Partnerwahl, die von einem Standardradar nicht zu orten sind? War dieses der Anbeginn einer geschwisterlich-kameradschaftlich geprägten Beziehung, einer „Form ‚ungebundener Verbundenheit'" (Riemann), bei der das Hauptaugenmerk mehr auf der Gemeinschaft im gemeinsamen Tun, in gemeinsamen Interessen, in gemeinsam verbrachter Zeit liegt als auf erotischer Anziehung?

Hier wird kein Auge auf die Oberflächentopographie geworfen, sondern ein Röntgenbild des Wesenhaften und der Seele hergestellt. Später erst lernte ich, dass geistiges Schauen und Intuition zentrale Begriffe der philosophischen Methode der Phänomenologie nach Edmund Husserl sind, bei dessen Wesensschau die Außenwelt in den Hintergrund tritt. Erfolgt nun die Anziehung aufgrund von Wesenhaftem, ist es kaum verwunderlich, dass man sich in der Bredouille wiederfinden kann, indem man meint, sich vor der Außenwelt für Offensichtliches rechtfertigen zu müssen. In seinem Buch *Bauchentscheidungen* bestätigt mich Gigerenzer darin, dass intuitive Gefühle rätselhaft und schwer erklärlich erscheinen, und ergänzt, dass die meisten Sozialwissenschaftler eine nähere Beschäftigung damit vermieden. Und obschon wir unsere Bauchgefühle nicht ganz verstünden, seien wir bereit, nach ihnen zu handeln. Mit 23 fühlten sich die Geschlechter für mich Synästhetiker wie geometrische Figuren an: Frauen wie ein Kreis: rund, Männer wie ein Quadrat: eckig. Weiblich ist Wärme und Zärtlichkeit, doch männlich ist Schutz, wobei man männlich nicht mit Mann und weiblich nicht mit Frau identifizieren kann und auch nicht darf. Derzeit benötige ich vielleicht zuoberst Schutz, um mich weiterentwickeln zu können, wie es Abraham Maslow in seiner Bedürfnispyramide entworfen hat. Und meine aktuelle positive Entwicklung bestätigt dieses. Sicherheit ist die Basis für die Befriedigung sozialer und individueller Bedürfnisse, von Selbstverwirklichung – das Selbst wirkt durch mich – ganz zu schweigen. Mittlerweile erkenne ich, wie bedeutend meine Seele ist. Erst als sie sich sicher fühlte, konnte die „Ent-rüstung" mit all ihren zu durchleidenden Schmerzen unter „Betreuung" beginnen.

Doch wie konnte ich mir selbst eingestehen, schutzbedürftig zu sein, und zugleich Gefallen an der konservativen Tradition finden, dass es die Rolle des Mannes ist, einer Frau Schutz zu geben? Leider kannte ich viel zu lange niemanden, der mit mir empfinden konnte. Kommentare wie, dass ich verwirrt sei, Opfer einer Gehirnwäsche, und unter negativer Beeinflussung stünde, ließ ich über mich ergehen. Eine Internetrecherche über die Sexualität von Hochbegabten führte mich schließlich zu der folgenden Stelle, die mich fast wie ein Schlag traf: Hochbegabte Kinder seien oft androgyner als andere Kinder. Sie neigten dazu, strenge Geschlechtsidentitäten abzulehnen, vielleicht weil sie nicht wünschten, in ihren Erkundungen der Welt oder in Handlungen mit anderen eingeschränkt zu werden. In der Pubertät könne dies zu Irritationen über ihre Geschlechtsidentität führen, und für das Individuum sei es schwierig, diese aufzuheben. Weil hohe Intelligenz von der Gesellschaft eher als männlicher Zug gesehen werde, könnten sich hochbegabte Mädchen weniger mädchenhaft fühlen als andere Mädchen. Empathie und Sensibilität würden dagegen als weiblich angesehen, sodass sensible hochbegabte Jungen sich weniger jungenhaft fühlen könnten. Wie sie diese Verwirrung lösten, hinge von ihrer individuellen Veranlagung ab.

Sie könnten übertrieben weibliche oder stark machomäßige Züge annehmen, um zu versuchen, sich fest in ihrem biologischen Geschlecht einzuordnen, oder in das andere Extrem schwanken und äußere Züge des gegensätzlichen Geschlechtes annehmen. Möglicherweise versuchten sie, ihre Irritation durch sexuelles Experimentieren zu lösen oder durch Verstecken und Verneinen von Sexualität insgesamt.

Las ich hier, wie andere Hochbegabte diesen Konflikt zu lösen versuchten, war ich als Vertreter der Ablehnung und Intellektualisierung von Gefühlen noch sehr unauffällig. Eine hochbegabte Freundin hatte einst einen Freund, und war dieser in der Öffentlichkeit zärtlich zu ihr, verkrampfte sie sich und wich aus. Später räumte sie ein, dass die Beziehung nur Mittel zum Ausprobieren gewesen sei. Bei mir dauerte es noch länger, bis ich erstmals von Experimentieren sprach, gleichwohl ich diese Verstandesliebe gegenüber einem mit Herzliebe empfindenden Partner höchst verwerflich und hässlich finde und wohl am meisten fürchte, mich nicht davon freisprechen zu können. Die Liebe selbst ist nicht authentisch, das betrügerische Spiel der Rolle umso mehr. Doch nur die Tat bringt Erfahrung und Fortschritt auf dem Weg, sich das emotionale Zentrum als neue Kraft zu erschließen. „Als ich mich wirklich selbst zu lieben begann, da erkannte ich, dass mich mein Denken armselig und krank machen kann, als ich jedoch meine Herzenskräfte anforderte, bekam der Verstand einen wichtigen Partner, diese Verbindung nenne ich heute ‚Herzensweisheit'." (Chaplin)

„Es gibt nichts Verborgenes, das nicht offenbar wird, und nichts Geheimes, das nicht an den Tag kommt", lautet der 1. Vers des Psalms 122, in dem wohl bewusst keine zeitliche Komponente angelegt ist. Neue, für mich überaus weitende und befreiende Impulse, ein tieferes Verständnis und einen neuen Zugang erhielt ich erst, als ich nach meiner Krankheit auf den Themenkomplex über Narzisstisch-Schizoide stieß. Und ich freute mich, dass ich allem Anschein nach tiefere Schichten in mir erschloss. Natürlich spürte ich erneut die Verlockung, mich in ein Krankheitsbild einzuordnen, doch angesichts der Tatsache, dass rein gesellschaftlich betrachtet ein jeder Mensch der westlichen Zivilisation als narzisstisch gilt und sogar vom „Zeitalter des Narzissmus" (Lasch) die Rede ist, konnte ich mich wohl kaum freisprechen. Von Personen mit schizoider Angstform werde, so Riemann, das Weibliche in seiner Lebensgeschichte als unvertraut und bedrohlich erlebt, was seine Partnerwahl entsprechend beeinflusse. Ein Schwanken zwischen den Geschlechtern sei die Folge, ein Charakteristikum, das Asper auch bei narzisstischer Persönlichkeitsstörung beobachtet. Dies ist nicht zuletzt vor dem Hintergrund der hochaktuell geführten Genderdebatte und angesichts der Tatsache interessant, dass in der jungen Generation zunehmend ein narzisstisch-schizoider Männertypus repräsentativ ist (von Friesen). Kombiniert mit Hochbegabung und Hochsensibilität – Huhn oder Ei? – entsteht vielleicht eine Komprimierung im Individuum, und es scheint wenig verwunderlich, wenn diese exponenzielle, beschleunigende Wirkung haben kann und der Betroffene die Entwicklungstendenz der Gesellschaft in einer stärkeren Ausprägung mahnend realisiert und damit seiner Zeit voraus ist. Stefan Zweig drückte es in *Der Kampf mit dem Dämon* am Beispiel des „Sturmvogels des Geistes" Friedrich Nietzsche sehr anschaulich aus: Dessen ungeheure Spannung, die seinen Geist ins Äußerste gequält und schließlich auseinandergerissen habe, bände ihn mit höherem Element, sie sei nichts anderes gewesen als das Fieber unserer Welt, ehe die Blutbeule aufbricht. Schellenbaum ergänzt, dass allein das verabsolutierte Individuum sich Fragen stellen könne, die sich andere Menschen nicht stellten, weil nur dieses um das schier unerträgliche Leid des Einzelnen an der Vereinzelung wisse und ihm der Weg zurück in die „bergende Brutwärme" ganz und gar verwehrt sei. Damit seien in ihm sowohl „Keime der Selbstzerstörung" als auch „Lebenskeime eines neuen Menschen am Werk". Wir seien verwirrt, so unsicher und verletzlich wie nie zuvor, resümiert die israelische Soziologin Eva Illouz, weil wir unsere Position in der Welt ausschließlich aus uns selbst ableiten müssten, eine Aufgabe, die komplett neu für uns sei.

War ich meiner Zeit voraus, meine Temperatur gar erhöht? Oder hatte ich Verwirrter mich mental nur in dem Kampf gegen meinen Verstand verzettelt und die ganze narzisstische Spiegeldiskussion mittlerweile zu einer Vollblendung geführt? Ein Mensch musste doch psychisch krank sein, zumindest ein „eingebildeter Kranker" (Molière), um derartiges zu schreiben! Oder war mein Verhalten gar ein unbewusster Racheakt? Ein reparativer Aufstand gegen die einschränkende Rolle des „netten Jungen"? Ein Versuch, die durch Scham verursachte Spaltung zu überbrücken? Ein Dienst der Abwehr von psychischen Auflösungs- und Desintegrationserscheinungen? Nein. So ergebnislos und als Spielball auf den Kronen fremder Wellen konnte es nicht ewig weitergehen. Warum sollte ich mich wieder und wieder in ein beengendes vorhandenes Modell versteifen und nicht einen vollends neuen Terminus frei jeglicher Assoziation und Schublade aus der Taufe heben? Ein Wort, das zwischen Menschen differenziert, die ein „einzig von Trieben und Wünschen geleitetes Leben" führen – Platon spricht im Gegensatz zu Hesse gar von „vulgären Leuten" – und „nicht von Gedanken und Einsichten" andererseits. Ein Wort, ein Konstrukt, das die übliche, auf bloße Triebpsychologie aufbauende Klassifikation überwindet, welche dem freigeistig Weiten nicht Rechnung trägt. Eine „post gender"-Bezeichnung, die Freuds „Fehler der Einseitigkeit und Ausschließlichkeit" nicht wiederholt, die „Unvorsichtigkeit, den unfassbaren Eros mit einer groben Sexualterminologie festlegen zu wollen", nicht begeht und eine Verführung von den Gegensätzen ausschließt (Jung).

Wer auf Erden hat die Hoheit, „die letzte Wahrheit" festzulegen? „... heile mit neuen Liedern deine Seele: dass du dein großes Schicksal tragest, das noch keines Menschen Schicksal war!", empfiehlt Zarathustra, denn: „Nicht will mein Geist mehr auf abgelaufenen Sohlen wandeln." Und Balzac bekräftigt: „Für neue Ideen braucht man entweder ganz neue Worte oder erweiterte, umfassendere, besser definierte Anwendungen der alten." So wollte ich nun derjenige sein, der, frei nach Rilke, das erste Wort hinter einem jahrhundertelangen Gedankenstrich schreibt — synsexuell, von griechisch *syn* (zusammen) und lateinisch *sexus* (Geschlecht).

Doch selbst diese Neuschöpfung darf nur als Vorstufe für eine Zeit gelten, in der sämtliche Sexualvorsilben – ob a, bi, hetero, homo, inter, metro, pan, poly, syn, trans, ... – mit all ihren Stereotypen und Stigmata überflüssig und Menschen einfach mit Menschen zusammen sein werden. Wann wird diese ersehnte Zeit kommen? Wird es ein idealistischer, neo-humanistischer Traum bleiben? Möglicherweise zwei bis drei Jahrhunderte, so hatten wir zuvor erfahren ...

Grundsatzfragen und Schnittstellenprobleme – in Anlehnung an mein schriftpsychologisches Gutachten schien ich mich präferiert mit diesen zu beschäftigen. War ich am Ende nicht selbst eine stete Schnittstelle und mir damit die größte Herausforderung? Das hat die Natur als regulierende Komponente analog zu meiner steten Furcht vor Langeweile sehr passend eingerichtet. Ebenso wie sie mir als Ausgleich die Gabe geschenkt hat, Gegensätze auf höherer Ebene als Einheit zusammenzuführen. Ohne diese könnte ich innere Harmonie niemals realisieren. Goethe sagte einst, die Menschen jagten nach dem, was der Dichter von der Natur erhalten habe: „nach einem harmonischen Zusammensein mit vielen oft unvereinbaren Dingen".

Irgendwo dort draußen in der globalen Peripherie oder zuvor in der Geschichte gab und hatte es Menschen gegeben wie mich. Sollte ich jubeln und in einen Hype verfallen? Ambivalent. Ein Tropfen auf den heißen Stein. Denn tagtäglich lässt mich die erdrückende Mehrheit der Gesellschaft unbewusst mein Anderssein, meine Außenseiterrolle spüren, was erschwert, mich selbst als normal wahrzunehmen und mich in mir willkommen zu heißen. Der schlimmste Gegner aber wohnt in mir, es ist ein opportunistischer Verstand, ein Advokat der Mehrheit, meines falschen angepassten Selbst. Mitfühlend äußerte Jung einst, es gäbe keine schlimmere Bitterkeit als die eines Menschen, der sein eigener ärgster Feind sei.

Wenn Minderheiten nach erfolgreichem Identifikationskampf zu Recht ihren Stolz nach außen zeigten – sollte ich nun eine Parade auf die Straße bringen?

„Freunde, der Boden ist arm, wir müssen reichlich Samen ausstreun, dass uns doch nur mäßige Ernten gedeihn." (Novalis)

Schneemann versus Advokat der Mehrheit

Es dauerte Monate, bis ich so weit war, mir endlich das freudige Gefühl zuzugestehen, wie befreit mein Leben außerhalb der Normenschublade war. Ich genoss es, einen unabhängigen Geist walten zu lassen, mich mit keiner Gruppe zu identifizieren, durch das Raster jeglicher Vorurteile zu fallen und mich nirgendwo verpflichtet zu fühlen, irgendjemandes Partei zu ergreifen. Gleichwohl gab es Zeiten, wo ich die Passion verspürte, für etwas einzustehen, vor allem für mich selbst und meinen Platz in der Welt. Doch befand ich mich nicht mehr irgendwo am Rande, in Extrempositionen, sondern in der Mitte. Ein bisschen war es aber so, wie es ein Theorem der Volkswirtschaftslehre ausdrückt: Bei einer Koalition der Mitte verstärken sich die Extreme an beiden Enden und üben zunehmend Druck aus. Einfühlsam schreibt Zweig in *Triumph und Tragik des Erasmus von Rotterdam*, keiner unter den Hunderttausenden und Millionen von Kämpfern bräuchte mehr Mut, mehr Kraft, mehr moralische Entschlossenheit als der Mann der Mitte, der sich keinem Rottenwahn, keiner Denkeinseitigkeit unterwerfen will. Und hier beginne die Tragödie, denn die Mitte sei die gefährlichste Stelle. Fakt ist, dass die Infrastruktur dort am breitesten ausgebaut ist, wo die Mehrheit der Gesellschaft zu Hause ist. War diese demzufolge nicht in der Mitte? Und bin ich dann zentrisch oder exzentrisch? Woher nehmen sich fremde Menschen die Freiheit, mich zu einer Stellungnahme zu drängen oder gleich in eine Schublade zu stecken? Nur weil ihr Geist in engeren Grenzen lebte, gab ihnen das nicht das Recht, mich einzuengen oder gar von sich auf mich zu schließen. Andererseits können Engstirnige kaum einen Weitblick haben.

Mein wiedererwachter Freigeist stieß sich ständig an der Enge meiner Umgebung. Ich musste mich aus dieser Begrenztheit lösen, mich von der Nussschale verabschieden. Zu lange hatte ich die Limitierung anderer ausgelebt, der Rest meines Lebens sollte nun mir gehören. Gerade neugeboren, hätte ich nichts gelernt, würde ich mir etwa moralische Ketten anlegen und mich erneut unter Druck setzen, wenn ich mir weiterhin wünschte, Kinder in die Welt zu setzen. Doch sag niemals nie. Das Schicksal wird es bringen.

Für den Lebenden ist es ein schwacher Trost, zu wissen, dass das Lebenswerk vieler „Verrückter" erst nach ihrem Tod erkannt wurde. Fast jedes Genie kommt zu früh. Doch lässt diese Aussage bisweilen Zweifel aufkommen, denn wenn auch Nietzsche, Jung oder Hesse zu früh gelebt hatten, ich jedoch heute so viel Nähe empfinde, war die Zukunft etwa nie gekommen? Dies erinnert mich an das Lied *Hymne an die Zukunft* von Udo Jürgens, in dem er die „von morgen" anspricht, die „staunend rückwärts sehen", deren Land „unsichtbar" ist und die neue Wege gehen werden. Nur das Genie, das bereits neue Wege geht, braucht nicht rückwärts zu sehen, um zu staunen. Es ist gegenwärtig schon vollends fassungslos. Zweig manifestiert, dass die zu früh Gekommenen eines überzeitlichen Ideals selbst als Besiegte oder Unterlegene ihren Sinn erfüllen, „denn nur, indem sie sich Zeugen und Überzeugte schafft, die für sie leben und sterben, wird eine Idee auf Erden lebendig".

Über Persönlichkeiten mit schizoidem Angstmuster hält Riemann unter anderem fest, dass sie selten zu Lebzeiten populär seien, und Nietzsche weiß, wie wenig das Volk das Große, das Schaffende begreife. Stattdessen habe es nur Sinne für alle Aufführer und Schauspieler großer Sachen. Mein Leben lang hatte ich das Gefühl, anders zu sein – warum machte ich es mir diesmal so schwer, wenn ich extern anders wahrgenommen wurde, als ich es intern spürte? Warum war ich noch so sehr davon abhängig, was andere von mir dachten? Zarathustra half mir zu verstehen, dass dies nicht verwunderlich ist, schließlich sei bei vielen Menschen die Lust an der Herde größer als die Lust am Ich, und so lange das gute Gewissen Herde heiße, sage nur das schlechte Gewissen „ich".

Wie ein Meteorologe meines inneren Wetters vernahm ich, wie sich die Gewitterwolke immer stärker verdunkelte. Allein beim Gedanken, mich anderen erklären zu müssen, fühlte ich mich wie ein Kieselstein unter einer Straßenwalze. Würden Freunde auf Distanz gehen, wenn sie von meinem neuen, geweiteten Selbst erfuhren? Sollte ich besser schweigen, um sie nicht zu verlieren? Immer wieder drehten sich unendlich viele Gedanken in mir um andere und deren Reaktionen, die ich mir ausmalte oder tatsächlich erlebt hatte und die mich immer weiter an den Rand des Abgrunds brachten. Im Grunde genommen führte ich einen inneren Kampf gegen die erwartete Limitierung anderer. Ich fühlte mich wie ein Brummkreisel, der sich um die eigene Achse dreht und vor der Entscheidung steht, auf welche Seite er sich am Ende fallen lassen soll – Depressionen gegen mich oder Aggression gegen außen?

Doch die Antwort ging bereits in aufheulenden Sirenen unter. Wie unterdrückt muss ich mich zuvor gefühlt haben, dass die Aggression diese Intensität annehmen konnte! Ich hatte so viel Aggressionspotenzial, dass ich die Welt zerreißen und zerschlagen wollte, ganz im Sinne der Achtundsechziger kaputtzumachen trachtete, was mich kaputtmachte. Rachegedanken kochten in meinem Herzen, ich war kurz vor dem platzenden Bruch, schwarze Wolken voller Donner und Blitz, den ich in meinem Groll gegen die vielen „Hinterweltler", die Bremsen auf meinem Weg, schleudern wollte, die mir den Stolz auf mein wahres Selbst verboten hatten. Wie der Gefangene in dem Film *Die grüne Meile* wollte ich das ganze Leid herausschreien: „Rufen reicht nicht. Schreien ist die Devise! Es muss raus!" „Ich werde mich NIE WIEDER bücken. Ich bin hier genauso wie andere auch! Keiner, auch wenn er zur Mehrheit gehört, hat mir Vorwürfe zu machen, unnormal zu sein. Nie wieder! Ich lasse meinen Stolz nicht mehr mit Füßen treten."

Mit blutrünstiger Freude las ich, wie Nietzsche seinen Zarathustra einen Speer gegen seine Feinde schleudern ließ und Donner und himmlische Feuerwerke als wirkungsvolle Instrumente aufführte, „um zu schlaffen und schlafenden Sinnen zu reden". So groß war auch bei ihm die Spannung seiner Wolke, dass er zwischen dem Gelächter der Blitze Hagelschauer in die Tiefe werfen wollte und drohte, dass sich seine Brust gewaltig erheben und ihren Sturm über die Berge hinblasen werde, um sich zu erleichtern. Oder sollte ich wie Hesses Harry Haller „etwa ein Warenhaus, eine Kathedrale oder mich selbst" kaputtschlagen?

Ich war enttäuscht über die Verlogenheit mancher Menschen, die mir zu vielfältigen Anlässen viel Glück gewünscht hatten, aber nun, wo sich dieses außerhalb der Norm abspielte, mich quasi zu konditionieren suchten: Viel Glück und viel Segen auf allen gesellschafts- und mehrheitskonformen Wegen! Möge alles schön durchschnittlich glatt, aalglatt „wie ein Affenarsch" (Hesse), laufen! Die Gesellschaft kennzeichnet eine unreflektierte kollektivpsychische Erwartungshaltung, während ich damit beschäftigt bin, Altlasten zur Sondermülldeponie zu bringen. Es durfte doch kein Dauerzustand sein, ständig die Gegenwart damit zu verbringen, die Vergangenheit zu verarbeiten! In mir stand eine Armee bereit, doch anstatt sie wie sonst gegen mich kämpfen zu lassen, stand sie dieses Mal spitz im Anschlag, die Waffen nach außen gerichtet. Und vor ihnen her lief anstatt eines gallischen Hahns ein bunter Schneemann – den hatte ich einst in der Grundschule gebastelt, in bunten Farben kreativ angemalt, und, da er nicht den „Vorgaben" gemäß war, unter Widerstand zerschneiden müssen. Der bunte Schneemann war mein ganz persönliches Symbol der Vergewaltigung und Demütigung, mich der mittelmäßigen, normalen, durchschnittlichen Masse anzupassen. Erhebt euch gegen die Tyrannei des Verstandes, der versucht, euch glauben zu machen, man müsse sich an die ach so normale Außenwelt anpassen! Die mir das Leben erschwert und mich unnormal scheinen lässt! „Falsche Welt, die ich vorzeitig beenden will, weil meine Komplexität nicht in die banale Struktur von Alltags- und Mehrheitsmenschen passt." Auslöschen. Armageddon.

Ich wurde immer aggressiver und sah die Welt zunehmend als Feind. Dabei wollte ich doch „nichts als das zu leben versuchen, was von selber aus mir herauswollte" (Hesse). Ich schloss mich Scheers Position an, dass das Leben zu kurz sei, um sich immer wieder dieselben Vorwürfe oder Sticheleien von Menschen anzuhören, die damit nicht aufhören könnten, weil sie sich sonst offenbar nicht genügend spürten und nur auf Kosten anderer existieren konnten. Zugleich fand ich bei Schellenbaum einen Hinweis auf die Herkunft meines „Kampf-Vokabulars", es zeuge nicht von meiner Aggressivität, sondern entspräche dem psychologischen Ort, wo Gefühle integriert und damit von ihren destruktiven Tendenzen befreit werden: In der gleichzeitig äußeren und inneren Wahrnehmung der eigenen, in dynamischer Verwirklichung sich befindenden zentralen Persönlichkeit, im Bild des „Gegners". Levine empfiehlt, dass diese „Entwirrung" und „Befreiung von einem Trauma" in winzigen Schritten erfolgen müsse, sonst könne sie überaus explosiv sein: „Wenn beim Hervorkommen aus der Immobilität die intensiven, hochenergetischen Empfindungen, die biologisch an ziellose Fluchtversuche und wütende Gegenangriffe gekoppelt sind, freigesetzt werden, kommt es zu einer ‚Initialzündung'." Dieser Hinweis kam für mich zu spät.

Ein Artikel von brand eins – *Die Gestörten* –, der beschreibt, wie die Kreativen in den Elfenbeinturm verfrachtet werden, während die Diktatur der Langsamen regiert, goss ebenso Öl ins Feuer wie der Buchtitel *Irre! Wir behandeln die Falschen: Unser Problem sind die Normalen.* Ich empfand die Oberflächlichkeit und Dummheit der Welt – analog zu „Vier Beine gut, zwei Beine schlecht!", wie es in *Farm der Tiere* heißt – als Kreuz, sie schmerzten mich förmlich. Gleichzeitig bewunderte ich, wie leicht und gedankenlos manch einer lebte und sich wiederum über die Dummheit anderer aufregte. So ging die Spirale weiter, bis ganz nach unten. Was sollte ich also tun? Gebührend schimpfen, Wutbürger spielen, Dampf ablassen, um mich davon abzulenken, wie gerne auch ich zuvor oberflächlich sein wollte?

Dummheit ist ein Thema, zu dem sich zahlreiche Menschen geäußert haben. Platon beispielsweise verkündete in seinem *Symposion*, dass der Mensch nicht begreife, wie dumm er sei. Die Dummheit sei die sonderbarste aller Krankheiten, während der Kranke niemals unter ihr leide, seien es die anderen, die schmerzhaft litten, hatte der Belgier Paul-Henri Spaak einst resümiert, und zuletzt fand ich bei Nietzsche, niemals um direkte Worte verlegen, dass auch jetzt der Mensch mehr Affe als irgendein Affe sei. Vielleicht ist der gewählte Terminus *homo sapiens* vollends vermessen, und man solle einschränkend lediglich von „Potenzial zum *sapere*" sprechen.

Ein typisches Zeichen für Schriftsteller, so Coelho, sei die Überzeugung, in eine Zeit hineingeboren zu sein, in der die „Mittelmäßigkeit das Zepter" schwingt. Und auf gar keinen Fall dürfe man von seiner eigenen Generation verstanden werden, sonst glaube einem keiner, dass man ein „ungewöhnlicher Mensch", ein Genie ist. Man müsse, so auch Nietzsche, schon ein hohes Potenzial haben, Frustration zu verarbeiten, um damit zu leben, dass in der Gesellschaft nur gut ist, „was kleine Leute gutheißen". Und was ist das? Was als normal oder unnormal, ja selbst gesund oder krank angesehen wird, verändert sich kontinuierlich, unterliegt Epochen. Diese Dynamik schenkt Hoffnung und setzt Energien frei. Doch wie viel Widerstand kann ich vertragen, und wie viel Kraft steht mir für die Tätigkeit eines Wetterhahns zur Verfügung – quasi um „Erde und Himmel auseinanderzustemmen, um zu verhindern, dass die Menschheit an deren Umklammerung erstickt" (Breitenstein)? Erneut ist es eine andere, versöhnliche Urkraft, die sich gegen den Verstand stellt und mich fragt: „Rache wofür?" Auf einmal kam ich mir vor wie Don Quijote, denn auch mir fehlte ein realer Gegner für meinen Befreiungsschlag. War es „die" Außenwelt? Ernüchtert fragte ich: „Also verpufft der Schlag?" – und beurteilte die Aktion umgehend als „albern". „Also wie?" Wie sollte ich Aggressionen ablassen? Einzig weite, umarmende, tolerante Offenheit bot sich als Alternative an.

In mein Tagebuch notierte ich: „Soll doch die Welt machen, was sie will. Ich lebe ohnehin in einer anderen." Bei Osho fand ich mich in meiner Richtung bestätigt, auch er rät, die Gesellschaft zu vergessen und nicht gegen sie anzukämpfen. Man solle sich einfach von ihr zurückziehen und sie so weitermachen lassen wie bisher. Wenn sie überleben wolle, würde sie ihre Form, ihre Struktur verändern müssen. Wenn sie sterben wolle, solle man sie sterben lassen. Doch davon abgesehen, dass es mit dem sukzessiven Abstreifen der Anpassung keine Alternative zum eigenen Weg mehr geben kann, ließ sich dieser durch das steigende Bewusstsein meiner Gaben, welche dazu verpflichten, sie trotz aller Wunden für einen höheren Zweck einzubringen, sicher und mit Sinn fortschreiten.

Mein Verstand, müde, sich mit meinem Selbst zu beschäftigen, bot mir mit Vorliebe anderweitige Beschäftigung und Belastung an. Auch wenn ich Besuch bekam, spürte ich, dass ich merklich weniger über mich nachdachte und fröhlicher war. Dies nahm der Verstand wieder als Anlass zum Vorwurf, ich würde weglaufen und mich meinen Problemen nicht stellen. Wessen Seite Anwalt war mein Verstand eigentlich? Wie limitiert kam er daher, dass er mit dieser Forderung sein eigenes Grab schaufelte?

Was heute mit „Erfolg beginnt im Kopf" geläufig ist, stand bereits vor Jahrhunderten im Talmud: „Achte auf deine Gedanken, denn sie werden zu Worten. Achte auf deine Worte, denn sie werden zu Handlungen. Achte auf deine Handlungen, denn sie werden zu Gewohnheiten. Achte auf deine Gewohnheiten, denn sie werden dein Charakter. Achte auf deinen Charakter, denn er wird dein Schicksal." – Dafür muss ich wissen, was ich denken will. Wieder war ein Disput in mir entfacht, es ging zu wie bei einem Pingpong-Spiel: Um mein Selbst und mein Schicksal zu akzeptieren, benötigte ich a priori Klarheit über mich, so die eine Seite. Und von anderer Seite: „Falsch! Bedingungslos soll ich mich annehmen, es steht ja auch gar keine Alternative zur Verfügung." Während mein Herz Liebe spüren und das Leben fließen lassen wollte, verbot mir mein Verstand schon die kleinsten Regungen und wollte mich weiter wie eine sklavische Maschine gefangen halten. Hölderlin und Kleist bestärkten mich zwar nicht gerade darin, zu hoffen, dass es mir jemals gelingen sollte, diese Gegensätze in mir zu vereinen und in Harmonie aufzulösen, doch ich durfte nichts unversucht lassen. Diese Krise war wichtig!

In einer Art mentalen Expedition machte ich mich endlich daran, Ratio und Emotionen zu trennen. Vorhang auf, Bühne frei! Live-Schaltung in den Kampf der Giganten. Als neurotisch-prüder Moralpapst war ich, Ritter der Bedingungen und Kriterien, über die Jahre vereinsamt, während es mir schien, dass sich die meisten Menschen in der Sünde suhlten und darauf warteten, Teil eines Buches von Emile Zola zu werden. Isoliert saß ich auf einer einsamen Insel. Die Menschen um mich herum kamen mir fröhlich vor, während ich innerlich austrocknete und mir Freude verbot. Und ich war auch noch stolz, ohne „Eskapaden" zu sein.

Wie wenig konnte der Verstand meine Liebe akzeptieren! Im Gegenteil: „Warum hat Gott mich so erschaffen???", „Warum soll ich es so schwer haben???", „Warum hat es sich nicht *anders* ereignet???" Und das Wort „anders" unterstrich ich im Tagebuch zusätzlich zum Dreiklang der Fragezeichen ebenso dreimal. Ich klagte, dass ausgerechnet ich ein so differenziertes Innenleben haben und mich immer mit Extremen auseinandersetzen musste. „Weil ich nicht nur in meinem Kopf leben kann, sondern die Realität um mich herum ist." Doch hatte ich instinktiv den richtigen Weg gewählt: Das Neue kann nur kommen, wenn das Alte vergangen ist. Dinge können sich erst auflösen, wenn man sie an sich heranlässt, und nicht indem man versucht, sie von sich fernzuhalten. Dies jedoch war mein Prinzip der letzten 15 Jahre gewesen.

Immer hatte ich von dem Gefühl der Nähe und Geborgenheit geträumt, von „der Liebe, die darin besteht, dass zwei Einsamkeiten einander schützen, grenzen und grüßen" (Rilke), doch gleichzeitig stellte ich unerfüllbare Anforderungen, vielleicht um mich zu schützen, ohnmächtig von der überfordernden Weite im Vergleich zur Norm – Glücks- und Fliegenpilz zugleich. Im Mythos des Narziss von Ovid heißt es im Vers 354, im Alter von 16 Jahren, zwischen Knabe und Jüngling, habe Narziss Sehnsucht bei Jünglingen und Mädchen erregt, während die sprödeste Härte seinen zärtlichen Körper beseelte. Auch ich hatte den Reißverschluss immer höher gezogen, sodass ich selbst Flohmärkte als Eingriff in meine Privatsphäre wahrnahm und ausgemistete Habseligkeiten lieber in der Mülltonne entsorgte und zum Teil noch zerstörte, damit sie nicht wieder herausgeholt würden. Mit Unverständnis, aber auch Bewunderung verfolgte ich, dass manche Freunde große Feiern, sogar mit Kollegen, in ihren privaten Residenzen feierten. Wie viel eindringlicher musste erst alles Intime sein, über das Levine verständnisvoll anmerkt, traumatisierte Menschen hätten entsetzliche „Angst vor Intimität" und schreckten davor zurück.

Während Freunde auf dem Markt schauten, wer noch frei war und wer mit wem ging, blieb ich in meiner Habachtstellung und wartete auf die eine Frau des Lebens. Ich hätte ein absolutistisches Anspruchsdenken, äußerte eine Kollegin mir gegenüber, kein Partner könne in allen Eigenschaften zu einem passen. Schon vor zwanzig Jahren wurde mir prophezeit, dass ich allein bleiben würde, eröffnete ich nicht die Partie. Egal mit wem das Gespräch aufkam, diese Regel schien „fest gemauert in der Erde" (Schiller). Mit ihrer heilsamen Weite bestärkte mich erst mein Coach in meiner Haltung: Ich sei ein Wartender gewesen, der in seiner eigenen Welt im Grunde glücklich war, doch wenn ihn jemand auswählte, sein Alleinsein für eine schützende Zweisamkeit aufgeben könne, Punkt. Wie wahr, denn wäre ich nicht angesprochen worden, wäre ich nie auf die Idee gekommen oder hätte die Initiative ergriffen – Schicksal geschah hier nach Piratenmanier.

„Wenn die anderen wüssten, wie unnormal mein Leben ist und wie sehr ich damit kämpfe, hadere, es mir schwer mache. Steh auf und für etwas ein! Aber wofür?!" Ein Jahr später erst ergänzte ich an dieser Stelle selbst die

Antwort: „Für mich!“ Nichtsdestotrotz belästigt und zermürbt mich mein Verstand bis heute und lässt nichts unversucht, das unerwartete „Kapern“ doch noch abzuwehren. Eine innere Stimme terrorisiert mich nach wie vor mit Zweifeln, ob „diese Konstellation“ die richtige sei. Waren es nun Emotionen, die hier zu mir sprachen, oder war es der „Verstand im Schafspelz“? Oder ein innerer Ruf nach wilder, junger Freiheit? Die Abwehr dagegen, mich durch eine Beziehung in meiner Ungebundenheit und Unkonventionalität einzuengen? Wo bliebe die Flexibilität der Gegenwart? Plädierte ich hier gar für offene Beziehungen? Doch dafür fehlte es mir angesichts der Vielzahl grassierender Krankheiten ohnehin an Traute.

Der Verstand kann in der Monogamie kein Ideal erkennen, da er primär nach Diversität japst, jedoch nicht die Qualität in den Vordergrund stellt. Fließt die Liebe stärker, sollte der Vagabund wieder auf Wanderschaft gehen, Einschränkung hingegen stinkt zum Himmel. Ist den vielen Menschen, die jahrelang verheiratet sind, nicht langweilig? Denn ganz aus dem Nichts kann es doch nicht kommen, dass das horizontale Gewerbe angeblich das älteste der Welt ist, und ganz ohne Nachfrage würde die Pornoindustrie in jeder technischen Neuerung, ob seinerzeit das Internet oder heutzutage Smartphones, keinen Riesenmarkt sehen.

Ich selbst empfinde generell den Lebensfluss als zu stark, um ihn mit einer Entscheidung zu lebenslanger Ehe einzudämmen. Es scheint ja auch anderen so zu gehen, wie käme sonst jemand auf die Idee, das Versprechen „Bis dass der Tod euch scheidet“ in der Interpretation aufzuweichen, dass hier nicht der physische, sondern lediglich der Tod der Liebe gemeint sei. Auch wenn eine Bindung vieles einfacher macht und über manche Komponente nicht mehr ständig nachgedacht werden muss, floss es in meinem Inneren über allzu lange Zeit nicht in diese Richtung. Wie gut, dass ich offen bin, mich kontinuierlich neu zu erfinden.

Nachdem ich jahrelang die Vision von mir als loyalem Ehemann mit Kindern gehegt hatte, erschien mir das Infragestellen dieses Konstruktes, als beschnitte ich das heilige Band der Zukunft. Zu stark empfand ich, dass es *das* Wunder des Lebens sei, Kinder zu bekommen. Wie sollte ich das nun realisieren? Doch würde ich es denn überhaupt umsetzen, wenn ich eine Freundin hätte? Andererseits: Wie lebten Menschen im Alter, die überzeugte Singles, geschieden oder kinderlos verwitwet waren? Mir machte die Vorstellung Angst, allein alt zu werden. Niemand würde meine Atemaussetzer hören, und ich würde mich vielleicht viel zu früh in die Seligkeit verabschieden. Auch würde mir ohne Kinder vielleicht maßlos langweilig im Leben – womit sollte ich bis zum Tod meine Freizeit bestreiten?

Es tat mir weh, wenn ich die glückliche Liebe anderer sah, oder fröhliche Kinder in einem Restaurant an mir vorbeiliefen. Und Freunde äußerten, so gut wie ich mit Kindern harmonierte, müsse ich auf jeden Fall eigene haben. Doch meines Erachtens brauchen Kinder ein sicheres, stabiles Umfeld, also eine Bindung, zu der ich bislang nicht bereit war. Auch Beethoven, Hölderlin und Kleist waren kinderlos geblieben. Vielleicht passte das einfach nicht in die Natur, und auch ich hinterließ der Welt meine Bücher anstatt fleischlicher Nachfahren. Schon Zweig hatte beobachtet, dass Unabhängigkeit immer nur im Individuum existiere, in der Einzahl, und sich nicht mit den Massen multiplizieren lasse. Immer sei es der Einzelne, der sie nur für sich allein errichte. Denn jeder freie Geist sei ein Alexander, er eroberte im Sturm alle Provinzen und Reiche, aber er habe keine Erben, sodass die Reiche der Freiheit stets verfielen.

Um dies zu akzeptieren, musste zuerst mein in einer Fehlausrichtung gewachsener Traum von Frau und Kindern schmerzhaft abgetrieben werden. Hier half mir das Coaching, meine Definitionen zu hinterfragen: Spricht man von Familie, denken die meisten zuerst an Frau, Mann und Kinder, erst im zweiten Schritt an die Inhalte, zum Beispiel Rückhalt und Zugehörigkeit. Das, was ich mir wünschte, war der Inhalt, und dieser ließ sich in weit mehr Formen realisieren. Ich war nun im Begriff, ein Lebenskonzept zu puzzeln, das an meinem Wesen ausgerichtet war. Mein falsches Selbst hingegen hatte bei seinen Vorstellungen nie meine Natur berücksichtigt. War vielleicht eine virtuelle Beziehung, in der sich das Herz in der Ferne bindet, eine gute Konstellation für mich? Nein, mein Verstand weigerte sich, diese geweitete Perspektive anzuerkennen. Für ihn war eine Beziehung gleichbedeutend mit einer gemeinsamen Haushaltskasse oder, wenn man heiratete, der Zusammenlegung von Konten. Und ich erdrosselte mich allein an dem Gedanken, dass ich dies für mich so Ferne erreichen musste: „Könnte ich nicht! Das bedeutet so viel!!! Will ich nicht“, schrieb ich ins Tagebuch.

Unendlich viele Barrieren waren aufgestellt, um mich zu schützen – doch tat ich mir damit Gutes? So quälte mich das Bild, wie Tao und ich nach außen gemeinsam auftreten oder wie es wäre, wenn Freunde zu Besuch kämen – ich sah mich schon mit einem Label behängt, das nicht meines ist. Angesichts der Tatsache, dass ein jeder heute vernetzt ist, fühlte ich mich wie eine Zielscheibe, die am Ende eines Pokalschiessens durchlöchert ist wie ein Sieb. Durchlässig und kraftlos. Wie einfach erschienen mir andere Beziehungen! Menschen traten gemeinsam auf, feierten fröhlich und genossen ihre Öffentlichkeit. „Und ich?! Verdammte Hölle! Das sollte doch alles natürlich kommen, oder?“ Von wegen.

Dabei war ich mir lange nicht im Klaren darüber, ob ich daran Gefallen finden könnte, wenn ich ihn zu Freunden mitnähme. In seinem Freundeskreis fühlte ich mich anfangs nur wohl, wenn ich bewusst meinen Verstand ausschaltete und die Situation spielerisch als Herausforderung ansah. Gelang es mir nicht, warf ich mir Intoleranz vor, obschon ich viele Intellektuelle, kreative und aparte Menschen mit interessanten Begabungen kennenlernte. Woran lag diese Ablehnung, und welchen Ursprungs war sie? Vielleicht Neid? Denn ich traf hier auf Menschen, die – zumindest interpretierte ich das – es geschafft hatten, sich vom Urteil anderer und dem lästigen Kollektiv loszusagen. Oder waren es die von Selbstzufriedenheit zeugenden Verhaltensweisen, von denen ich mich unendlich weit entfernt sah, ja die mich anwiderten? Gab es für Menschen wie mich keine Mitte, konnte die fehlende Selbstliebe dann einzig in narzisstische Eigenliebe umschwenken? Was machte ich überhaupt einen Unterschied? Egal in welcher Gruppe von Menschen ich mich bewege, nehme ich mich zumeist als Außenstehenden wahr, der zwar körperlich inmitten der Menge agiert, mit dem Geist jedoch sich und andere aus der Distanz beobachtet. Inmitten des größten Verkehrs stehe ich auf einer Kreuzung, ich selbst bin unbeteiligt, alles fließt um mich herum. Später verstand ich, dass mein Ich hier endlos verloren durch ein Meer von Dus trieb, zu denen ich keinen Anschluss, keine Serienschaltung finden konnte. Obgleich mitten unter anderen, war ich allein.

In Tao und mir trafen sich zwei diametral entgegengesetzte Welten: Buch versus Fernsehen, Ausgehen zu zweit versus Gruppe, Freizeitplanung versus Spontanität, Regelmäßigkeit versus Abwechslung, ständiges Hinterfragen versus Schicksalsergebenheit, rational versus irrational, museal versus chaotisch. Mein nach intellektuellen Blitzen lechzender und den Kick in Kleinigkeiten suchender Verstand beklagte im Aufeinandertreffen beider Universen oft einen Mangel an Tiefe und geistiger Verbundenheit: Er würde vieles nicht verstehen, und wir könnten oft nicht miteinander reden. „Erschreckendes Telefonat. Wir hatten uns nichts zu sagen." Als Ursache erkannte ich eines Tages, dass ich meinen eigenen Mangel auf ihn projiziert hatte: Vieles von dem, was in mir vorging, war ich unfähig auszudrücken, selbst in meiner Muttersprache. Gleichwohl war ich traurig, dass zu Hause nicht die gleiche Rasanz an Gesprächen möglich war wie mit einigen Freunden. Aber dies scheint normal zu sein – warum sonst sitzt die halbe Nation jeden Abend vor dem Fernsehgerät und gibt sich der Täuschung hin, fern zu sehen?

Wie konnte ich erzählen, was in mir vorging, ohne Tao zu verletzen? Entsprach es meinem Verstand überhaupt, so rücksichtsvoll zu sein? Nein, er führte mich auf andere Wege und gefiel sich in der Rolle des ketzerischen Borderliners mit Beziehungsangst, der versucht, alles aufzufahren, um wieder verlassen, nicht geliebt zu werden, und diese Suche nach der Grenze zeigte sich anhand zahlreicher kaltherziger Äußerungen. Frei nach dem Motto: „Wenn du mich liebst, liebe ich dich nicht" oder „Wenn du mich liebst, stimmt etwas mit dir nicht", würde verlassen zu werden meine eigene Ansicht, nicht liebenswürdig zu sein, bestätigen. Mein wahrer Gegner bei diesen Disputen war nicht das unschuldige Gegenüber, der nicht wusste, wie ihm geschah, sondern ein Teil von mir selbst. So sagte er mir, wenn ich unterwegs war, dass er mich vermisse, während ich erwiderte, dass für mich nicht das Gleiche gelte. Oder ich teilte ihm mit, dass ich es oberflächlich fände, wenn sich Menschen „Ich liebe dich" sagten. Doch es prallte an ihm ab, und er erwiderte locker, dann solle ich einfach sagen, dass ich ihn nicht liebte.

Eines Abends erzählte er von einer „guten Unterhaltung mit Freunden". Ich verdrehte die Augen. Tao reagierte beleidigt: Er würde seine Freunde auch nicht von der Straße aufsammeln. Prompt antwortete ich, das sei seine persönliche Einschätzung. Diese Schilderungen sind harmlos gegenüber vielen weiteren Situationen, in denen mein Verstand prüfte, wie weit er gehen konnte. Irgendwann sah ich mich selbst als verhaltensgestört an: Erst wenn ich glaubte, Tao machte Anzeichen zu gehen, ich eine drohende Ohnmacht spürte, als würden von einer in die Luft gehaltenen Vase nach und nach die Finger abgehoben, schwieg dieser scheinheilige, für mein Wohl zu kämpfen meinende Verstand. Warum spürte ich ein warmes Herz nur, wenn er weg war? Dies entspricht der typischen Enneagramm-Fünf, dem Beobachter, dessen Hauptproblem die Angst vor dem Fühlen ist. Intimität gefährdet die elementare Abwehr, die Aufmerksamkeit von starken Gefühlen zu lösen, was bedeutet, dass ein verliebter Beobachter zwischen starken positiven Gefühlen und der Gewohnheit, nicht fühlen zu wollen, in der Zwickmühle sitzt. Fünfer kämpfen mit der Tatsache, dass sie mehr Gefühle für andere haben, wenn sie allein sind. Die Liebesbezeugung einer Fünf müsste demnach, so gehässig es klingt, lauten: Ich habe stärkere Gefühle für dich, wenn du nicht da bist.

„Zögernd und ängstlich, wie immer der Nerven- und Geistmensch" (Zweig), versuchte ich, emotional unabhängig zu bleiben, sodass ich im Fall der Fälle nicht zu stark leiden müsse. Gleichzeitig sehnte ich mich nach dem Gefühl, mich fallen zu lassen. Ernsthaft stellte ich mir die Frage, ob Tao das Meer sei, in dem sich die Salzpuppe auflösen müsse. Ab und an war ich traurig über meine Kälte und überzeugt, dass es sich für ihn nicht rentierte, in mich zu investieren. Als wir eines Abends von einem Essen mit Freunden von ihm nach Hause fuhren und er sich für mein Mitkommen bedankte, äußerte ich, dass ich spürte, diese Welt sei nichts für mich, und ich würde ihn nicht glücklich machen. Worin ich einzig groß sei, wäre, ihm in seiner Welt die Grenzen meiner Welt zu setzen – und dieses konnte ich mir nicht verzeihen, hatte ich doch selbst unter fremden Grenzen gelitten. Bedingungslosigkeit allein darf als oberste Maxime gelten. Das bedeutet nicht, dass ich alles mitmache oder keine Meinung äußere, doch es heißt, dass ich in keiner Weise versuche, ihn zu ändern.

Vielleicht war ich Begründer einer neuen Form des Zusammenlebens? Nietzsche dämpfte meine Euphorie. In seinem Werk *Menschliches, Allzumenschliches – ein Buch für freie Geister* heißt es im Kapital *Aus der Seele der Künstler und Schriftsteller*, dass gerade der *eine* Gedanke, auf den ein bedeutender Mensch – zum Gelächter und Spott der Unbedeutenden – großen Wert lege, für ihn ein Schlüssel zu verborgenen Schatzkammern sei, für jene „nicht mehr als ein Stück alten Eisens". Ergo meiner ganz eigenen Form der Zweisamkeit vielleicht, denn: „Du entsprichst gar nicht den Vorurteilen, das passt gar nicht", urteilte eine Freundin, was mir aufgrund ihrer Hochsensibilität besonders zu denken gegeben hatte. Auch eine beunruhigende Textstelle bei Jacobsen schien dem Ganzen keine große Chance zu geben: Beziehungen, die in Bezug auf intellektuelle Fähigkeiten ungleich seien, würden irgendwann dazu tendieren, auseinanderzugehen.

Die Dominanz des Verstandes äußerte sich vor allem darin, dass Körperlichkeit und Gefühle durch Intellektualisierung zu (un-)schädlich neutralen Carbolgedanken verarbeitet wurden. Alles wird rational erfasst. Sogar beim Ersten Mal hakte ich in meinem Kopf quasi eine Strichliste ab, bewertete enttäuscht alle Eindrücke wie in einer Befragung und war danach noch mehr erstaunt, wie zentral das Thema in der Gesellschaft positioniert ist. Ich empfand es vielmehr als etwas Limitiertes und war frustriert, dass ich nicht die meditative Tiefe, die hemmungslose Weite, den befreienden Quellfluss des Lebens spüren konnte, das Nichtsein und das Gefühl vollkommener Leere und doch unendlich strömender Fülle – Vorstellungen, die keiner, mich selbst eingeschlossen, erfüllen kann. Gleichwohl kommt es einem Triumph gleich, wenn es körperlichen Reizen spielerisch gelingt, den Dämon im Kopf zu überlagern. Doch der gegenseitige Austausch von Körperflüssigkeiten ekelte mich an, allein bei dem Gedanken konnte mir übel werden. Wie können manche Ausscheidungen abstoßend und erregend zugleich sein? Die zwei Geschwister der Nacktheit heißen Scham und Erotik. Wenn aber Nacktheit sowohl sachlich-kühl betrachtet als auch erregend-heiß erlebt werden kann, ist das Zünglein an der Waage, ob es zur einen oder zur anderen Seite kippt, etwa ein mentales Vorspiel?

Mein falsches Selbst hatte sich früher bereits bei einer einfachen Umarmung eingeschaltet und gefragt, ob das jetzt richtig sei. Mein Verstand versuchte, jegliche Erhitzung der Zellen durch eine ausbalancierte Asexualität zu verhindern und alle Türen hinter mir zu verschließen, was mich von meinem emotionalen Zentrum bis in die Unnahbarkeit entfernte. Doch auch wenn Berührungen den Verstand anwiderten – mein Körper nahm ein wärmendes und schützendes Gefühl wahr. Körperlichkeit näherte ich mich mit dem Kopf, nicht mit der Hüfte. Kam ich von einer Reise zurück, freute sich Tao mit Tränen in den Augen, ich aber stand häufig regungslos da. Unterliegt Körperlichkeit Ge- und Entwöhnung? Noch schlimmer ist es, wenn ich ein Foto von uns, ein Spiegelbild oder eine Reflexion im Fenster sah. Es befremdete mich. Nicht anders ging es meinen Ohren in den seltenen Fällen, in denen sein Name aus dem elterlichen Mund ertönte. Muss ich meine Sinne einzeln aus den Fesseln des Verstandes befreien? Anscheinend kann mein Körper in der Realität mehr, als meine Gedanken sich vorzustellen vermögen.

Jede Situation provozierte Unmengen von Fragen: „Muss ich mich zwingen, Wünsche auszusprechen?“, „Warum kostet es Überwindung? Bin ich denn so unnormal?“ Und schaltete ich in einen gleichgültigen Modus – „ich lasse es über mich ergehen“ –, fragte eine innere Stimme, ob ich mich gerade körperlich vergewaltigte, mich verbog. Dabei wollte ich doch den Verstand vergewaltigen. Was ging hier vor? Sprach hier mein altes angepasstes Selbst oder das neue, das wie eine Knospe mit dem ersten Frost kämpft? Schwindelerregend wechselten meine Gedanken die Perspektive. Es bedurfte nur eines harmlosen Kosenamens, um ein gedankliches Feuerwerk zu zünden, das mir Sorgen und Optionen in allen Farben in den Himmel malte und mit dem letzten Knall die Grundsatzfrage stellte: Will ich das wirklich? Und auch wenn ich auf eine Fortsetzung baute, kam gleich wieder der Vorwurf: „Das kann doch nicht normal sein“ – gefolgt von einem Plädoyer für die Mitte: „Körperliche Reize sind ungeschlechtlich.“

Doch wenige Monate konnten eine Fehlentwicklung von Jahrzehnten nicht nivellieren. In regelmäßigen Abständen fühle ich mich überfordert, mir fehlt die Luft zum Atmen, und ich sehne mich nach Ruhe, Erholung und Ausgleich weit weg von der Welt. Am liebsten würde ich sie hier und da anhalten, doch da dies nicht geht, müsste ich mit einem Dasein als Eremit vorliebnehmen. Musik transportiert mich dorthin: *Leaving on a jet plane*. Oder ich steche in See wie in *Sous le vent*, nehme Ferien von meinem Herzen, eine Ruhepause nach den Gefahren, tue so, als ob ich die Erde verließe und meinem Stern für einen Moment folge.

In einer Tiefphase beklagte ich mich bei Tao, dass in meinem Leben etwas falsch liefe, komisch und unnormal sei, worauf er fragend erwiderte, wann ich jemals normal gewesen sei. Sein Rhythmus laugte mich aus; unvorstellbar, dass auch ich vor meinem körperlichen Kollaps diesen Enneagramm-Sieben-Typ gelebt hatte. Die ständige häusliche Präsenz eines zweiten Menschen, der zudem eine Welt aus Freunden, Eltern und Familie mitbrachte, empfand ich als zu anstrengend. Aber Dienstreisen konnten keine Dauerlösung sein. In diesen Situationen stellte ich meine Beziehungsfähigkeit infrage und sah in einer Trennung das Ende meiner depressiven Zustände. Vielleicht war es doch richtig, dass man mehrere Partner testen sollte? Ich musste nur die Sense rausholen, die Keule, und eine kurze Zeit des Schmerzes in Kauf nehmen. War ich gar in einer Übergangsphase zu einer Freundin? Oder wollte ich wieder allein sein – und ein Philosoph werden?

Hatte ich die schmerzenden Gefühle der Einsamkeit vergessen? Im Grunde genommen wäre ich dann ja gar nicht einsam, sondern allein, denn von meinem eigenen Selbst war ich nicht mehr abgeschnitten. Ich hatte keinen Plan B, und das Wieder-Alleinsein kam mir einem Weglaufen gleich, nach dem sich der Verstand den Lorbeerkranz aufsetzen würde. „Reiß dich zusammen, sonst bist du wieder allein“, notierte ich in mein Tagebuch, aber auch: „Wache auf, keine Kraft mehr zum Alleinsein“, „schwermütig“ und „Ich bin allein gar nicht lebensfähig“. Jahrelang hatte ich ein gewolltes Alleinsein propagiert, und je lauter diese Stimme war, umso mehr hatte ich mir wohl das Bedürfnis des Gegenteils nicht eingestehen wollen. Wie würde auf dieser Grundlage eine Zukunft aussehen?

Was passierte, wenn er eines Tages für den Beruf wegzöge? Was machte er, wenn ich nicht mehr lebe? Oder was fühlte ich, wenn er stürbe? Passten wir beide – er: Fantasieland, ich: Parallelwelt – zusammen? Daneben war ich immer wieder über die Kreativität meines Verstandes verblüfft. Was fielen ihm alles für Argumente ein, Tao zu verlassen! Deutsch wollte ich zu Hause sprechen, in dieser Sprache hätte ich noch am meisten gelacht. Produktiver sei ich gewesen, als ich noch allein war. Und über allem: Wie traurig, dass er kein Christ ist! Wie konnte ich mir mit 30 so im Weg stehen und mir mit meiner Beschränktheit die Zukunft begrenzen? Über allem hätte ich doch genug Bildung, Reserven und Absicherung, mal etwas riskanter und mobiler zu sein!

Auch waren mir nicht die Artikel entgangen, die schilderten, wie schwer es in der heutigen Zeit ist, gleichwohl durch eine gravierend hohe Zahl Alleinstehender geprägt, eine Beziehung zu haben, „Zusammenstehende“ zu sein. Sollte es mich nicht freudig stimmen, dass es jemand mit mir aushielt, und das nachdem ich nun schon Jahrzehnte nach dem letzten Molekül Liebe in mir suchte? Sollte ich Schillers Wortlaut nach meinen Jubel einmischen, eine Seele auf dem Erdenrund mein zu nennen? Irgendwie war es doch ein Wunder, wie sich an mir das daoistische Prinzip des *wu wei* – grob übersetzt: Handeln durch Nichthandeln – realisiert hatte und in „aktiver Passivität“ mir zum ersten Mal in meinem Leben einen resistenten Charakter zur Seite stellte, der berufen war, mich 3-in-1-Überraschungsei zur Erkenntnis meines wahren Selbst zu führen.

Meine Mutter hatte mir vor Monaten ihre Beobachtung geschildert, dass ich aktiv im Zuge war, eine Beziehung aufzubauen. Ich wiegelte ab. Ob sie *wu wei* nicht kannte? 1 plus 1 ist mathematisch 2 und nicht 1. Soll heißen: Mein Ziel war es nicht, ineinander überzugehen, sondern einander zu erkennen und einer im anderen das zu sehen und schätzen zu lernen, was er ist: Des andern Gegenstück und Ergänzung. Heute weiß ich, dass für diese Spiegelung keiner besser geeignet sein konnte als mein komplettes Gegenteil. Und vielleicht konnte man sich niemals besser finden als in Spannungsmomenten. In Persönlichkeiten ausgedrückt, entsprachen unsere Typen Mahatma Gandhi und Elvis Presley. Ich bewunderte immer wieder, wie leicht und unkompliziert das Leben für Tao war. Botschafter der normalen Welt, nahm er viel mehr als gegeben hin, und manchmal glaubte ich, er lachte mich aus, wie ich einfache Dinge des Alltags kompliziert machte und mir im Weg stand. Manche Erkenntnisse musste ich mir wesentlich mühseliger erarbeiten. Gleiches galt für das Treffen von Entscheidungen. Sein komplementäres Wesen war erfrischend und tat mir gut. Mein Leben strengte mich weniger an, indem ich in Gesellschaft öfter schweigend in mir ruhen konnte, während er seinen Typ auslebte, wenn er mit seiner Gegenwartsfähigkeit die „Öffentlichkeitsarbeit“ übernahm.

Und noch viel mehr: In all den Monaten, in denen ich mich in den Schlaf weinte, depressiv war, weder an einen Sinn noch eine Fortsetzung meines Lebens glaubte, war er da. Therapie oder Erlösung: Nie zuvor hatte mich jemand mit so viel selbst- und bedingungsloser Liebe, Zuneigung und Fürsorge konfrontiert und damit den größten Dienst erwiesen, an meiner Selbstliebe zu arbeiten und zum Menschsein zurückzukehren. Ein Engel, der mir den Gedanken eingab, aufzustehen, mich nicht mehr treiben zu lassen auf Wegen, die nicht weiterführten, den Aufstand zu wagen gegen alles, was mich vom Weg des Lebens, der größeren Lebendigkeit, der Freiheit und Liebe abhielt. In dem Kampf, meinen Verstand zu brechen und gefügig zu machen, war er allerdings auch das tägliche Salz in der Wunde plus drückende Kompresse, mich auf die belastende Suche nach meinen Emotionen zu machen. Ich war im Zwiespalt, ob ich ohne ihn noch leben würde, denn seine Präsenz war es auch, die meine Suche nach mir in starkem Ausmaß intensivierte.

Am Tag, an dem die Frage nach dem Alleinsein nicht mehr alles überlagerte, öffnete sich der Horizont für zuvor niemals gestellte Fragen. Gemeinsam arbeitete ich an und mit ihm meine Ängste und Blockaden ab. Ich nahm viele positive Veränderungen an mir wahr: Wie nie zuvor hatte ich das Gefühl, in mir zu sein, ich war ruhiger und lockerer, was den Umgang mit fremden Menschen einfacher machte. Auch gelang es mir nun, vor wichtigen Terminen ruhiger zu schlafen, hier leuchtete im Kopf keine penetrante Alarmlampe mehr auf.

Mein Wohnumfeld war immer noch verhältnismäßig museal, aber alles in allem akzeptierte ich mehr Unordnung. Ebenso fühlte ich weniger Druck, ständig Wecker, Türen oder andere Gegenstände zu kontrollieren, phasenweise zumindest – was die sorgende Vorahnung aufkommen ließ, was noch alles in meinem Unterbewussten verborgen war und verarbeitet werden musste.

Den Quellen des Lebens näher, erschloss sich mir die Weisheit, dass Leben eigentlich nur schön ist, wenn man es teilt, auch wenn man Kompromisse in Kauf nehmen muss. Legte man zusammen, ergaben sich in vieler Hinsicht Synergien. Liebe empfand ich in ersten seltenen Anflügen sogar als Schutzschild, und sie gab Stärke, schlechte Nachrichten oder eine Phase der Krankheit besser zu verkraften. Sich wahr zu sehen und von anderen wahr gesehen und dafür gemocht zu werden, war wunderschön. Wertgegenstände verloren an Wert, denn wertvoll waren eigentlich nur menschliche Gefühle, etwas, das im Gegensatz zu Ersterem unersetzlich war. Sogar Tränen des Abschieds waren möglich, und mein Herz freute sich in diesen puren Momenten, in denen die Seele verkrustete Elemente wegspülte. „Jahr der Tränen", protokollierte ich im Tagebuch.

Auch ließ ich Wut zu, unbewusst fühlend, dass hinter ihr der Schmerz verborgen lag. Erst später las ich in zahlreichen Büchern, wie bedeutend es für den Heilungsprozess war, sich mit Schmerzen auseinanderzusetzen, Kopfbewusstsein in Ganzheitsbewusstsein einzutauschen, der Angst und entsetzlichen Vorstellung zu begegnen, sich selbst zu verlieren, auf bisherige Illusionen zu verzichten, das ganze Ausmaß an erlittenen Verletzungen fühlend wahrzunehmen und Trauer bewusst zu durchschreiten. Denn während die Depression „lediglich" in die Nähe der wohl größten Wunde führe, sich nicht als das, was man war, geliebt zu fühlen, könne erst die Trauer über das in der entscheidenden Zeit Vermisste wirklich zu einer Vernarbung führen. Viel zu lange hatte ich Angst vor dem Verlust von etwas, das im Grunde genommen nie da gewesen war! Ich verstand, dass die Verrücktheit von Menschen dadurch verursacht wird, dass sie sich weigern, ihnen der Mut fehlt, diese Gefühle zu erleben. Hier liegt der Hauptgrund, dass sie in ihrer Entwicklung steckenbleiben. Gleichwohl bleibt Ernüchterung in dem Punkt bestehen, dass ein Kind, wenn es in seiner Kindheit ohne Spiegel geblieben ist, in seinem ganzen späteren Leben diesen vergeblich sucht, da sich dieses Suchen auf eine unwiderruflich vergangene Situation bezieht. Vergangen, doch nicht verloren. Die Bewusstmachung dieser Wunde, dieses Schnittes und Risses, der verheilte und vergessen war, aber in der geheimsten Kammer lebte und weiter blutete und immer wieder aufbrechen kann, hielt ich wahrlich nicht für einladend. Doch ob nun die Welt einem Menschen oder ein Mensch der Welt zum Schicksal wird, es ist, was es ist: Schicksal, das Zusammentreffen unserer Anlage, unserer körperlichen und seelisch-geistigen Konstitution, mit der Umwelt, in die wir hineingeboren werden, unserer persönlichen Biografie und der Geschichte unseres Gewordenseins. Schicksal liegt jenseits aller Schuld.

Die Wunde, sich ungeliebt zu fühlen, kann aber auch noch früher liegen, beispielsweise in einer unglücklich verlaufenen Geburt oder den ersten Wochen danach, in denen das Neugeborene die Welt als feindlich wahrnimmt und sich wehren und vor ihr schützen muss. Die Tatsache, dass ich für bestimmte Situationen keine Worte fand, schien psychologisch darauf hinzudeuten, dass das tiefste Trauma, die tiefste Erfahrung, „ge-stört" oder „ver-stört" zu sein, auf die sprachlose Zeit vor und nach der Geburt zurückgeht. Wie sah dies bei mir aus? Schon im Mutterleib war ich – Langeweile oder Abwehr? – ein unruhiges Geschöpf und ein Boxer gewesen. Bei meiner Geburt hingegen war Vermutungen nach zu viel Narkotikum im Spiel gewesen, und die ersten Tage und Wochen kennzeichnete ich mich durch Erbrechen aus. „Übergangserbrechen" hieß es vonseiten der Ärzte. Egal, was mir als Nahrung zugeführt wurde, ich erbrach es, bestand aus Haut und Knochen, wurde im Kinderkrankenhaus mittels einer Magensonde ernährt, und Erzählungen zufolge sagte der Arzt zu meiner Mutter: „Wir können Ihnen leider keine Gewissheit geben, Frau Walter, ob wir Phillip durchbringen werden." Noch lange wurde ich später über dem Waschbecken gefüttert: Gegen den Inhalt der ersten Flasche wehrte sich der Körper, die zweite nahm er auf. Möglicherweise wurde hier bereits der Boden für meine späteren Essstörungen gelegt. Als ich die Stärke fand, mich über dieses Thema zu unterhalten, stellte sich heraus, dass in meiner unmittelbaren Umgebung ein Mensch lebte, dessen Mutter bei der Geburt aufgrund einer zu starken Betäubung fast ums Leben gekommen war und dessen Leben sich in vieler Hinsicht ebenso gestaltete wie meines, seien es ständige Komplikationen mit Nahrungsmitteln, Barrieren in der Liebe sowie im zwischenmenschlichen Bereich.

Während meiner Kindheitsjahre saß ich keineswegs mit Vorliebe auf dem Schoß meiner Eltern. Und wenn meine Schwester an manchem Sonntagmorgen mit ins elterliche Bett sprang, saß ich auf dem Teppich davor. Meine Geburt und was unmittelbar darauf folgte, ließen meine Seele wohl zutiefst wissen, dass die Welt und ich eine Inkompatibilität aufwiesen. Ein liebender Empfang auf diesem Erdenrund hätte anders ausgesehen.

Die Wurzeln starken Misstrauens und grenzenloser existenzieller Ängste reichen bis zur Stunde Null und sollten zur Grundgestimmtheit des Lebensgefühls werden. Angesichts dieses Urschmerzes erscheint auch die tiefste und wahrhafteste Elternliebe als machtlos. Über diese Zeilen lässt es sich leicht hinweglesen, stattdessen sollte man versuchen, die Empfindungen des Säuglings einmal nachzufühlen. Vielleicht war ich nicht bestimmt zu leben? Fast meine ich, dass ich Erinnerungen an diese Zeit habe, zumindest sind diese Erlebnisse in Traumbildern immer wieder verarbeitet worden. Umso mehr frage ich mich, wie ich vor dem Beginn meines schizoiden Angstmusters war. Hatte ich dieses „Vorher" eigentlich jemals kennengelernt? Über allem stehen die Versöhnung und das Nicht-stecken-Bleiben in jedweder Anklage.

Doch insistierte mein „Indianer-kennt-keinen-Schmerz"-Verstand bei all den Tränen und seelischem Aderlass, dass ich von einem Dämon befallen sein müsse und nicht Herr meiner Gefühle sei: Jungen weinen nicht! Doch seine Frage, ob ein Liebe empfangendes Selbst besser sei, vermochte ich nun zu beantworten. Sie tat mir gut, und das wortwörtlich mehrsinnig: Gefühlt und offen-sichtlich, also auch für die Augen wahrnehmbar. Diese kleinen Momente rekrutierte ich wie Soldaten für die Schlacht um mein Herz. Als Schild würden sie Spielkarten tragen, Herz-Acht, und wie beim Mau-Mau hieße es dann: Der Verstand muss aussetzen.

Mühsam lernte ich in kleinen Schritten, mich selbst zu akzeptieren und ab und an zu lieben, auch und vielleicht gerade, weil ich mich immer mehr wohltuend für verrückt hielt. Damit war ich auf dem richtigen Weg, wie ich vom Hutmacher, englisch treffend *mad hatter*, im Film *Alice im Wunderland* lernte: „Es gibt einen Ort wie keinen anderen auf der Welt. Es heißt, um dort zu leben, muss man verrückt sein wie ein Hutmacher. Glücklicherweise bin ich das ..." Jung und Nietzsche lieben es konkreter: Während Ersterer vom „Siechenhaus mit seinen Aussätzigen" spricht, verkündet Nietzsche: „Jeder will das Gleiche, jeder ist gleich: wer anders fühlt, geht freiwillig ins Irrenhaus." Novalis hatte bereits Jahrzehnte zuvor resümiert, die Majorität der kultivierten Deutschen befolge das Planierungssystem und sei fein genug, um alles Große wegzuleugnen: „Wenn das kopernikanische System nur nicht so fest stände, so würd es ihnen sehr bequem sein – Sonne und Gestirne wieder zu Irrwischen und die Erde zum Universum zu machen."

Nach der Erkenntnis, dass als einzig perfekter Partner für mich zuoberst ich selbst stehen muss, konnte sich Liebe reziprok entwickeln. War ich in mir, in der Liebe, konnte ich sie auch austeilen. Ich war nicht auf der Suche nach uns, sondern nach mir. Ersteres würde Letzteres begünstigen. In einem besonderen Hoch wünschte ich mir sogar, noch lange zu leben, und nahm mir vor, meinen Körper pfleglicher zu behandeln. Doch Sonne und Regen wechselten sich weiterhin ab, sodass dem Herrn und der Dame im Wetterhäuschen meiner Psyche zum Erbrechen übel war.

Meine These war, dass ich persönlich versagt hätte, wenn mein Verstand es geschafft hätte, Tao zum Gehen zu bewegen. Für das „Abstoßen" hätte ich Frust als Beweggrund gesehen, resultierend aus der Tatsache, dass ich sein Niveau an Selbstbewusstsein und Selbstliebe selbst nicht erreichte. Den heilenden positiven Prozess würde ich noch in seiner Wachstumsphase beschneiden und mir selbst widersprechen, lehnte ich die Medizin für den Körper ab, weil mein Verstand den Arzt boykottierte. Damit würde ich mich erneut ins Abseits schießen. Darüber hinaus hatte ich einmal schmerzlich erfahren, dass am Ende immer der Körper gewinnt.

Nicht die Form, sondern die Erfüllung, die eine Beziehung in sich trägt, muss das Wesentliche ausmachen. Schellenbaum redet von Leitbildspiegelung, die eigenes Lebenspotenzial wecke: Im anderen nehme man das als faszinierend wahr, was in einem selbst genau in diesem Moment zur Entwicklung bereit sei. Dadurch mag es diesen Menschen endlich gelingen, das erstickende Korsett ihres bisherigen Lebens zu durchbrechen. Gleichwohl räumt er ernüchternd ein, dass die Art und Weise, wie jene die Befreiung von den Normen erleben, auch etwas Tragisches an sich habe. Liebe sei für sie zunächst ein Signal, dass alte Ketten fallen und überlebte Normen zerstört werden. Zur neuen Lebensgestaltung bliebe kaum mehr Energie übrig. Somit sei die Liebe im Grunde nichts anderes als ein Instrument dieser Zerstörung. Wirkliche Liebe sei dagegen ihr eigener Beweggrund und richtete sich nicht gegen Normen, sondern mache diese zu veränderbaren Spielregeln, die dem Leben zugeordnet sind. Sollte es wirklich unumkehrbares Schicksal sein, dass narzisstisch Verwundete nicht aufrichtig lieben und sich mit einem Partner vereinigen können? Was würde in dem Moment passieren, in dem ich mich befreit und gefunden oder er sich verändert hätte? Veränderte sich dann die Spiegelung? Liebte ich im Grunde diesen Menschen oder verliebte ich mich durch diesen am Ende in mich, weil ich meine eigenen Charakteranteile reflektiert bekam? Wie konnten sich generell Elemente spiegeln, die ich in mir ablehnte oder in denen ich mich nicht erkannte? Es war höchste Zeit, das Gegenüber nicht als Spiegel, sondern als eigene Person zu erkennen.

Eines Tages machte mich Tao auf den Film *500 Days of Summer* aufmerksam, in dem sich eine Person in eine andere verliebt, die abstreitet, dass es Liebe gibt, aber später eine andere Person voller Liebe heiratet. Er befürchtete einen ähnlichen Verlauf: Initialzündung für den nächsten Schritt. Dabei stand für mich fest, dass nicht ich, sondern er auf dem Markt jederzeit einen Menschen finden könnte, der ihm mehr oder offensichtlichere Liebe entgegenbringen würde. Gleichwohl ich ihn nicht verlieren wollte, tiefe Dankbarkeit spürte und mir sämtliche Bekannte in ihrer Beziehungserfahrenheit rieten, alles weiterfließen zu lassen, da es sich von selbst regele, überlegte ich, allein weil mein Verstand dazu fähig war, wie eine Trennung aussehen würde. Besonders beschäftigte mich eine Textstelle, dass gerade ein INFJ – dekodiert: introvertiert, intuitiv, fühlend, beurteilend – es sich schwer macht, aus einer schlechten Beziehung herauszugehen. Wie konnten Menschen meiner Prägung und Vorgeschichte, die gewohnt waren, per Schalter im Kopf Emotionen abzustellen, fühlen, wann eine Beziehung am Ende war? Intuitiv? Oder vielleicht erst im Falle einer aufdringlichen Alternative, die ich aus der klassischen Beobachterposition beteiligt-unbeteiligt verfolgen würde?

Würde ich mich auf die Suche machen, könnte ich mehr am Leben der Mehrheit teilnehmen, obwohl mich als Hochsensiblen die meisten dieser Aktivitäten maßlos überforderten. Voraussetzung für den Schritt dürfe aber nur sein, dass Liebe wirklich spürbar war. Zu lange hatte ich unter der Mehrheit gelitten, dass ich mittlerweile zu stolz war, mich wieder anzupassen. Just bekomme ich eine Spam-E-Mail mit dem Titel „Attraktive Singlefrauen, die zu Ihnen passen, Herr Walter". Hier heißt es: „Liebe ist kein Zufall", und neben dem Bild einer aufreizenden Frau steht: „Juristin, temperamentvoll". Oder: „Weiblich, ledig, sucht …" Und – das schlägt dem Fass den Boden aus – obendrein prangt dort noch das TÜV-Süd-„s@fer-shopping"-Prüf- und Gütesiegel. Kein Zufall? Höchstens, weil es ohnehin vom Universum vorgeplant war. „Alles easy", wie ein Freund zu sagen pflegte, was zermartere ich mir eigentlich den Kopf mit hypothetischen Illusionen und illusorischen Hypothesen? Doch egal welches Lebenskonzept sich realisiert, das Rasseln der widerstreitenden Kräfte würde in keiner Beziehung erholsam verstummen. Nur die Praxis könne es zeigen, nicht meine Gedankenspiele.

Wieder einmal sehe ich mich mit meinem Herta-Müller-Komplex konfrontiert: Wie bezeichne ich die Umstände, in denen ich lebe, und wie kann ich mit einem Wort ausdrücken, was meinem Inneren entspricht und fernab der Assoziation einer Schublade auf Resonanz trifft? Ein Wort entspricht einem Konzept. Ein einzelner Buchstabe ist für sich harmlos, erst die Kombination verhilft zu möglicher Fatalität. Dennoch: Hätte ich ein Wort, würden meine Gedanken aufhören, um den enzyklopädischen Heuhaufen zu kreisen? Wollte ich dies überhaupt? Hatte ich denn schon ein Folgeprojekt, was ich starten könnte, sodass ich nicht auf einer Insel der Langeweile strande? Doch selbst indem ich ein Geheimnis nach dem nächsten aus meinem Inneren hervorkehrte und bei dem durch vage Formulierung greifbar Gewordenen Halt suchte, zeigte die immer wieder aufflammende Suche nach Begründungen, dass das Gemeinte doch nicht erklärbar ist. Die radikale Andersartigkeit ließ sich nicht überlisten.

Sah ich mich nun als Teil einer Beziehung? Dafür waren mein Drang zur Freiheit und Unabhängigkeit sowie die Angst, durch Verpflichtung eingeengt zu werden, zu stark. Individuum in einer Bindung? Single mit Anhang? Oder lebte ich im Betreuten Wohnen? Als Beschreibung könnte ich so vieles wählen: Lebensretter, Augenöffner, Verbündeter im Kampf gegen das falsche Selbst, wohltuender, mich zum Lachen bringender Begleiter auf einem Teilstück unbestimmter Länge meines Lebenswegs, Wanderer durch die Zeiten – ein jeder wandert einen Teil mit dem anderen mit –, Kompagnon, Pendant, Coach oder Lebensforscher. Oder, sofern man das Leben als Spiel ansah: Mitspieler. Wie schwierig war es, eine Beschreibung für eine schicksalhafte Engelserscheinung zu finden! Schwindelig durch meine Wortjonglage, fragte er, was er für mich sei, und ich antwortete ehrlich, dass ich nicht die gleichen Begriffe wie er wählen könne. Hauptsache sei die Anwesenheit. Der Seinszustand in der erfüllenden Gemeinschaft.

„Ich bin ein Körper, durch den das Leben fließt und das Universum atmet", hielt ich in meinem Tagebuch fest. Irgendwann war es mir egal, wie er es nannte. Eine Beziehung? Was war daran besonders? Die ließe sich im Grunde mit allem haben, was meine Sinne wahrnehmen und mein Verstand denken konnten. Alles kann, nichts muss. Traditionelle Beziehungsmuster passten für mich nicht, die Ausdrücke Partnerschaft und Beziehung empfand ich – Heißbreitänzer? – nicht nur als stark belastend, sondern auch riskant und zu definitiv. Vielleicht konnten diese nur Menschen benutzen, die sich ihrer Sache sicher sind. War ich eine schlechte Investition? Was wäre, wenn die Rechnung nicht aufginge? Plante mein Verstand mit seinem typischen

„Alles oder Nichts" für die Ewigkeit? Eine Freundschaft könne dagegen jede Beziehung überdauern.

Halt, stopp! – Vielleicht sollte ich das Problem wortwörtlich beim Namen packen: Was bedeutet „Beziehung"? Etwa Anziehung? Versteckt dieser kaum hinterfragte Ausdruck eine Ich-zentrierte Welt, in der es rote Rosen regnen soll und das Brot vom Himmel fällt? Angesichts des Erfolgsgaranten gegenseitigen Gebens und Nehmens müsste man eine Beziehung – das Beziehen – um die Begabung – das Geben – erweitern. Moralisch traurig wäre das Resultat im Minimalfall eine Begleichung, im Optimalfall hingegen eine aristotelische Bereicherung: „Das Ganze ist mehr als die Summe seiner Teile." Wer wünscht sich keine Bereicherung? Die Wortwahl sollte das sprichwörtlich seligere Geben stärker betonen und nicht vom Negativen – dem gegenseitigen Beziehen – her kommen.

Mein Verstand machte mich verrückt, und verzweifelt schrieb ich ins Tagebuch: „Wie lerne ich, meinen Verstand abzustellen? Wie konnte ich mich von 29 auf 30 so verkomplizieren???" Ein Geist, der darüber sinnierte, ob er selbst krank ist, hat etwas Eigenes. Fragt sich eine Milch, ob sie sauer, oder eine Butter, ob sie ranzig ist? Ich war müde! Nichts als schlafen! Aber nein, die Schatten der Nacht schienen als Kampfplatz ebenso attraktiv, wohlgleich die Art der Waffen getauscht wurde: Traumwelten im Unterbewusstsein.

Unterm Rad der Träume

Wie bei einem System, das auf den „Überhitzen"-Modus eingestellt ist, übernahm nachts mein Unterbewusstsein das Ruder. Und seine Reiseroute gab zusätzliche Informationen für den Tag, sodass das infernalische Mühlrad immer mehr Wasser schaufeln musste. Über Monate stand ich jeden Morgen auf, notierte seitenweise das im Traum Erlebte und analysierte es.

Träumen messe ich eine sehr hohe Bedeutung bei. Sie sind wie eine Quelle, aus denen das Herz trinkt. Träume täuschen, lügen, verdrehen und vertuschen nicht, sondern verkünden naiv das, was sie meinen, in ihrer Art so deutlich wie möglich. Ich empfinde sie auch deshalb als so wertvoll, da sie stets etwas auszudrücken bemüht sind, was das Ich nicht weiß oder versteht, darunter schmerzliche Einsichten in das, was man nicht wahrhaben will. Hier gilt es, Widerstände zu überwinden, sich fallen zu lassen und sich nicht von der Angst vor Verlust der Selbstkontrolle und „Beute des Unbewussten" (Jung) zu werden, abschrecken zu lassen.

Doch ich empfand eine Angst, die noch stärker war, und zwar die Angst, durch Ignorieren und Abspalten der Inhalte meines Unbewussten sowie der Handlungsempfehlungen, die sich aus ihrer Deutung ergeben, wie ich es jahrelang praktiziert hatte, zerrissen zu werden. Es bedarf einer „brutalen Kraft", das Gefühl der Todesnähe zu überwinden und wieder in Todesferne zu transformieren. Aber noch mehr bedurfte es einer „dämonischen Kraft" (Jung), alle Energien der Arbeit mit dem Unbewussten dem Ziel unterzuordnen, zu erfahren, was in mir vorging, und Empfehlungen von Freunden abzulehnen, doch einmal aufzuhören, ständig meine Träume zu analysieren. Denn je mehr mein Bewusstsein die Manifestationen meines Unbewussten verstand und ihnen gegenüber Stellung bezog, umso stärker stellte sich innere Beruhigung ein und umso weniger tauchten viele Traumbilder von früher auf. Intensität und Häufigkeit der Träume waren oftmals lästig, doch wie beschwert man sich beim Unterbewusstsein über dessen Mitteilungsbedürfnis?

Während ich die meisten Träume unmittelbar nach dem Aufstehen zu Papier brachte, kamen mir manche erst im Laufe des Tages wieder in den Sinn oder zufällig zu einem noch späteren Zeitpunkt. Teilweise beobachtete ich Überlagerungen, wenn Sequenzen aus früheren Träumen erneut aufgegriffen wurden. Hat das Unterbewusstsein verschiedene Ebenen? Im Gegensatz zu mir erzählten viele Freunde, sie würden sich gar nicht an ihre Träume erinnern beziehungsweise sie träumten nichts. Doch diese Annahme trügt. Nur weil ihre „Zwischenwände" (Jung) nicht durchsichtig, sondern so dicht sind, dass sie nichts dahinter sehen, kommen sie zu der fälschlichen Annahme, dass dort auch nichts ist. Träume bestehen nicht nur aus kaleidoskopischbunten Welten, ich nehme darin etwa auch Gerüche oder Geschmäcker so intensiv wahr, dass sie zum Teil meinen Alltag beeinflussen. Ein Geruch war im Traum so negativ belegt, dass mir einige Wochen darauf übel war, wenn ich allein daran dachte oder dieser Duft auftrat. Hinzu kommen nächtliches Sprechen in unterschiedlichen Sprachen, Lachen und viel körperliche Bewegung, die mich einst in einem Klappbett verschwinden ließ, nach kurzer Zeit die Kleidung aufreibt, und ihren Höhepunkt im Schlafwandeln findet. Sei es, dass ich mit der Bettdecke in der Wohnung spazieren gehe, sämtliche räumliche Orientierung verliere, etwas suche, am Bettrand sitze und rede, in einem anderen Bett aufwache, wie aufgescheucht auf den Boden springe, duschen gehe oder Koffer packe. Kollidierte ich mit einer Tür oder Wand, lief das nicht immer ohne blaue Flecken ab. In Abständen erscheinen mir Menschen im Traum oder liegen erschreckend real neben mir im Bett, doch schalte ich das Licht an, war alles nur eine Halluzination. Besonders unangenehm ist eine Schlafparalyse, bei der die Tiefensensibilität nicht länger mit einem Traumkörper identifiziert ist, sondern mit dem gelähmten physischen Körper.

Kurz vor dem Aufwachen befinde ich mich meist in einer Phase des Transfers, in der ich die Träume der Nacht bewusst Revue passieren lasse und einzelne Situationen mit Stichwörtern, möglichen Suchbegriffen, ablege. In der Folge sind diese nach dem Aufwachen im Bewusstsein präsent, oder ich wandele direkt vom Bett zum Schreibtisch und schreibe sie im halb wachen Zustand ab. Die seltenen Fälle, wo sie mir entwichen, sah ich dann fast als Vorsehung. Auch wenn sich das Unterbewusstsein anders ausdrückt als das Bewusstsein und die Bilder, Symbole und Metaphern einer Dekodierung und Deutung anstatt eines einfachen Erkennens bedürfen, war doch die Botschaft identisch. Somit lebte ich „zugleich auf zwei Ebenen“ (Jung), einer bewussten, die verstehen wollte und nicht konnte, und einer unbewussten, die es ausdrücken wollte und nicht besser konnte als in Form eines Traumes. Allerdings wäre es wortwörtlich traumhaft gewesen, wären all diese Botschaften chronologisch zur Entwicklung in der Persönlichkeitsfindung aufgetreten. Erst in der Rückschau lassen sie sich nahtlos aneinanderreihen, wobei sich einige Ereignisse im Vorhinein ankündigten. Anfangs handelten die Traumbilder von geschwächten Lebenskräften sowie der Suche nach Herzlichkeit, Liebe, Schutz und Zuflucht. Es ging um Ängste, Selbstkritik, seelische Blockaden, Krankheiten und Ballast. Ich litt unter Spannungen, unterdrückten Gefühlen und mangelnden Möglichkeiten der Ausdrucksweise, was hinter der Maske zu Aggressionen führte. Die Seele suchte dringend nach Erleichterung. Ich war viel in meiner Jugend unterwegs, was Sinn macht, denn die frühe unbewusste Prägung ist der Schlüssel zur menschlichen Psyche, da in ihr erste spezifische Merkmale einer Persönlichkeit ausgebildet werden. Das kindliche Unbewusste ist der Kern, das Zentrum, „der Mittelpunkt des Planeten Mensch“, und das ganze Leben über greift das Individuum auf diesen Erlebnisspeicher zurück und gleicht ab (Luczak).

Sterben und Tod waren immer wieder auftretende Traummotive. Durch Weinen wird innere Spannung abgebaut, Unreines lässt sich ausspeien, und so räumte ich mit seelischen Exkrementen auf. Wandel und Erneuerung der Gefühle, Gedanken und Absichten fand statt, nachdem diese zuvor sterben mussten. Gleichwohl sah ich mich wie in einer Wüste isoliert, sehnte mich nach sozialen Kontakten, nach gleichartigen Menschen, Akzeptanz und Rat. In einem Folgeschritt machten sich Übergänge in Bewusstseinsebenen bemerkbar, ich erlangte meine Gesundheit wieder, Energie stieg auf, meine

Lage verbesserte sich, und obschon noch viel Mühe aufgebracht werden musste, war der Beginn von etwas Neuem spürbar.

Immer mehr riefen die Träume zu einer Entscheidung auf, doch immer wieder verweigerte ich mich, an Kreuzungen einen bestimmten Weg zu selektieren. Stattdessen räumte ich weiterhin mit versteckten Dingen auf, ließ Koffer mit längst überholten und von der Lebenswirklichkeit entfernten Ideen und Vorstellungen stehen, nahm nur noch die wichtigsten Utensilien mit, verabschiedete mich am Flughafen immer wieder von denselben Personen, den weiblichen Generationen vor mir, und machte mich fliegend auf die Reise, welche den Übergang, die Überbrückung darstellte, die auch Risiken beinhaltete, wie das mehrfache Beobachten von Abstürzen symbolisierte. Auf dieser Stufe seelisch-geistiger Erneuerung, Taufe und neuem Geist beschäftigte sich mein Unterbewusstsein mit Weisheit, Intellekt, Bodenhaftung und bedachtem Handeln, was vonnöten war für die erkannten Probleme der Furcht vor der Welt, der Integration und der Frage nach der Offenbarung und Opferung vor dem öffentlichen Altar.

Motive des Spotts, der Schande, der üblen Nachrede prägten die Träume, doch andere zeigten auch, dass sie den offenen Gefühlsinhalten nichts anhaben konnten. Egal ob die Seele wie Glas zu Boden fiel, sie blieb heil. Immer mehr ging es um Befreiung von der Last, Unabhängigkeit von Erwartungshaltungen, Trennung von starken Enttäuschungen, starke Motivation trotz „Gegenverkehr", große Schritte in der eigenen Entwicklung und Erholung. Diese frischen Gedanken wurden durch den Traum genährt, wie ein enthülltes, nacktes Wesen so gesehen zu werden, wie ich bin. Die entsprechenden Motive standen für Offenheit, Ehrlichkeit oder auch fassadenloses Sein.

Zwar traten gegensätzliche Wünsche an das Selbstbild heran, doch mehr und mehr zeigte sich die schöpferische Seite meiner Persönlichkeit. Geistige und seelische Nahrung offerierte Chancen, ein Geben und Nehmen und einen Neuanfang in Harmonie. Gleichwohl sehnte ich mich weiterhin nach tiefer Spiritualität, und mein Unterbewusstsein betrat mit mir transzendente Welten. Am Ende fuhr ich mit dem Zug in einen Kopfbahnhof auf dem falschen Gleis ein, ich nahm es mit Gelassenheit und machte mich zu Fuß zum richtigen Gleis auf. Eine Phase meiner Lebensreise war abgeschlossen. Und nach dieser war ich bereit, mit der Welt im Allgemeinen eine neue Beziehung einzugehen.

Nach manch einer Nacht war das Klingeln des Weckers eine wahre Befreiung und gab mir beizeiten fast einen Grund, mich über mein Leben in der Realität des Wachzustandes zu freuen. Erholend waren diese Nächte über Monate nicht, auch wenn mein Unterbewusstsein meinem Bewusstsein wie in einem Wachwechsel ab und an die anmaßende Botschaft mitgab, dass ich gut geschlafen hätte und ausgeruht sei. Die nächtlichen Schatten machten mir unisono zum tagtäglichen Gedankenmahlen stark zu schaffen: Vierundzwanzigstündiges Foltern als Resultat des Überdrucks der Lebensenergie. Und als ich eines Nachts schlafwandelte, sagte ich den Satz, dass mein größter Wunsch war, das Weite zu suchen. Das ging über das Normale hinaus, für das ich Erklärungen fand. Was wollte mir mein Unterbewusstsein sagen? Mein Sein litt unter „unerträglichem Volumenmangel" (Preiter). In einem Traum sah ich, wie ein Mensch starb und mein Unterbewusstsein unmittelbar danach den Kommentar einschob, dass dieser immerhin nicht mehr die Last hätte, leben zu müssen. In meinem Tagebuch ergänzte ich am Folgetag die Frage, wo meine Lebenslust geblieben sei. Das Fass dessen, was ich fähig war, zu bewältigen, schien wahrlich knapp vor dem Überlaufen zu sein.

Das Fass läuft über

Das Vereinen der Extreme in mir empfand ich zunehmend als Zerreißprobe. Ich wünschte mich einfach, einspurig, eindeutig. Doch nichts von dem war ich. Das warmherzige Nachempfinden während der Coaching-Telefonate ermutigte mich, dass vieles möglich und weit würde in dem Moment, wo ich begänne, in Möglichkeiten und Weite zu denken. Und in der Tat entstand auf meinem neu eingeschlagenen Weg auf allen Ebenen ein neues Lebensgefühl. Indem es mir half, mich in meiner persönlichen Kombination, d. h. letztlich begrenzt, als einzigartig wahrzunehmen, hatte ich die Möglichkeit, auch des Grenzenlosen bewusst zu werden. In einem ähnlichen Verhältnis zueinander stehend wie mein Coach zu mir, hatte Hesses Narziß einst gegenüber seinem Freund Goldmund geäußert, er habe in ihm wahrscheinlich einen künftigen Mönch verdorben, aber dafür einen Weg freigemacht für ein nicht gewöhnliches Schicksal. Selbst wenn er am folgenden Tag ihr Kloster niederbrennen oder irgendeine Irrlehre in der Welt verkündigen würde, so bereue er keinen Augenblick, ihn auf den Weg dazu geholfen zu haben.

Doch der Selbsthass mit seinen zerstörenden Mechanismen war eingefahren und lässt sich nicht von heute auf morgen ändern: „Ich habe mich so daran gewöhnt, dass ich nicht so sein darf, wie ich bin, und mich selbst abzulehnen, dass ich heute, wo ich dieses Prinzip ablegen möchte, immer noch gefangen bin." Zeitlebens hatte ich die ganze Stärke meines Denkvermögens schonungslos gegen mich selbst gerichtet. Mein Coach begrüßte in vieler Hinsicht meine Selbstreflexion: In mir läge viel Klarheit, auch wenn manches noch nicht offensichtlich sei. Viele Fragen schlummerten noch, die Antworten fehlten, doch sie schaufelten sich wie ein Maulwurf nach oben. Panta rhei – alles fließt.

Während der Telefoncoachings inhalierte ich Weite. Wie ein mit Helium gefüllter Ballon durfte ich aufsteigen, doch legte ich den Hörer auf, sank ich wieder auf den harten Boden der Realität zurück. Ich hatte gehofft, dass meine Mutter für mich ein Brückenpfeiler zur Familie sein könnte, doch mein tägliches Weiten, die im Schleudergang vollzogene Wäsche meines Gehirns, das Zerplatzen von Seifenblasen im Minutentakt und das konsequente Aufreißen jeder von innen klopfenden Schublade wurde mit einigem Unbehagen aufgenommen. Dabei verhielt ich mich für meine Art vollends normal: Der Wandelhafte, so Zweig, müsse immer sich ganz zerstören, um sich ganz wieder aufzubauen. Alle seine Selbstgewinnungen und Neuentdeckungen resultierten aus mörderischen Selbstzerätzungen und Glaubensverlusten, aus Dekompensation, und um höher zu kommen, müsse er immer einen Teil seines Ichs wegwerfen. Gerade die ihn am besten zu kennen meinten, staunten ihn immer fremder von Begegnung zu Begegnung an. Erschreckt würden sie in seinem immer mehr verjugendlichten geistigen Gesicht neue Züge sehen, die auf nichts Früheres zurückdeuteten. Von einem lebendigen Gott war im kirchlichen Umfeld die Rede, doch dieses aktive Element musste für die der Schöpfung widersprechenden Standhaften eine Worthülse sein. „Siehe, ich mache alles neu!" (Off. 21, 5) Alles, was sich dieser Offenbarung in den Weg stellte, war bestimmt unterzugehen.

Mitte Oktober war es so weit, ich setzte meine Kernfamilie per E-Mail vom Status quo in Kenntnis, denn ich litt darunter, mich bei jedem einzelnen Gesprächspartner an dessen Wissensstand anzupassen. Nun war Tabula rasa angesagt, nach langem Brodeln brach der Vulkan aus wie ein Erbrechen nach langen Bauchschmerzen. Die Emotionen waren bis zum Äußersten gespannt, hier konnte es keine abgefederte Variante geben, sondern nur: „aus voller situativer Emotion rausgeschossen". Und bis zum Letzten ehrlich. Ich räumte auf. Auslöser für meine Offenbarung war der Film *Selbst ist die Braut*. Was eigentlich ein Fluss an Gedanken im Tagebuch war, ging unmittelbar, unverändert und unreflektiert in digitaler Form auf die Reise. Ich hatte die Fassung verloren, glich einem tränenüberströmten, schreibenden Haufen Elend, der sein Herz ausschüttete.

Ich schrieb klipp und klar, dass ich mich innerlich oftmals so schlecht fühle, dass es mich zerreißt. Etwa wenn ich im oben genannten Film miterlebe, wie eine attraktive Frau und ihr Kollege zu ihrer großen Liebe finden. Denn bei mir zögen Emotionen und Verstand an zwei gegenüberliegenden

Seiten des Seiles und waren imstande, mich zu zerteilen. Mein Verstand terrorisiere mich mit alten Idealvorstellungen von „Frau, Kinder, Familie“, dies aber passe nicht zu den anderen Elementen, die mich als komplexe Ganzheit ausmachen. Nichtsdestotrotz hätten diese Ziele dazu geführt, dass ich Jahrzehnte keine Liebe annehmen konnte – bis es mich tatsächlich zerlegt und in eine lebensbedrohliche Krankheit geführt hat. „Es hat mich einmal zerstört, ein zweites Mal darf es nicht geben.“ „Mein Verstand würde meinen Körper sofort austauschen, aber es geht nicht. Gott hat mich geschaffen als Ganzheit und nicht in Teilen.“ Es müsse aufhören, ich möchte und könnte glücklich sein. Ich sei nun in der Wiedergeburt des großen Ganzen, in einer bedeutenden Phase der Besinnung und Zuwendung nach innen. Und mit Tao sei ein Charakter an meiner Seite, „der mich bedingungslos akzeptiert, der mich aus der Eiswelt, dem Elfenbeinturm, meinen Suizidgedanken rausgeholt hat, der sich wie keiner zuvor voller Liebe um mich kümmert.“ „Und wieder ist es nicht konform.“

Ich schrieb, dass ich mich verdammt fühlte, in so vielen Aspekten zur Minderheit zu gehören, und beklagte mich, dass mir meine Eltern ein Leben in Widerstand in die Wiege gelegt hätten. Der scherzhaft gemeinte Satz meiner Mutter, dass, würde mein Leben einmal einfach verlaufen, es nicht meins sei, habe sich als große Prophezeiung entpuppt. Viele Dinge seien nun in Bewegung und ich könne nur zu mir kommen, wenn ich das Leben fließen ließe. Ich erwähnte mein Coaching, doch und vor allem: „Ich brauche auch Euch, meine Familie, um irgendwann einmal mit Freude zu leben, um glücklich zu sein als hochkomplexe, hochbegabte und hochsensible Person. In meiner Schöpfung, so wie sie sich mir offenbart hat.“

Ich empfand, dass ein Verständnis schwerfallen könnte, doch ich forderte es ein. „Ich muss nun Rücksicht nehmen auf mich.“ Nun wollte ich endlich dankbar sein, dass ich in den vergangenen Monaten keinen Tag mehr allein gewesen war. Und was lag noch vor mir? „Ein langer Weg und noch viele Tränen.“ „Wann darf auch ich einmal aufwachen und stolz auf mich sein, voller wahrer und tiefster Freude, auf mich als Ganzheit?“ Als ich am nächsten Morgen aufwachte, hatte ich meine Kauschiene in zwei Teile zerbissen.

Meine Schwester antwortete mir umgehend und beteuerte, dass ich schon heute stolz auf mich sein dürfe, es seien nicht nur Familie und Kinder, die einem dieses erlaubten. Sie wies auch darauf hin, dass meine Vorfahren und Verwandten sich spätestens im Studium kennengelernt hätten, wenn nicht sogar schon im Sandkasten. Nach diesem Maßstab sei ich also in der Tat lange über dem „Fälligkeitsdatum“, doch die Liebe könne auch erst später kommen. Sie freute sich, dass ich einen lieben Menschen kennengelernt hatte und nun lernen könne, zu lieben. Zum allerersten Mal durfte ich lesen, wie sie als ältere Schwester meine Hochbegabung erlebt hatte. Ich sei als Kind sehr anstrengend gewesen und habe immer gefordert werden wollen, was nicht immer leicht für sie gewesen sei, wenn sie auf mich Rücksicht nehmen musste. Vor allem nicht, wenn ich vieles eher durfte oder schneller und besser konnte als sie, zum Beispiel Klavierspielen. Hier hatte ich Stücke einfach vom Blatt gespielt, die sie vorher mühselig üben musste. Das sei „purer Frust" gewesen. Sie bekräftigte mich in der Hoffnung, dass ich nun viel zu gewinnen habe, und empfand es als sehr mutig, dass ich allen diese E-Mail geschickt hatte. „Wäre schön gewesen, Du hättest das schon vorher gekonnt." Sie sprach mir Mut zu und bestärkte mich auf meinem eingeschlagenen Weg: „Bleib dran! Du machst das genau richtig, Phillip!" Der Weg sei steinig, „aber letztendlich wirst Du ankommen". In diesem Sinne sei meine Krankheit als positiv anzusehen.

Besonders bedrücke sie, wie wenig ich mich selbst liebte und wie „unsagbar traurig" ich sei. „Wie einsam musst Du sein?" Neben dem Coaching sei auch jederzeit die Familie als Netz da, in das ich mich legen könne, wenn es mir schlecht gehe. Doch nur, indem ich mich ihnen mitteilte, könnten sie mir auch Hilfe anbieten, wenngleich diese Situation für sie eine Herausforderung sei. Am Ende wünschte sie mir, dass der Scheitelpunkt erreicht sei. Schließlich habe ich ihnen geschrieben, nach Liebe, Unterstützung und Hilfe gerufen. „Das sind Gefühle, endlich schreist Du sie raus!" Ich solle das Kind aus mir rausholen, dass mein Bauch groß werde und mein Verstand im Vergleich winzig klein. Ich saugte die Antwort meiner Schwester auf und las sie erneut und erneut. Ich hatte Kopfschmerzen vom Denken und den Tränen, aber war unendlich dankbar.

Durch die Öffnung zur Familie an Fahrt gewonnen, öffnete ich mich weiter nach außen und komplettierte mein Profil auf Facebook mit zuvor wie Staatsgeheimnisse gehüteten Banalitäten: Im Grunde genommen alles, vor das man die Silbe „Lieblings-" setzen konnte.

Nach diesem Meilenstein erwartete ich das nächste Coaching-Telefonat mit besonderer Spannung. Mein Coach kommentierte, die E-Mail an meine Familie sei anstrengend, sehr bewegend, heilsam und sehr offen gewesen und zeuge von einem riesigen Vertrauen. „Grandios." Und: Durch den Brief hätte ich das Rollenverhältnis verändert, da ich meiner Familie die Chance gab, sich selbst zu reflektieren. Ich hatte die Pionierrolle eingenommen und den Wunsch an meine Familie formuliert, dass auch sie sich weitete. Schellenbaum schreibt verständnisvoll, dass der Lebensrahmen der Eltern für ein mit größerer Lebenskraft begabtes Kind zu eng ist: „Es braucht mehr, weil es mehr ist." Anstatt für die Welt frei zu werden, verkrümmt es sich wie ein Goldfisch im Aquarium in sie hinein.

Reizüberflutung auf allen Kanälen

Nachdem ein Test auf Hochsensibilität bei mir einen Volltreffer gelandet hatte, riet man mir, darauf zu achten, mich nicht in ein Schneckenhaus zu verkriechen, sondern Wege und Möglichkeiten zu finden, in angenehmer Weise Kontakt mit der Welt zu halten, um für andere, die Mehrheit, die merklich weniger empfindsam ist, aber die Bedingungen diktiert, was „normal" ist, zum weniger anstrengenden Zeitgenossen zu werden.

Früher hatte ich meine Reize ignoriert, da sie nicht meinem Bild der Norm entsprachen. Heute erst realisiere ich, in was für einem „Kleinkindkörper" (Parlow) ich lebe und wie ich diesen vergewaltigt habe. Jetzt war mir klar, dass Hochsensibilität der Grund war für die von mir empfundene Belastung, von tausenderlei Reizen, etwa Geräuschen, Düften oder Berührungen, überflutet zu werden. Bereits unmittelbar nach meiner Geburt fing es mit der Lebensmittelunverträglichkeit an, als Kleinkind waren es Gewitterdonner, die förmlich schmerzten. Schlaglöcher, schlechte Straßen oder auch Gegenwind machen mich aggressiv.

Gerüche nehme ich offensichtlich wesentlich stärker wahr als weniger empfindsame Menschen. Schlecht wurde mir beispielsweise regelmäßig von Dieselgeruch, und als Kind zettelte ich mehrfach eine Diskussion an, das Familienfahrzeug zu wechseln. Ein früheres Auto roch im Innenraum so stark, dass ich mich nach jedem Einsteigen beinahe übergab. An der Universität musste ich des Öfteren meinen Sitzplatz wechseln, wenn ich auf das Parfüm anderer Studenten allergisch reagierte. In jüngster Zeit schließlich wollte mich ein Freund auf einem Messestand besuchen, und noch bevor ich ihn sah, wusste ich allein aufgrund einer Nuance in der Luft, dass er dort war. Nur kurz darauf stand er hinter mir. Pearl S. Buck schrieb, ein wahrhaft kreativer Geist sei in jedweder Hinsicht nicht mehr als dieses: Ein von Geburt an unnormal, unmenschlich sensibles menschliches Wesen. Für dieses sei eine Berührung ein Schlag, ein Klang ein Geräusch, ein Unglück eine Tragödie, eine Freude sei eine Ekstase, ein Freund ein Liebhaber, ein Liebhaber ein Gott und Versagen sei Tod. Kurzum: Ein grauenhaft empfindlicher Organismus.

Auf Geräusche reagiere ich extrem empfindlich. Als ich vor Jahren in einem Hotel in Brüssel übernachtete, konnte ich noch in der sechsten Etage die U-Bahn unter dem Gebäude spüren und hatte das Gefühl, dass meine Matratze wie ein Schallverstärker funktionierte. Auf Klassik-CDs nehme ich das Umblättern der Noten oder andere Hintergrundgeräusche wahr, was mich in meinem Klangerlebnis besonders stört. Als ich jung war, bestand ich in peniblen Abständen darauf, dass das Klavier gestimmt wurde. Auf Musik reagiere ich so sensibel, dass ich nicht verstehen kann, warum die meisten Zeitgenossen im Fitnessstudio bevorzugt mit Musik laufen. Zu stark höre ich den Takt und komme bei jedem neuen Stück aus dem Laufrhythmus. Rauschender Radioempfang bedeutet Eskalation!

Viele Alltagsgeräusche bewirken bei mir körperliches Unwohlsein, ob es ein säbelnder Elektrorasierer, eine summende Elektrozahnbürste, ein heulender Fön, das feige Knistern einer Haarschere, schlurfende Sandalen, das freche Klicken eines Nagelknipsers oder die Handytastatur ist. Höre ich jemanden beim Essen schmatzen oder schlürfen – beizeiten reichen schon einfache Kaugeräusche aus –, empört sich mein Körper. Früher wurde ich stets ausgelacht, wenn ich behauptete, nicht schlafen zu können, wenn jemand neben mir atmete. Pein verursachte auch die tickende Schrankuhr im Gästezimmer meiner Großeltern, die ich bei jedem Besuch auf den Flur verbannte. Ähnlich schmerzhaft nehme ich Kindergeschrei, Bürolärm oder das spitze, aggressive Piepen von Druckern bei Fehlermeldungen oder den Jubelschrei von Wäschetrocknern nach getaner Arbeit wahr. Einst wurde gegenüber von meinem Büro eine Wohnsiedlung dem Erdboden gleichgemacht, doch einige Menschen weigerten sich, umzusiedeln, und die Staatsmacht suchte sie durch Beschallung mit Lautsprechern zu zermürben. Die Hausbesitzer zeigten indes eine wesentlich höhere Belastbarkeit als ich. Selbst Ohrenstöpsel halfen nicht, denn nervlich war ich ohnehin so aufgeladen, dass es innen wie außen lärmte. In derartig erschöpfenden Situationen versuche ich mich bewusst auf etwas anderes zu konzentrieren, doch die Belastung bleibt weiterhin akut.

Ebenso sensibel wie meine Hörorgane sind meine Geschmacksnerven und mein Magen. Finde ich Lebensmittel, die mit meinem System harmonieren, habe ich kein Problem, sie jeden Tag zu essen. In keinem Restaurant bestelle ich die Speisen so, wie sie im Menü stehen, sondern komponiere eigene Gerichte. Nach dem Verzehr bestimmter Süßigkeiten leide ich unter stechendem Zahnschmerz und nach einem Saunaaufguss unter metallischem Geschmack im Mund. Besonders schlimm kann es während einer Krankheit sein, bei der die einzelnen Komponenten selbst von Lieblingsspeisen sich nicht mehr zu einem Gesamteindruck vereinen und abscheulich schmecken. Mein Magen erscheint mir unkontrollierbar. Mal ist es öliges oder scharfes Essen, mal

Brot oder der Kunstnebel in Diskotheken, worauf er hochsensibel reagiert. Vor allem auf Reisen können die Auswirkungen sehr lästig sein, sodass ich frustriert einmal schrieb, ich könne mit mir selbst im Grunde nirgendwo mehr hinfahren. Als es im Trekkingurlaub hieß, gemeinsam mit der Gruppe den Wochenproviant zu besorgen, wurde ich böse angeschaut, als ich mit meinem eigenen Einkaufswagen durch die Gänge des Supermarkts fuhr. Heute weiß ich, dass ich damals intuitiv richtig gehandelt hatte.

Auch wenn ich mich eben noch gutgelaunt und hungrig an den gedeckten Tisch setze, schlägt sofort meine Stimmung um, wenn das Essen zu heiß oder zu knusprig ist, es Knochen enthält oder auf der Zunge unangenehm ist wie einige Eisstiele aus Holz, die der Oberfläche einer Käsereibe gleichen. Weder bin ich bereit, etwas zu probieren, das mir auf dem Besteck gereicht wurde, welches von anderen in Benutzung war, noch lecke ich an einem fremden Eis.

All diese Komplikationen erkläre ich heute damit, dass der Magen als „Umschlagplatz" der materiellen Nahrung sehr anfällig reagiert auf jeglichen Widerstand gegen das Leibliche und Materielle. Magenschmerzen, so las ich bei Schellenbaum, seien natürlich für Menschen, die sich von ihrer unteren Körperhälfte abschneiden und für deren Seele die Metapher eines Lebens im Rollstuhl gilt. Der Zusammenhang von Magenschmerzen und seelischer Trennung von Leib und Welt sei bereits bei dem christlich-gnostischen Philosophen Plotin (3. Jh. n. C.) sowie dem Apostel Paulus zu finden. Im Magen, der Körpermitte, zentriere sich die Ablehnung des ganzen Leibes, das Infragestellen des ganzen Seins. Das Nein zum Körper ist ein Nein zum Leben überhaupt. Die Ablehnung des Irdischen steige gleichsam als seelische Lähmung von unten nach oben. Während die untere Körperhälfte, der Geschlechtsbereich, die Fähigkeit zur Empfindung bereits verloren habe, sei der Magen noch fähig zu leiden. Schellenbaum gewinnt den Magenschmerzen etwas Positives ab, denn sie seien ein Hinweis darauf, dass wir uns von der Welt noch nicht ganz getrennt hätten und der Leib noch lebendig sei, wenn auch nur im Schmerz. Hier liege die Mahnung zur Veränderung, damit diese Energie nicht auch noch die obere Körperhälfte erfasst.

In Kindertagen rebellierte ich, wenn ich einen kratzigen Wollpullover anziehen sollte, und fand es unangenehm, barfuß eine lange Hose anzuziehen. Richtiggehend schmerzhaft waren im Schwimmunterricht die Trockenübungen auf rauen Schwimmbrettern. An der Empfindlichkeit der Haut hat sich bis heute nichts geändert, und an manchen Tagen probiere ich mich durch den halben Kleiderschrank, um ein Hemd oder Oberteil zu finden, das nicht stichelt und obendrein farblich die Tagesstimmung widerspiegelt.

Ähnliches gilt für sämtliche Materialien mit Hautkontakt. Kugelschreiber aus Aluminium oder getöpferte Gefäße mit rauer Oberfläche fasse ich erst gar nicht an. Ist ein Kleidungsstück angenehm, kaufe ich es meist in mehreren Farben. Kleidung muss darüber hinaus besondere Anforderungen in Bezug auf Temperaturausgleich erfüllen, denn ständig gilt es, ein Mikroklima zu regulieren. Dies ist mit langärmligen Hemden, Krawatten und Anzügen – vom Kratzen auf der Haut abgesehen – sehr schwierig. Sie sorgen obendrein für ein einengendes Gefühl, welches Kreativität und Bewegungsdrang unterdrückt. Doch die profilneurotische Welt erfreut sich an Oberflächlichkeit, neben Kosmetik hat Kleidung, die bei Mann und Frau die unterschiedlichen Körperteile hervorhebt, stets Konjunktur. Oder spricht hier der Neid eines Schamvollen, der sich ein geschlechtsneutrales Aussehen auf die Fahne geschrieben hat?

Alles in allem ist es kein Wunder, dass sich die Haut bei menschlichen Berührungen, sei es ein Handschlag oder ein Klopfen auf die Schulter, unangenehm zu Wort meldet. Über Nietzsche las ich, dass es auch bei ihm gar nichts Substanzielles sein musste, kein wirklicher Affekt, der das Blut zu physiologischer Reaktion aufzucken ließ – die bloße Luft mit ihren stündlichen Veränderungen meteorologischer Natur sei bei ihm atmosphärisch Empfindlichen Ursache unendlicher Peinigungen gewesen (Zweig).

Im Zuge meiner Selbstfindung wurde mir immer deutlicher, wie mein Verstand seine Terrordiktatur auf einem Fundament der Angst (indogermanisch angh = Enge) gründete. Enge – welch einleuchtende Koinzidenz! Angst war zugleich die angemessene Reaktion meiner Psyche auf meine Selbstzerstörung, schließlich hatte sie die Erfahrung gemacht, dass ich Lebendiges in mir abtötete. Minderwertigkeit der Lebenskraft äußerte sich als Seelennot. Über allem thront die Furcht, in einem Haus allein zu sein. Als Kind versuchte ich alles, um dies zu vermeiden. Sei es, dass ich Freunde einlud, die über Nacht blieben, oder Unwohlsein simulierte, wenn meine Eltern nur bei Nachbarn waren. Als ich einst Freunde besuchen wollte, boten sie mir an, in einem Haus einer Verwandten zu übernachten, die zu der Zeit auf Dienstreise war, und lachten über mich, als ich ankündigte, lieber ins Hotel zu gehen. Als Kind habe ich mir fast zwanghaft Sendungen von „Aktenzeichen XY ... ungelöst“ angeschaut und fürchtete stets, dass mir Ähnliches passieren könnte. Folgen hatte etwa der Fall, wo ein Gewalttäter nachts in das Auto einer Frau eingedrungen war und sich dort versteckt hielt, um sie später auf ihrem Nachhauseweg zu ermorden. Als ich selbst in das Alter kam, Auto zu fahren, prüfte ich stets die Rücksitze und den Kofferraum vor Fahrtbeginn. Wenn meine Schwester und ich bei Verwandten übernachteten und ich auf

Toilette musste, weckte ich sie jedes Mal auf, damit ich nicht allein durchs dunkle Haus gehen musste. War ich als Teenager mal eine Nacht allein, blieb ich möglichst lange auf und ließ alle Lichter brennen. Und ging im Garten ein Bewegungsmelder an, vielleicht ausgelöst durch einen Igel, leuchtete ich den Garten mit einer Taschenlampe aus. Sämtliche Türen und Fenster kontrollierte ich mehrfach und schloss mich wie hinter einer Schleuse in meinem Zimmer ein, das Telefon für den Notfall stets neben dem Bett.

Wenn wir wegfuhren, hatte ich Angst vor einem Einbruch und versteckte meine mir wertvollen Dinge. Mehrfach dachte ich darüber nach, wie ich mich verhalten würde, stünde wirklich ein Einbrecher oder Entführer vor mir. Und es schien mir in aller Naivität plausibel, dass es ihnen nur an Liebe fehlte und ich sie zum Besseren bewegen und sie von ihrer Tat abbringen könnte, würde ich mich zunächst verständnisvoll auf ihre Seite schlagen. Daneben gab es reale Situationen, wie als ich in jungen Jahren einem Dieb begegnete, der Anstalten machte, unser Autoradio zu stehlen. Der fremde Anblick saß lange tief. Gleichwohl meinte ich, mich in das Innere von Dieben einfühlen zu können: Waren das Menschen, die sich in der Gesellschaft einfach nicht zurechtfanden und insgeheim hofften, auf frischer Tat ertappt zu werden, um einen heilenden Prozess, umrahmt durch Fürsorge und Aufmerksamkeit, einzuleiten?

Mich wundert kaum, dass ich immer weiter in eine Parallelwelt geflohen bin und meine Schutzmauern zunehmend stärker wurden. Dass ich als Kind mit großer Vorliebe Buden baute, sei es mit Decken, Stühlen und anderen Gegenständen oder im Garten mit Holzbohlen, erscheint mir vor diesem Hintergrund sehr sinnig. So kam, was kommen musste. Eine Spirale der Angst setzte sich in Gang: Angst, dass meine Kinder Behinderungen haben könnten, führte zur Angst vorm Kinderkriegen, Angst vor Scheidung führte zur Angst vor Bindung, Angst vor Enttäuschung führte zur Angst vor Liebe und Vertrauen. Und so ging es immer weiter zurück – bis zum Stillstand. Angst vor Erbkrankheiten, Unter-Wasser-Sein, Vandalismus, Dunkelheit, Tieren, Silos, der ungewollten Schwangerschaft einer Partnerin, Fenstern, aus denen ich beim Schlafwandeln stürzen könnte, davor, dass ich nachts sprach und ein Zweiter die Sätze hören und verstehen könnte, oder vor anderen und um nahe Menschen. Je eher ich die Liste beende, desto schneller kann ich die Tür hinter diesem belastenden Kapitel schließen. Um auf den Anfang zurückzukommen: Mit zunehmender Weite verhält sich die „Eng"-stlichkeit rückläufig.

Bereits im Zeugnis der ersten Klasse stand, ich würde mich in Konfliktsituationen ausgleichend und schlichtend für andere einsetzen, was vielleicht damit zusammenhängt, dass ich mich in andere sehr genau hineinversetzen kann. Oft habe ich mich auch in Bäume versetzt und gefragt, was sie an dieser Stelle schon alles erlebt und gesehen hatten. Fällten wir im Garten Bäume, stellte ich ein Kreuz und einen „Grabstein“ an den Stumpf: „arbor, gestorben am ...“ Besonders ans Herz gewachsen ist mir eine Kastanie, die als junger Baum den Weg in unseren Garten fand. Auf einem herzerwärmenden Zettel stellte sie sich mit „Guten Tag, mein Name ist Rosskastanie“ vor und führte aus, dass sie dem Besitzer jahrelang viel Freude und sich selbst ein schönes neues Zuhause wünschte. Sie war für mich der Baum, den man sprichwörtlich im Leben pflanzen sollte. In der Form ist sie anfangs etwas schief gewachsen, da größere Bäume und Sträucher sie verdrängt, ihr Licht und Raum zum Wachsen genommen hatten. Aber sie hat es überwunden und wird nun ein starker Baum. Habe ich mich damals dort eingepflanzt?

Tiere schließen sich in dieser Reihe an. Einmal stellte sich die Frage, einen Hund für eine Woche aufzunehmen. Wegen des Geruchs hatte ich zuerst abgelehnt, gleichwohl wollte ich nicht auf dem Gewissen haben, dass er einsam in der Wohnung verkam und sehnsüchtig wartete, zweimal am Tag in Gesellschaft ins Freie zu kommen. Schon als Kind kaufte ich unseren Haustieren zu Weihnachten Geschenke. Nicht anders verhielt es sich mit Skulpturen oder Stofftieren, auch sie besaßen eine Seele. Die Wahl eines Plüschhasens zu Ostern konnte sich erheblich verkomplizieren, denn eine Wahl zu treffen, hieß, andere ausschließen und enttäuschen zu müssen. Immer wieder ertappe ich mich bei dem Gedankengang, in dem ich mir einen Gegenstand vorstelle und mich frage, was dieser in seinem Leben schon alles mitgemacht hat: Wo hat ein Schrank schon gestanden, wer hat auf einem Stuhl schon gesessen, welchen Grund und Boden hat ein Paar Schuhe schon erobert? Oder ich denke an die Vorbesitzer und sinniere, ob sie jemals geahnt haben, wo ihre Dinge einmal landen würden. Derartige „Reisen“ konnten emotionalen Wechselduschen gleichkommen.

Von Frühauf an legte ich großen Wert auf Gerechtigkeit und Harmonie und griff ein, wenn sich Schüler auf dem Schulhof verprügelten, und warf dem Lehrer unterlassene Aufsichtspflicht vor. Oder ich äußerte mich, wenn ich meinte, dass schwächere Schüler zu Unrecht kritisiert wurden. Allerdings war dies im Ergebnis nicht immer vorteilhaft, da man wortwörtlich zwischen die Fronten gerät, welche sich am Ende gegen einen selbst vereinen. In Gesprächen wiederum kann ich tief in die Atmosphäre eintauchen und wie mit einem feinen Rauchmelder fühlen, ob es zwischen einzelnen Teilnehmern brenzlig wird.

Schon als kleines Kind fühlte ich – zumeist abends vorm Schlafengehen – gedanklich die Situation vor, wenn meine Eltern oder Großeltern sterben würden. Das waren sehr einsame, tränenreiche Momente. Meinen eigenen Abschied habe ich mein Leben lang selbst vorbereiten wollen, doch wo gibt es einen Friedhof für Mystiker? Am liebsten würde ich mich an einem Ewigkeitstag in Luft auflösen, oder im Wald unter einer Buche die letzte Ruhe finden. Andererseits: Wollte ich dort allein sein, wo ich diesem Umstand gegenüber so negative Gefühle empfand? Aber war ich denn überhaupt allein, wenn ich mich dem Universum zurückgab? Wir kamen doch auch allein und nackt! Würden Tao und ich am Ende für ewig getrennt?

Bei uns im Dorf war einmal ein Mann in seinem Bett verbrannt, das beschäftigte mich so stark, dass ich sein Grab auf dem Friedhof besuchte. Auch als ein Großelternteil meiner ersten Liebe verstarb, fuhr ich auf den Friedhof und ließ die Situation auf mich wirken. Oder ich schnitt bewegende Todesanzeigen aus der Zeitung aus und sammelte sie in der Schublade meines Schreibtisches. Selbstmorde hatten ebenfalls etwas Magisches, noch mehr der Inhalt eines möglichen Abschiedsbriefes: „Wir sehen uns im Himmel." Alles in allem bewegte es mich, dass Menschen wie Stefan Zweig oder Heinrich von Kleist, denen ich mich verbunden fühlte, den Freitod gewählt hatten. Auch Klaus Mann wählte diesen Weg. War es wirklich scherzhaft, als ich zu einem Freund sagte, dass man hinten ruhig abkürzen könne, wenn man vorne intensiv gelebt habe? Hatte dies etwas mit Feigheit zu tun oder vielleicht mit der Tatsache, dass ich bislang noch nie einen mir nahen Menschen verloren habe?

Der Kontakt zu anderen Menschen ist die tiefste und am stärksten sprudelnde Quelle der Reizüberflutung. Vor allem nach Feiern oder ähnlichen menschlichen Ansammlungen fühle ich mich häufig ausgelaugt und unzufrieden. Treffsicher schrieb meine Mutter neben ein Foto von meinem fünften Geburtstag den Satz ins Album, es sei für alle ein lustiges Kinderfest gewesen, nur dem Geburtstagskind Phillip sei der Trubel zu viel geworden! Allerdings kann auch ein einfacher Smalltalk, die Bekanntmachung mit einer Person oder der Friseurbesuch einem Gefängnis gleichen. Nach außen das Gegenteil, locker und aufgeräumt, fühle ich mich im Inneren gefesselt und zerbreche mir den Kopf, über was ich mich mit welchem Grad an Authentizität unterhalten und mit welchem Satz ich mich wieder von dem Gespräch trennen kann. Umgekehrt beklagen sich Freunde, dass auch sie sich mit mir bisweilen gestresst fühlten, nicht wissen, ob sie mir folgen können, und den Druck spüren, etwas Geistreiches sagen zu müssen.

Während ich noch bis zur Unterstufe gerne Referate hielt, brach später mehr und mehr meine Hochsensibilität durch. Betrete ich Seminarräume, nehme ich eine große Menge an Reizen wahr: Von Temperatur über Geruch bis zur allgemeinen Atmosphäre. Für Situationen, in denen mir durch Reizüberflutung oder aufgrund von zu starker Begeisterung und zu schnellem Sprechen warm wird und mein Körper mit seinem autonomen Selbstschutzsystem mit Schweißausbrüchen reagiert – Feiern sind hier prädestiniert, und wie wenig förderlich sind heiße Suppen, wie sie bevorzugt zu Beginn eines Menüs serviert werden! –, habe ich mir im Kopf Bilder von kalten Urlaubsorten zurechtgelegt, an die ich dann denke. Typisch für eine Enneagramm-Fünf, die versucht, die ganze Aufmerksamkeit von sich abzulenken, bis sie weiß, dass sie nicht mehr gesehen wird. In den Folterknigge gilt schließlich aufzunehmen, sein Jackett erst ausziehen zu dürfen, wenn der Gastgeber abgelegt hat. Und tut man es unabhängig davon, gilt man gar als schlecht erzogen!

Für Außenstehende sind diese inneren Prozesse nicht wahrnehmbar, und immer wieder werde ich aus meinem präferierten Beobachterposten auf das Tablett der Öffentlichkeit zurückgehoben. Hier versetze ich mich wortwörtlich augenblicklich in andere Menschen, stelle mir vor, welche Gedanken hinter ihrer Stirn passieren, und blicke mich selbst durch deren Augen an. Das Sprichwort „Frei sein heißt auch: Mit den Augen der anderen sehen" kann ich nur sehr bedingt nachempfinden. Scannen mich diese Menschen genauso wie ich sie? Fällt ihnen jedes kleinste Detail, jeder kleine Fehler auf? Haben sie auch so einen Teufel in sich, der sich daran erfreut, andere sprachlich, intellektuell, dialektisch zu sezieren? Auf einer privaten Feier fragte ich einst einen vielfach ausgezeichneten Manager und Redner nach seiner diesbezüglichen Erfahrung und war erschrocken, als er antwortete, nichts würde ihn weniger interessieren, als was in den Köpfen seines Auditoriums vorging. Wünsche ich mir niemanden im Publikum, der so ist wie ich, lässt das den Schluss zu, dass ich mich im Grunde genommen vor mir selbst fürchte und gar nicht vor anderen Menschen. Ich reiche mir selbst aus, wenn ich mir während eines Gespräches mögliche unangenehme Fragen im Kopf ausdenke, die das Gegenüber stellen könnte. Besonders wenn sie privater Natur waren, setzte ich mich selbst mit Fang- und Würgefragen innerlich massiv unter Druck. Je mehr ich das falsche, in viele Teile zersplitterte Selbst ablege und nach einem wahren und ganzen Selbst strebe, umso eher wurzele ich in mir, und mein Verstand verliert den terrorisierenden Einfluss auf mich.

Über allem braucht es Zeit, mit einem Phänomen umgehen zu lernen, das ich erst jüngst mit Reizüberflutung benennen kann. Noch finde ich es unfair, wenn ich mich zum Beispiel auf meine eigene Geburtstagsfeier mit Freunden freue, aber so viele Eindrücke bewusst reduzieren muss, am Ende dennoch ausgelaugt bin und mir mein Verstand zu dem noch vorhält, das sei nicht ich. Aber es tut meinem Geist gut, und ich werde mit zunehmendem Selbstmanagement wachsen.

Um meine Batterien aufzuladen und um Gefühle zu katalysieren, die in der Gegenwart anderer Menschen „abgestellt“ waren, benötige ich viel Zeit für mich allein. Tagsüber einengender Lärm und abends weitende Ruhe befinden sich im Wechsel wie Diastole und Systole. Musik war hier für mich schon immer wichtig, wortwörtlich ein Instrument, um mich in jeder Stimmungslage, ob nervös oder traurig, zu balancieren. Kam ich aus der Schule, ging ich oft sofort ans Klavier. Spiele ich ein Instrument, tauche ich in eine andere Sphäre ein, mein Verstand geht wandern, und ich bin tief in mir. Eine Freundin kommentierte, sie habe mich nie so in Einklang und Ausgleich gesehen wie am Klavier. Einmal spielte ich *Der Mond ist aufgegangen* auf der Orgel und wählte im Pfeifenregister neben einem tiefen Subbass einen Tremulant. Beide erschufen ein inneres Panorama dichter Nebelbänke, durch die ich mit den Pedalen stampfte.

Für den Klavierunterricht übte ich nie bewusst, das Spiel war mir Bedürfnis und Fluss zugleich. Ohne Musik konnte ich nicht leben, sodass ich mich an einer Vielzahl von Instrumenten probierte. Noch heute greife ich je nach Stimmung auf einige davon zurück und nehme auf jede Reise eine Auswahl an Noten mit.

Neben der Musik fand ich im Garten Ausgleich. In diesem Reich konnte ich mein Eden verwirklichen, schöpferisch tätig sein und mich freuen, wenn ein Rhododendron oder Schmetterlingsbusch neu ausschlug. Ich pflanzte, säte, zog Blumen und konnte bei Erdarbeiten einige Energie umsetzen und Ärger abbauen. Gerade weil dieses kein laut ausgesprochenes Gesetz war, sondern erneut nur auf meinem gedanklichen Konstrukt beruhte, war ich oft erbost, wenn andere Familienmitglieder ebenso im Garten nach ihren Vorstellungen aktiv wurden.

Als neue Wege, im Fluss zu sein, entdeckte ich Lesen und Schreiben. Tauche ich in einer Mittagspause in ein spannendes Buch ein, kommt dies einem Spaziergang an der frischen Luft gleich. Schreiben leert nicht nur den Kopf, sondern hilft, die Gedanken zu strukturieren. Ein Datenverarbeitungssystem. Aus Notizzetteln wurden Seiten, aus Seiten Kapitel und daraus am Ende Bücher. Zum Ausdauersport konnte ich mich über lange Zeit nicht durchringen, obwohl es mir gut tut. Oft kommen dabei neue Gedanken in Fluss – doch wie diese schriftlich niederlegen, wenn ich gerade einen Kilometer schwimme?

Ich lebe dreifach: Neben der „realen“ oder bewussten und meiner Traumwelt in einer geistigen Welt, meiner ganz eigenen Parallelwelt, die einer virtuellen Wohnung gleicht, einer Reise ohne Visum und Passkontrolle bei Grenzübertritten. Wie bei *Mary Poppins* benötigt es nur einen Sprung auf ein Kreidebild, und ich reite auf Karussellpferden durch blühende Landschaften. Und schreibe ich ein Buch, kreiere ich zu Beginn ein einladendes Titelbild, und der Klick auf die Datei ist der willkommen heißende Eingang zu einer anderen Welt. Passiert der Wechsel während eines Gesprächs, ist meine geistige Abwesenheit für das Gegenüber kaum spürbar. Menschen, die mich näher kennen, merken es hingegen. Tao tippte mir einmal auf den Kopf und fragte: „Warum bist du heute so dort drin, Phillip?“

Mein Elfenbeinturm ist voller Bücher, in die ich versinke, dabei die Zeit vergesse und zu manchem Termin rennen muss. Besonders gerne mache ich Urlaub in Ländern, deren Sprache ich nicht spreche, denn dort kann ich Gespräche anderer von Beginn an ausblenden. Umso mehr empfinde ich Aufenthalte in Deutschland als Reizüberflutung, wo ich jedes einzelne Wort verstehe. Im Laufe meiner Recherche stellte ich fest, dass die meisten schöpferischen Menschen für sich notwendige Refugien geschaffen haben: Die englische Kinderbuchautorin Beatrix Potter verlegte ihren Lebensmittelpunkt von London in eine ruhige, rurale Grafschaft im Nordwesten Englands, Thomas Mann zog sich ins ostpreußische Nida zurück, Gerhart Hauptmann auf Hiddensee und Carl Gustav Jung in ein Turmzimmer seines Bollinger Refugiums, zu dem nur er den Schlüssel hatte und über das er schreibt, es sei ein Winkel des Nachdenkens und der Imaginationen – oft sehr unangenehmer Imaginationen und schwierigsten Denkens, eine Stätte geistiger Konzentration. Fest steht: Kreativität braucht Ruhe.

Stecke ich Luftschiffer mit dem Kopf in den Wolken und bündele die andernfalls amoklaufenden Nervenimpulse wie in einem Laserstrahl, bin ich so konzentriert, dass ich die Umgebung um mich herum vergesse. Dann lasse ich die Kreditkarte auf dem Tresen eines Geschäfts und den Pass am Flughafen liegen, ein Einkaufskorb samt Portemonnaie und Kamera bleibt in einem Gang im Supermarkt stehen, was mir erst an der Kasse auffiel, im Hotel werden die Haare mit Körperlotion gewaschen, und der Wasserkocher wird angeschaltet, ohne den Stecker in die Steckdose zu stecken. Dies wiederum ist nicht tragisch, wenn ich im Anschluss ohnehin vergesse, den Tee aufzubrühen. Hier wird verständlich, warum ich stets so bedacht bin auf Selbstkontrolle: Ich werde fahrig wie ein Professor, renne in Restaurants vor Spiegeltüren, ertappe mich bei Selbstgesprächen, werfe Gegenstände um und vergesse unendlich vieles. In diesen Phasen bin ich in vollem Fluss. Oftmals kommt es vor, dass ich behaupte, Dinge gesagt zu haben, doch diese waren nach außen nie hörbar. Das Bewusstsein unterscheidet nicht immer zwischen Erlebtem und Gedachtem.

„Du hast mehr Gaben als ich, du bist reicher als ich und bist auch schwächer, du wirst einen schöneren und schwereren Weg haben als ich." (Hesse)

Des Lebens müde

„Du bist zu sensibel, Phillip", so bekam ich immer wieder zu hören. Wie sollte ich da lernen, meine Hochsensibilität wertzuschätzen? Natürlich sind viele Dinge aus der Sicht weniger sensibler Menschen „pinselig", für mich waren sie normal. Wie bei einem Rechenzentrum gelten bei mir höchste Standards an Kühlsysteme und Brandschutzvorrichtungen, umso mehr, da es ein Backup-System nicht gibt. Warmlaufen, Überhitzen und Abwärme sind hier durchaus übertragbare Begriffe.

Ende Oktober bekam ich Besuch von einer hochsensiblen Freundin, was hochinteressante Gespräche durch die Möglichkeit des Austausches bot, in mir aber damals auch den Konflikt verstärkte, da ich diesen Teil von mir stets abgelehnt hatte. Meine Lebenslust nahm erneut ab, und die Tatsache, dass es nur noch wenige Wochen bis zur ersten Familienzusammenkunft nach der Eröffnung meiner depressiven Umstände waren, wirkte als zusätzlicher Stressfaktor. Das Thema Hochsensibilität war eine weitere Schublade, die, einmal geöffnet, sich nicht mehr schließen ließ. Erst als ich mich mehr mit dem Thema auseinandersetzte, lernte ich, damit umzugehen.

Es stellte sich heraus, dass auch die Freundin mit einem Tagebuch durch die Welt reiste, das ständig gezückt wurde, um die Realität zu verarbeiten. Für Externe vielleicht abstrus – aber zu erfahren, ob sie bei ihren Aufzeichnungen mit Absätzen arbeitete oder fließend durchschrieb, war für mich hochspannend. Doch gleichwohl mich der Austausch erleichterte und belebte, kam ich zu dem Schluss: „Mit einem Menschen, der so ist wie ich, hätte ich mich in die Lebensunfähigkeit gesteigert."

Zu viel Reflexion sowie mangelnde Rückzugsmöglichkeiten während des Besuchs führten zu Erschöpfung und Überlastung, was mein Verstand trefflich auskostete und erneut die Infragestellung meiner selbst einleitete. Sämtliche Grundsatzfragen an meine Existenz und nach dem Sinn meines Lebens waren wieder auf dem Menü. Wir kamen aus dem Nichts und gingen ins Nichts – glaubte ich das wirklich? –, und in dem für ein Universum lächerlichen Raum dazwischen, in dem wir alle wie Camus Jacques Comery auf dem Boden des Vergessens schreiten und aus der Geschichte verschwinden, ohne Spuren zu hinterlassen, sollten wir das größte Feuerwerk aller Zeiten zünden? Durch Liebe, hörte ich als Antwort, doch unerfüllt und ablehnend schrieb ich: „Und: Das soll das Leben sein? Nicht zu glauben! Dafür bin ich hier?" Dass die Suche im Innern oder im Raum dazwischen aber zielführend war, spürte ich. Doch mir offenbarte sich wieder der pure Irrsinn: War jemand nett zu mir, ging es mir schlecht. „Gibt's doch nicht!", protestierte es in mir, frustriert, dass ich den Freitodgedanken immer noch so viel Raum gab, und enttäuschter Hoffnung darüber, dass die vorherige Phase nicht die einzige geblieben war. Im Gegenteil: Erneut fragte ich mich, was ich noch das ganze Leben lang tun sollte. „Neue Dinge erleben, Länder bereisen? Wozu? Ich könnte auch sagen, das war es nun, und dann habe ich genug gesehen." „Warum? Warum leben?" Und erbost schrieb ich: „Verdammt, ich muss doch darauf eine Antwort finden! Eine dauerhafte! Wie kann ich nur ständig das Leben anzweifeln?" Oder sollte ich mein sinnloses Leben – war Unsinn am Ende nicht auch ein Sinn? – einfach aussitzen? Ich wollte doch nur einmal schmerz- und angstlos sein! Jetzt auch noch hochsensibel! Wie oft sollte ich immer und immer wieder durch die vergangenen drei Jahrzehnte gehen und empfundenes Leid und Ungerechtigkeiten fühlen? Sollten erneut so viele Schmerzen wie bei der Integration der Hochbegabung auf mich warten? Wie viel Lebenslust oder masochistische Bereitschaft muss ein Mensch mitbringen, um ständig diese Bürden freiwillig anzunehmen und die Erkenntnis zuvor abgespaltener unerwünschter Persönlichkeitsanteile wie Schüsse vor den Bug zu verarbeiten! Am Ende hatte mich mein Verstand wieder dort, wo er mich haben wollte. Spiel, Satz, Sieg für den dialektischen Fallensteller. „Zu VIEL!!!", quittierte mein Stift ins Tagebuch und unterschrieb die „Kapitulation durch Reizüberflutung".

Warum brachten von mir empfundene Antipathien stets alte Zweifel, Minderwertigkeitsgefühle und Depressionen zurück und ließen meine alte Wunde, das Gefühl von Fremdsein und Entfremdung, wieder schmerzen? Es lag wohl in der Natur der Dinge. War nicht auch Goethes Faust hart am Selbstmord vorbeigegangen? „Höllentrip zum absoluten Nullpunkt der Sinnhierarchien" und „Psychosevietnam" (Preiter). Gewitterwolke und Erdbeben zugleich.

Selbst in dieser Phase dachte ich multiperspektivisch: Wie wäre es nach meinem Ableben für meine Hinterbliebenen? Die Menschen in meinem Umfeld würden sich die Frage nach dem Warum stellen, und ich könnte nicht mehr antworten. Erstmals kämpfte ich im Coaching stark mit der Fassung, was auch mit den ergreifenden Eindrücken vom letzten Totensonntag und dem Verlesen der Namen der Verstorbenen zusammenhing. Ich fühlte mich unfähig, schwermütig, niedergedrückt, überfüttert, müde, dunkel und kraftlos. Und gleichwohl die Trauer der Freunde, ihre roten Augen und verweinten Gesichter mein Inneres anrührten, wollte ich mich zugleich für die Toten freuen, dass sie es geschafft hatten und keine Lebenslast mehr tragen mussten. Hässliche Uneindeutigkeit, die mich im Kreis drehen ließ, während das Angstgespenst um mich flatterte. In der Bibel hieß es, wer Sorgen hat, solle beten, wer Freude empfindet, singen. Doch warum saß ich trotz belastender Sorgen immer noch singend am Klavier, aber unterließ die Gebete? Gelebter Irrsinn.

„Fühle mich abends schlecht, denke an Trennung – und an Selbstmord. Oft einfach keine Lust mehr, keine Energie, noch etwas zu tragen." Freunden antwortete ich auf ihre E-Mails nicht mehr – „möchte nicht mit anderen reden, schließe mich aus" –, und gesellschaftliche Feiern wurden zur Tortur: „... fühle mich so schwer nach den vielen fröhlichen Gesichtern", und noch mehr durch die Selbstvorwürfe. Lediglich meiner Schwester vertraute ich an: „Ich fürchte mich manchmal vor mir selber, aber solche Gedanken kommen." Ich war „erschreckt von mir" und suchte „nach Lebensfreude". Ich spürte, dass der letzte Schritt, in das Zimmer nebenan zu gehen, eventuell nur noch von einem Kurzschluss abhing. Dann denkt man an nichts Fröhliches mehr, außer dass man danach von der Enge befreit, frei und sorgenlos, Sorgen los, ist.

Ich war am Ende. Nichts mehr gab es für mich, als mich auszulöschen, das misslungene Gebilde meines Lebens zu zerschlagen, es wegzuwerfen, hohnlachenden Göttern vor die Füße. Dies war das große Erbrechen, nach dem ich mich gesehnt hatte: Der Tod, das Zerschlagen der Form, die ich hasste! Lange noch hätte ich in dieser wohlgepolsterten Hölle wohnen können, wäre nicht der Augenblick der vollkommenen Trostlosigkeit und Verzweiflung gekommen, jener äußerste Augenblick, da ich über dem strömenden Wasser hing und bereit war, mich zu vernichten (Hesse). Dass ich dadurch zwar Freiheit von der Norm gewann, dieses jedoch auf Kosten der Lebendigkeit, war kein Gedanke, an den ich Zeit verschwendete. Und so einfach war es ohnehin nicht, denn: „Wer nie zur rechten Zeit lebt, wie sollte der je zur rechten Zeit sterben?" (Nietzsche)

Vielleicht hatte mir genau diese stündliche Bereitschaft, das Leben wegzuwerfen, den Weg frei gemacht, es überhaupt so lange zu ertragen. Über Monate hörte ich tagtäglich auf dem Weg zur Arbeit *Je vole* von Michel Sardou – übersetzt: „Meine geehrten Eltern, ich gehe weg, ich liebe Euch, aber ich gehe weg, Ihr werdet kein Kind haben – heute Abend …“ –, blickte auf Fahrzeuge vor mir und stellte mir vor, wie es sein müsse, mit voller Wucht bei höchsten Stundenkilometern aufzuprallen. Ein Katapult, ein Sprungbrett in die Metamorphose. Oder wie wäre ein Freifall aus dem Fenster? Wie sähe mein Körper nach dem Aufprall aus? Mein Tod müsse dem weitesten Gefühl gleichen, das ich jemals gespürt hätte. Eine Hingebung, in mir ruhend und aus vollstem Herzen, endlich in die Unendlichkeit! Wegtreten: Einen neuen „Weg treten“? Über allem beschwerten mich die isolierenden Gedanken und Emotionen, die ich bislang fast ausschließlich meinem Tagebuch offenbart hatte, und mehr und mehr vernahm ich ein Gefühl, sie auch meinen Mitmenschen mitzuteilen. Die Diskrepanz zwischen meiner inneren Realität und dem Heile-Welt-Wissensstand, den mein Umfeld von mir hatte, vergrößerte sich zusehends und setzte mich massiven Spannungen aus. Hier konnte es keine langwierige, zermürbende Gratwanderung oder behutsame Adjustierung mehr geben, nur noch den Sprung ins eiskalte Wasser. Offen und unverblümt publizierte ich so meine Gedanken und Sehnsüchte auf meiner Facebook-Wand und rechtfertigte das mir gegenüber im Tagebuch: „Es heißt dort ‚Alles klar, Phillip?‘ Und das kann ich ja ruhig mal beantworten, das ist mir ziemlich egal.“ Von „Des Lebens müde“ zu „Eine Sekunde, und der Geist entschwebt der durch die Schöpfung vorbestimmten Existenz, verlässt den Körper, beschwingt, leicht, und gibt sich zurück in die befreiende Unendlichkeit des Universums“, „völlig losgelöst von der Erde“, wie es in einem Schlager heißt, einen Tag darauf, und wenig später schließlich: „Deine Geburt ist nicht Deine Wahl, Du bist in den Händen einer unbewussten Evolution. Aber Du kannst den Tod wählen, eine vernichtende Handlung, eine eindeutig menschliche Handlung.“ Am Folgetag war glücklicherweise ein erstes Abklingen der Intensität zu spüren. „Noch will das Alte unsre Herzen quälen, noch drückt uns böser Tage schwere Last. Ach Herr, gib unsern aufgeschreckten Seelen das Heil, für das Du uns geschaffen hast.“ (Bonhoeffer)

Es war erschreckend, wie wenig diese Sätze ernst genommen wurden, wie stark jeder mit sich selbst beschäftigt war und dass unmittelbare Reaktionen ausblieben, eine Erfahrung, die immerhin Zarathustra mit mir teilen konnte: „Als er aber um sich spähete und nach den Tröstern seiner Einsamkeit suchte: siehe, da waren es Kühe, welche auf einer Anhöhe beieinander standen.“ Das kann Facebook sein: Man ist mit Menschen digital befreundet, die man auf der Straße nicht einmal mit dem Hintern anschauen würde. Sind diese Netzwerke wirklich sozial? Egal, ich fühlte mich mit meiner unverhüllten Ausdrucksweise authentischer, besser als je zuvor, und sie half, dass auch Freunde wahrhaftig reagieren konnten. Vor allem Tao, der versuchte, mich mit einem „Wir stehen dieses gemeinsam durch" aufzubauen. Psalm 91 fand in ihm wahrhaft und erfahrbar seine Manifestation: „Denn er hat seinen Engeln befohlen, dass sie dich behüten auf allen deinen Wegen, dass sie dich auf den Händen tragen und du deinen Fuß nicht an einen Stein stoßest."

Offenheit sah ich nicht mehr als Schwäche an, sondern als deren Gegenteil: „Es macht mich zu einem tieferen Menschen". Mit jeder weiteren Person, die ich pervers selektiv in meine Situation einbezog, realisierte sich die Redewendung „Geteiltes Leid ist halbes Leid". Manche Freundschaft bekam nicht nur eine neue Tiefe, ich fühlte mich durch den Dank für das entgegengebrachte Vertrauen, die Fürsprache, das Verständnis, die offenen Worte, die Aufmunterung und die Wünsche auch entlastet. Energie floss zurück, und ich fühlte mich leichter.

Manchmal jedoch empfand ich die Antworten als zu verständnisvoll. „Warum können sie so weise schreiben, wenn ich mühselig um für mich logische Schlüsse kämpfe?" Wie konnten sie meine Sätze bisweilen so locker aufnehmen, während ich jeden einzelnen in seiner Tragik als kaum zu überbieten empfand? Zum großen Teil sah ich mich als viel schwieriger an, als andere es taten. Doch, auf den Punkt gebracht, neben meiner Kernfamilie waren es summa summarum gerade einmal fünf Freunde, die wahrhaft Teil meines Lebens waren, und das ist nach einem knappen halben Jahr nicht viel.

Vielleicht war „Des Lebens müde" auch nicht der richtige Ausdruck gewesen. Mein Zustand war eher durch Gleichgültigkeit geprägt. Leben und Tod waren mir gleich gültig. Wenn „die Welt Leute wie mich nicht brauchen konnte, wenn sie für sie keinen bessern Platz, keine höhern Aufgaben hatte, nun, so gingen die Leute wie ich eben kaputt" (Hesse). Passend wählte ich als Bildschirmschoner meines Laptops ein dunkles Bild von im Weltkrieg zerstörten Glocken. Doch hat auch der Tod seine Reize: Ihn zu erleben, zu erfahren, wie er ist. Leer? War er die Selbstbesiegung, die laut Novalis wie alle Selbstüberwindung eine neue, leichtere Existenz verschaffe? Doch ganz nach Manier des Ökonoms die Alternativen bewertend, macht das Leben vom Potenzial etwas mehr Sinn. Ich unterteilte den Freitod in zwei Kategorien: Zum einen gibt es diejenigen, die ein Problem im Leben nicht lösen können, zum anderen Personen wie mich, die schlichtweg mit dem Leben nichts anzufangen wissen, was irgendwie zwar auch ein Problem darstellt, aber nicht der Form entspricht, wie ich es klassisch definieren würde.

Indem ich im Coaching um eine Empfehlung von Literatur zu Depressionen und Suizid bat – wohl wissend, dass diese nicht zu dunkel sein dürfte, da sie mir dann gefährlich werden könnte –, hatte ich unbewusst eine Steilvorlage gegeben. Warum ich mich nicht vorerst mit Büchern zum Leben beschäftigen wolle? Ein Ansatz, den auch meine Familie später aufgriff: Gemeinsam erinnerten wir uns an die vielen positiven, schönen und heiteren Momente. Allerdings stand ich dem zunächst mit Ambivalenz gegenüber. „Der Weg nach oben führt durch den Keller“, alles andere verurteilte ich als Ablenken und Ausweichen.

Im Rückblick betrafen die schönen Erinnerungen zumeist Ereignisse, in denen der Verstand zurücktreten musste: Tanzen, als ob niemand zusieht, singen, als ob niemand zuhört ... Kind sein, selbstvergessen. Die kleinsten Dinge waren die größten, an ihnen offenbarte sich die Schönheit des Lebens und der Schöpfung. Wie herrlich war es, sich auf einem Fahrrad bei starkem Rückenwind auf einem Nordseedeich treiben zu lassen, ohne in die Pedale treten zu müssen. Oder bei Mondschein inmitten eines südfranzösischen Flusses auf einem großen Stein zu sitzen, dem Plätschern und Rauschen zu lauschen, Gitarre zu spielen und zu singen. Am Abend vor der Kulisse des beleuchteten Eiffelturms mit Rotwein, Camembert und Baguette auf einer Decke auf dem Pariser Marsfeld zu sitzen. Tröpfelndem, perlendem Regen auf Schrägdachfenstern zu lauschen. Oder dem Laut eines Chapeau Claque. Zum Sonnenaufgang über die Zäune eines Schwimmbads zu springen und zum Gesang der Vögel ruhig und besinnlich die ersten Bahnen zu ziehen. Wie wunderbar albern und erfrischend konnte es sein, sich mit nassen, aufgedunsenen Marshmallows in einem Treppenhaus eine Schlacht zu liefern. Und wie viel Freude hatte einst das Buch *Wenn ein Unugunu kommt* bereitet – und noch viel mehr, den Namen in allen erdenklichen Sprachen und Dialekten auszusprechen. Ich liebe Wälder mit ihrem feucht-harzigen Geruch und elastischen Boden, Ehrfurcht einflößende uralte Walnussbäume, starke Buchen und den herben Geschmack ihrer pelzigen Eckern, das Gefühl, eine Handvoll widerstandsloser Leinsamen zwischen den Fingern herausrieseln zu lassen, den majestätischen Flug von Albatrossen, den Duft von vielfältiger Flora – oder von Kaminrauch, der die Luft eines klaren Morgens leicht geschwängert hat, und nicht zuletzt den Flammentanz und die Farbvariationen eines offenen Feuers. Wie viele schöne Künste und Lukullisches ließen sich obendrein aufführen! Doch – „neben den inneren Ereignissen verblassen die anderen Erinnerungen, Reisen, Menschen und Umgebung“ (Jung). Und für Idealisten ist es geradezu kennzeichnend, dass sie in Phasen der Selbstzerfleischung oder wenn es auf ihrer inneren Achterbahn abwärts geht, noch den Turbo zuschalten. Manch ein Ratgeber empfiehlt, vorbeugend beispielsweise eine Schachtel anzulegen, in der ausschließlich Gegenstände abgelegt sind, die positive Erinnerungen wecken.

Hinter allem Überdruss vermutete ich selbst einen bedeutenden Einflussfaktor: Lähmende Langeweile und geistige wie körperliche Unterauslastung. Es war Zeit, wieder an etwas Großem zu arbeiten, und so stellte ich einen Plan mit verrückten Dingen auf, die mein Leben wieder anregender gestalten könnten. Sollte ich nochmals mit einem Fallschirm aus einem Flugzeug springen oder am Seil einen Kran herab? Mich erneut zu Speakers' Corner im Londoner Hyde Park begeben und wie als Zwölfjähriger eine Rede über die negativen Auswirkungen des Rauchens halten? War ich unterfordert, nahm das Thema Unzufriedenheit in meinen Gedanken einen immer größer werdenden Raum ein. Ich empfand ein ständiges geistiges Verhungern. Andererseits hatte mich genau diese Gleichgültigkeit und Langeweile zu Heidegger und zur Metaphysik geführt: „Ist der Mensch am Ende sich selbst langweilig geworden?" Hier stand der Grund für den Zusammenbruch meines Körpers Schwarz auf Weiß. Zu lange hatte ich mich im Geschiebe, „und sei es noch so ‚geistig'", treiben lassen. Doch das Dasein sei nichts, was man gleichsam im Wagen spazieren fahre, sondern etwas, was der Mensch eigens übernehmen müsse. Wozu also habe sich das Dasein zu entschließen? Dazu, dass es sich selbst erst wieder „das echte Wissen um das verschaffe, worin das eigentlich Ermöglichende seiner selbst besteht". Und was ist das? Dass dem Dasein als solchem immer wieder der „Augenblick" bevorstehen müsse, in dem es sich vor sich selbst als das eigentlich Verbindliche bringe. Vor sich selbst – nicht als ein festes Ideal und starr aufgehängtes Urbild, „sondern vor sich selbst als das, was sich gerade erst wieder die eigene Möglichkeit abringen und sich in einer solchen übernehmen muss". Was forderte also der in diesem Ausbleiben der Bedrängnis im Ganzen mit angesagte Augenblick? Dass er selbst verstanden, und das heißt ergriffen werden müsse, als die „innerste Notwendigkeit der Freiheit des Daseins", dass zuallererst das Dasein sich wieder ins Freie bringen und als Da-sein begreifen müsse.

Dies blieb keine Theorie, sondern ich konnte es, durch das Coaching gefördert, an mir selbst erfahren. Viele Menschen haben gelernt, Masken zu tragen und sich anzupassen. Und ich fühlte, dass ich diese mit zunehmend wahren Vorstellungen über mich sowie wachsender Selbstliebe nicht mehr tragen wollte. „Unglaubliches Versteckspiel vor anderen! Und das nenne ich besseres Leben als heute? Bin ich bekloppt? It's my life!!!" „... and it's now or never", wie es im gleichnamigen Lied von Bon Jovi heißt. Die Zeit des Verdrängens in der Realität und in Träumen war vorbei: „Ich habe Lust, zu rebellieren, ohne Konsequenzen zu bedenken, verrückte Zeiten zu durchleben, Brüche im Leben hinzunehmen und dadurch tief zu leben. Ich muss nicht andauernd bescheiden sein aus Rücksicht gegenüber anderen,

Leistung verneinen, mich dem Standard meiner Umgebung anpassen. Nie mich zeigen dürfen, dieses ständig Normale – Schluss damit. Ich bin da raus! Ich muss auch nicht übertreiben, aber ich darf ich sein." Am Ende meines Lernprozesses erlaubte ich mir, einen gesunden Nonkonformismus zu leben. Ich fühle mich einfach viel jünger und freier, als die spießigen Bücherwände symbolisieren, die mich umgeben.

Die Heimat, der ich nostalgisch stark verbunden bin, war mir zu eng geworden. „Es ist mir hier fürchterlich eng und tot", hatte vor über 200 Jahren schon Alexander von Humboldt über die „Sandbüchse" Berlin geklagt und war sooft als möglich in das weltläufige Paris geflohen. „Ich muss *mein* Glück suchen, da sind Träume anderer nicht ausschlaggebend. Jeder sucht und findet etwas anderes." Ja, Selbstliebe hieß auch Freiheit!

So viele Prozesse waren im Fluss, ich weitete und öffnete mich in unglaublich vielen Bereichen, nicht mehr fürchtend, dass etwas davon – ergo ein Teil meines Selbst – gegen mich verwandt werden könne. „Ich öffne mich zum Menschlichen", lernte dadurch, was für mich richtig ist, und war mehr und mehr bereit, es umzusetzen. Auch reduzierte ich den Kontakt zu Menschen, die mich als Mülleimer für ihre Alltäglichkeiten benutzt hatten, denn zum einen verarbeitete ich das schlecht, und vor allem nahm ich ihre Hilfe für meine eigenen Probleme auch nicht in Anspruch. Meine Entwicklung verglich ich mit einzelnen Figuren der Persönlichkeit, die sich auf einem Spielbrett an Fäden in Richtung Ziel bewegen. Manchmal schreiten sie parallel vor, mal einzeln, oder sie fallen zurück in diesem Fadenspiel des Lebens, dessen eine Rahmenbedingung konstant blieb: „Ich war immer anders, warum sollte ich jetzt meinen, diese Zeit wäre vorbei?"

Mit großer Ruhe und innerlich gestärkt machte ich mich Anfang November auf den Weg nach Deutschland, bereit für das Wiedersehen. Doch hielt meine emotionale, leider trügerische Balance nicht lange, sondern entpuppte sich als Ruhe vor dem Sturm.

Emotionale Grenzerfahrung

Die ersten Stunden in Deutschland, dem Land, dessen Name auf meinem Pass steht, doch in dem ich mir mittlerweile wie ein Ausländer vorkomme, erschienen mir wie der Besuch einer anderen Welt, eine mentale Kollision mit einem Stoppschild. Wie wäre mein Leben hier verlaufen? Trotz kultureller Kompetenz kam es mir schon seit Jahren so vor, dass ich in jeder Kultur und Sprache Komponenten der Persönlichkeit in divergierender Gewichtung lebte. Diese auf einer einzigen Metaebene zu vereinen, schien unmöglich. Ließ sich Interkulturalität mit ihrem störenden „inter“ nicht in eine allumfassende Kulturalität überführen?

Meine Mutter hatte das Wiedersehen mit viel Sorgfalt und Liebe vorbereitet. Doch alles in allem fühlte ich mich beobachtet, redete nicht viel und platzte schon gar nicht mit Neuigkeiten heraus. Die „neue Ruhe in mir“ war geprägt durch das befreiende Gefühl, nicht mehr verstanden werden zu müssen. Für einen kurzen Moment war ich in meinem Leben angekommen. Ich setzte Grenzen, vertrat meine Positionen und beharrte auf Niveau, während auf der anderen Seite der barmherzige Mantel schützend über die große Masse geworfen und entgegnet wurde, es könne nicht jeder so schlau sein. „Sei nicht so schlau!“ war ein Allzeitklassiker.

Immer stärker drängte sich die Notwendigkeit auf, das Verhältnis zwischen Vater und Sohn neu zu ordnen. Und gab mir manch eine Auseinandersetzung einen wahren Adrenalinschub und ließ meinen Puls in die Höhe schießen, sah ich mich in der Umsetzung eines Spruches von Kurt Tucholsky bestätigt, dass nichts schwerer sei und mehr Charakter erforderte, als sich im offenen Gegensatz zu seiner Zeit zu befinden und laut Nein zu sagen. Ein neues Fundament brachte ein Spaziergang mit meiner Mutter, der um zahlreiche Schlenker und Wege verlängert wurde. Es setzte mich in Erstaunen, welches Verständnis meine Eltern temporär aufbringen konnten, gleichwohl deutlich wurde, dass beide mehr Zeit benötigten. Der im Coaching angesprochene Rollentausch fand seine Manifestation, denn der Vorlauf war ich selber. Ich sah mich verpflichtet, ihnen die Illusion zu nehmen, dass Weiten einfach sei. Enge zurückzufahren ist unbequem und benötigt Zeit. Zudem ist jeder Abschied schwer. Er gleicht dem Losreißen eines Stücks unseres eigenen Lebens. Ich selbst war das beste Beispiel für die Wechselhaftigkeit in dieser Auseinandersetzung mit dem bekannt-unbekannten Selbst. Andere Zugänge zu mir gewährte ich nicht.

Und während die Zwillinge meiner Schwester mein Gehör überanstrengten und meine betäubenden Spannungskopfschmerzen, die von nun an bei jedem Besuch bei meinen Eltern auftreten sollten, verschlimmerten, war die von mir beschworene Balance schon am Abend des ersten Tages mit der Familie dahin. Später kamen vom nächtlichen Knirschen noch Kieferschmerzen hinzu. „Warum stecke ich in diesem Körper?“ „So viele schwere Gedanken“ verdeckten ein weiteres Mal die Beurteilung, ob ich denn glücklich sei. Die Analyse der Frage, wie ich dies wissen könne, führte mich zu einem Fehler in der Fragestellung: Nicht „wissen“, sondern „fühlen“ müsse das Verbum sein, der theoretische Glücksgedanke solle durch ein praktisches Glücksgefühl abgelöst werden.

Dass ich meinen Eltern Sorgen und Unannehmlichkeiten bereitete, war mir unangenehm, nicht annehmbar und schmerzhaft. Jedes Mal, wenn sie lachten, dachte ich, dass ich zu dieser Freude keinen Beitrag leistete, auch wenn meine „neue Weite" im Vergleich zur Alternative, dem Verlust eines Kindes, sicher einfacher zu tragen war. Wir fuhren zu dem anstehenden Familienfest, doch ich fühlte mich teilnahmslos. Die meisten Gesprächsthemen erschienen mir oberflächlich, es wurde zu wenig hinterfragt und zu vieles gelobt, was doch nur Standard war. So ist im Grunde genommen die Welt strukturiert: Die Eloquenten schieben sich vor die Weisen. Diese Rolle hatte ich jahrelang selbst gespielt, meinend, jeden am Tisch unterhalten zu müssen, doch diese Zeit war vorbei. Langweilte sich jemand, war es nicht mehr meine Sorge. Gedankliche Weite und Tiefe hatten die Anlage, einsam zu machen. Lediglich mit meinem Großvater, dessen 95. Geburtstag wir feierten, führte ich ein tiefes Gespräch. Mit einem Drittel seines Alters das Zeitliche zu segnen, erschien mir plötzlich als grotesker Gedanke und krasse Methusalem-Indifferenz.

Der Aufenthalt in Deutschland war wie ein erstes Pilotprojekt, ein Praxistest, und ich fühlte, wie mein gedankliches Chaos langsam wieder Struktur annahm. Mit Blick auf den Bodensee, wo wir für einige Tage zusammenkamen, wurden die Nächte zum Tag. Meine Eltern meinten, dass sie viel einfacher mit meiner Situation zurechtkamen als ich, doch zum einen hatten sie Ähnliches nie erlebt, zum anderen lagen unzählige Facetten noch in ihrem Unterbewusstsein, die mir voll bewusst waren. Vielleicht lag hierin auch der Grund, dass ich ihrer Beteuerung, dass sie glücklich wären, wenn ich es sei, emotional wenig Gewicht schenken konnte. Sie äußerten, dass es löblich und nobel sei, dass ich so viel an sie dachte, doch erst wenn ich dies einstellte, sei ich frei, hätte mein eigenes Leben und mich von ihnen im Positiven getrennt. Wie hatte genau dies bei Ihnen früher ausgesehen? Erinnerten sie sich, dass ein jeder Mensch die Pfeiler, auf denen sein Kinderleben ruht, zerstören muss, um neu geboren zu werden (Hesse), dass ich also auch frühere Autoritäten von ihrem Sockel stoßen musste? Gleichwohl bemühten sie sich, mir Stärke zu schenken und in mir die Einsicht zu wecken, dass es Dinge im Leben gäbe, die man nicht erreichen und erfüllen könne, und man daraus das Beste machen müsse.

Während meine Eltern mir ein Leben vorgelebt hatten, welches auch ich bis zum Beginn meiner Individuation als erstrebenswert erachtete, waren wir in Übereinstimmung, dass das Coaching wertvoll war, das Leben außerhalb dieser Vorstellung in den Griff zu bekommen. Ich sollte mein Glück annehmen, denn es sei das Leben, das mich durch diese Zeit bringen wollte.

Doch so natürlich, offen und weit die Gesprächsinhalte klingen mögen, ebenso intensiv und emotional waren sie. Gefühlsäußerungen wurde auf beiden Seiten keine Schranke auferlegt, gipfelnd darin, dass ich schließlich in einem Wort zusammenfasste, wie ich mein Leben beurteilte, und dass ich schlicht und einfach keine Lust mehr hatte. So stark wie nie zuvor klaffte die narzisstische Wunde auf und manifestierte ihre Resistenz gegenüber verzweifelt offenbarter Mutterliebe. Borderline der Deadline. Ich wünsche diese Grenzerfahrung – die Spannung zwischen Nicht-leben- und Nicht-sterben-Können – keinem.

„Das Projekt Leben geht weiter." Weit-er. Nach diesen Abschiedsworten stieg ich in den Zug, während Tränen meine Wangen benetzten. Meine Sitznachbarn waren mir vollkommen egal, ich hatte soeben in meinem Leben einen Tiefpunkt durchschritten. Welch Datenmenge, welches Tempo der Gedanken! Es gab so viel zu bearbeiten und zu bewältigen, und dies äußerte sich im Schreibfluss: In einer Woche hatte ich so viel wie zuvor in einem Monat im Tagebuch geschrieben. Vor nur einer Woche war ich noch voller Kraft und Ruhe nach Deutschland geflogen. Nun fühlte ich mich erschöpft und im Kopf müde und leer. Wie sollte es in meinem Leben weitergehen – meine Beziehung zu mir selbst und nach außen, mein Beruf, der Ort? „So viele Fragen ohne Antworten."

Quantensprünge der Selbsterkenntnis

Nach zwei Monaten Coaching via Telefon folgte das erste physische Treffen mit meinem Coach, das enorm viel in Bewegung setzte und ein weiterer Durchbruch in meinem Prozess war. Sie erinnerte mich erneut, dass Hochbegabte in ihren Verhältnissen nicht der Norm entsprächen, und je schneller ich das als Basis für mein Leben annähme, umso eher könne ich daran arbeiten, Last in Gabe umzuwandeln und zu lernen, in allen Facetten damit zu leben. Meine depressiven Zustände seien auf die Hochbegabung zurückzuführen, sie waren Erscheinungen einer Phase, in der ich die Anpassung abstreifte. Einige Hochbegabte zeichneten sich während der Anpassung als gute Rollenspieler aus, ich glaube, dieses Talent behält man ein Leben lang. Je höher der Grad der Anpassung, umso stärker schlägt das Pendel wohl nun vorerst in die Gegenrichtung. Die Öffnung meines depressiven Inneren gegenüber meiner Familie empfand ich nach wie vor als bahnbrechend und unermessliche Gnade – wie oft verabschiedeten sich Menschen durch Gewalt an sich selbst, denen man noch hätte helfen können.

Während des Coachings spürte ich, wie auf einmal vieles normal wurde. Natürlich könne es schwer sein, an Emotionen und Liebe heranzukommen, wenn man das Leben schon seit frühem Alter intensiv reflektiert und in Relation setzt. Abnorme Rollenverhältnisse seien bei Hochbegabten nicht unüblich, sie waren nur ein erneuter Aspekt der Weite. Ich fühlte mich frei. Alles wurde möglich, nichts war definitiv. Die Welt ist so, wie man sie sieht. Alles darf, alles ist, alles, was ist, darf sein. Und etwas ist allein schon, wenn oder weil ich es mir vorstellen kann. Das Coaching war spannend, und natürlich reflektierte ich die Fragen während des Gespräches in Sekundenschnelle, suchte instinktiv die Intention zu fühlen und überlegte dann vor der Antwort, in welche Richtung diese gehen und wie authentisch sie sein sollte. Doch hier ging es um mich, und da gab es nur eine Prämisse: Gnadenlose Ehrlichkeit. In welchen Bereichen hatte mich mein Verstand noch in die Anpassung getrieben? In der Folgewoche sollten zwei Quantensprünge folgen: Ich trennte mich von negativer Energie gegenüber meinem Vater und traf die Entscheidung, die depressiven Zustände nicht medikamentös, sondern allein mit Geistesstärke behandeln zu wollen. Schaffte ich Letzteres, wäre dies ein klarer Beweis, nicht entgeistert, sprich von allen guten Geistern verlassen, zu sein.

Nur wenige Tage nach meinem Rückflug nach China war ich zu einer Dienstreise aufgebrochen, und während des Rückflugs trat ein, was die Zeit allein in ihrer Hand gehabt hatte. Schon seit zwei Monaten hatte mich mein Coach darauf hingewiesen, dass etwas zwischen mir und meinem Vater stünde, und auch das Wiedersehen hatte gezeigt, dass es so nicht weitergehen konnte. Ich war bereit für einen Neuanfang. Über siebzehn Seiten schrieb ich in mein Tagebuch. Es war, als ob der Stift nicht mehr aufhören wollte, über das Papier zu gleiten. Bis zum letzten Punkt. Und was vorerst nur als einfache Aufzeichnung gedacht war, nahm immer mehr Formen eines Briefes an. Ungekürzt und mit authentischer Offenheit – nichts anderes erlaubte ich mir beim Aufräumen meiner Seele – schickte ich es als E-Mail weg, zunächst allerdings zu meinem Coach, deren Urteil mir wichtig war. Den Inhalt fand ich brisant und versöhnlich zugleich, ich spürte das fundamentale Potenzial, das sich nun offenbaren könnte. Alles lag in einer Waagschale, und die Konsequenzen wählte nicht mehr ich, sondern der Empfänger. Sämtliche negative Energie legte ich mit einem Mal ab. Und sie bestätigte mich. „WUNDERVOLL!!!!! Gut und richtig und wichtig und ehrlich und offen und wahr und klar: Ja – schick es weg. Das bist du, da sind alle Seiten von dir enthalten. Deine Haltung ist korrekt, absolut, selbst harte Sätze sind annehmbar – für einen Menschen mit Mut und Selbstreflexion. Darin liegt eine große Chance für die ganze Familie, nicht nur für ihn und für dich. Meinen tiefen Glückwunsch zu diesem Quantensprung. Eine Umarmung für dich. Du bist toll!"

Der Brief an meinen Vater ging auf Momente meiner Jugend ein, thematisierte fehlendes Vertrauen, mangelnde Rückzugsmöglichkeiten, Schutz, Anforderungen an den väterlichen Part der elterlichen Erziehung, Vorbilder, Sexualaufklärung, Frauen, Wissen und Erfahrung, das Verhältnis zu seinem Elternhaus, Traditionen, innere und äußere Unsicherheit, Einsamkeit, den Sinn des Lebens, Gefühle, Synchronisierung und Liebe zwischen Vater und Sohn.

In einem Text zu Geschlechtsunterschieden bei Depressionen stand, dass es nicht ungewöhnlich sei, dass depressive Personen ein Elternteil verachteten und es als Mensch zweiter Klasse sahen. Die Verachtung spiegle die Verachtung des Selbst wider und führe zu Gefühlen der Verzweiflung, wann immer man feststellte, dass man sich so wie das Elternteil verhielt. Dies war bei mir nicht anders, und wie ich später feststellte, bei vielen anderen Personen, die zuvor genannt wurden, auch nicht. Heute wundert mich mein verdrängendes Verhalten wenig. Der Dichte der Abhandlungen zufolge musste hier ein sehr zentraler Aspekt liegen. Bei Siddhartha beispielsweise kam der Tag, an welchem „des jungen Siddhartha Sinn zum Ausbruch kam" und sich offen gegen seinen Vater wandte, der Knabe die Fäuste ballte und in gewaltigem Ausbruch seinem Vater Hass und Verachtung ins Gesicht schrie. Welche Gedanken hatte Hesse, als er schrieb, dass in jenem Zorn und Gram überliefen und in hundert wüsten und bösen Worten dem Vater entgegen schäumten? Wenig später muss sich Siddhartha den Vorwurf gefallen lassen, sein Sohn täte das, was er selbst zu tun versäumt habe, was wiederum eine Parallele zu Nietzsches Zarathustra auftut: Was im Vater geschwiegen habe, komme im Sohn zum Reden, und oftmals sei dies des Vaters entblößtes Geheimnis. Jung spricht gar von einem unpersönlichen Karma in einer Familie und Rilke von „Langevergangenen", die in uns seien „als Anlage, als Last auf unserem Schicksal, als Blut, das rauscht, und als Gebärde, die aufsteigt aus den Tiefen der Zeit". Der Zweite Weltkrieg beispielsweise mit seinen Traumata Heimatverlust und Flucht, aber auch das frühe Verscheiden von Ehemännern oder Vätern hinterlassen Spuren. Manch ein Problem des Kindes entpuppt sich früher oder später als Problem der Eltern. Gegen diese Manipulation in der Kindheit ist man Miller zufolge völlig wehrlos, wobei das Tragische sei, dass auch die Eltern dem Geschehen so lange wehrlos ausgeliefert seien, wie sie sich weigerten, ihre eigene Geschichte anzuschauen. Unbewusst setze sich die Tragik der elterlichen Kindheit in der Beziehung zu den eigenen Kindern fort, wenn die Verdrängung unaufgelöst bliebe. Die Konsequenzen können nicht allein die Zuletztgeborenen tragen. Nach Bewusstwerdung gilt es, alle Probleme wieder über den Fluss zu werfen, auf die Seite, wo sie hingehören und zudem nur dort gelöst werden können.

Jede Form der Liebe meinem Vater gegenüber beinhaltete aus meiner Sicht die Gefahr einer Kontinuität des Status quo. Liebe? „Ausgelöscht." „Ich bin traurig und fast schockiert, aber ich spüre sie nicht." Aus dem gleichen Grund konnte ich auch keine Liebe mehr entgegennehmen. Es hatte keinen anderen Weg für mich gegeben, als neben dem Ignorieren ein „Egal-Gefühl" zu installieren, das mich emotional schützte und dennoch wehtat, wenn ich Liebe sah, ihr aber bewusst den Zugang zum Herzen versperrte. Am liebsten hätte ich mich wie ein Kleinkind verhalten und zur Befreiung körperliche Gewalt angewandt. Gleichzeitig war klar, dass er eine solche Reaktion gar nicht verstehen könnte, da sich mein Inneres seinem Bewusstsein nicht offenbarte. Ich sah mich wie ein Opfer, das auf den Täter zugeht, getrieben durch den starken Wunsch nach einem Neuanfang.

So ehrlich und schonungslos der Text war, er beinhaltete ausgestreckte Hände zur Versöhnung. Falls das Ganze wie Schall und Rauch vorüberziehen sollte, hatte ich mich mit diesem Schritt gelöst. Wie es weiterging, hatte ich nun nicht mehr in der Hand, aber ich hoffte stark auf eine positive Reaktion und dass der Brief eine Entwicklung in Gang setzen würde. Offenbarte Liebe und die Bereitschaft zum Empfang auf beiden Seiten.

„Ich habe es getan – er ist abgeschickt, mir schlackern die Beine, und mir schwindet die Sicht. Es ist erdrutschartig und fundamental." Ich spürte den starken Bedarf nach Ruhe und Entspannung, doch in der Stunde, in der er meinen Text las, war ich in Gedanken ausschließlich bei ihm. „Genau in diesem Moment liest er es. Neutraler Raum, er muss neu gefüllt werden. Alles auf null. Stand-by." Was für ein Leben: „Ich fasse es nicht, wie ich den Alltag so parallel zu meinem Leben absolviere."

Es dauerte keinen Tag, und mein Vater rief an, wir sprachen fast eineinhalb Stunden miteinander, wobei er meine ausgestreckte Hand ergriff.

Vollends hatte ich mein System wohl noch nicht in der Hochbegabung geparkt, denn noch versuchte ich, meine Probleme ursächlich in Krankheitsbildern zu finden, und bat meine Ärztin, die mich während meiner schweren Krankheit behandelt hatte, um eine Einschätzung der Möglichkeiten medikamentöser Unterstützung. ADHS, Bipolarität, Asperger- oder Borderline-Syndrom? Denkbar, möglich, nicht auszuschließen. Doch auch sie sprach vom Ende eines Anpassungsprozesses, nicht von Depression oder anderen Krankheitsbildern. Ich sei in einer Phase der Suche, und meine Seele habe Angst. Doch Angst bringe nicht um, sondern offenbare Erlösung, Stärke und

Ordnung. Noch vor Monaten hätte sie mir ein vorzeitiges Abtreten zugetraut, aber mittlerweile nicht mehr. Schon vor Jahren, wo wir uns kennenlernten, habe sie gespürt, dass noch vieles im Dunkel meines Selbst verborgen liege, sich aber bewusst vorgenommen, dies nicht zu beeinflussen. Schließlich hole sich die Seele das, was sie benötigte – langsam wie eine Schnecke, aber weiser und viel weiter als der Verstand. Ihre Geschwindigkeit sei genau richtig, und für Männer sei ich mit diesem Prozess sehr früh und solle aufhören, alles unnötig zu hinterfragen. Meine Seele wäre ausgenutzt worden, hätte sie sich schon eher gebunden. Doch wo liege die Ursache für die Anpassung? Und wohl auch die Ausprägung? Im Gegensatz zu einem anderen Hochbegabten, der bei ihr nach einem Selbstmordversuch mit 2 Promille plus Heroinkonsum eingeliefert worden war, könne ich mich glücklich schätzen, dass meine Energie in zwei Forschungsarbeiten geflossen sei, was letztlich auf das Elternhaus zurückzuführen sei. Hochbegabte Kinder könnten sehr anstrengend sein, wenn sie an jeder Front ausbrachen und auffielen. Wie natürlich war der Wunsch, ein Kind zu haben, das konform und verträglich sei. Und blieben Eltern in ihrem eigenen Prozess der Anpassung stecken, wären sie kaum in der Lage, ihrem Kind Stolz für seine Andersartigkeit zu vermitteln. Ausschließlich einen Weg habe es für mich gegeben: Anpassung, Ablehnung meines Andersseins, das fatale Durchschneiden des Bandes der Selbstliebe und ein Absondern in meine eigene Gedankenwelt. In Jahrhunderten hat sich daran nichts verändert: Ausgerechnet die Züge, die einen Erwachsenen als begabt auszeichnen, sind diejenigen, die sie auf Forderung der Gesellschaft unterdrücken sollen. Ein gravierender Schritt in frühen Jugendjahren, der nicht in Monaten revidiert werden kann.

In Bezug auf meine körperlichen Beschwerden hielt mir die Ärztin den Spiegel vor, erneut stießen wir auf die Machenschaften des Verstandes. Auf voller Bandbreite ignorierte er den Körper, sei es der Verzehr scharfer Speisen, obschon mein Magen sich auflehnte, oder Nahrungsentzug trotz Hungergefühl. Hier seien überall psychologische Hintergründe anzusetzen. Ich bestrafe mich für etwas in mir, das vom Kollektiv abgelehnt werde. Der bedeutendste Befund aber war, dass mein Körper kerngesund sei. Welch Unterpfand! In seiner Robustheit schien er wie für mich geschaffen – nun musste dem „gesunden Körper" noch ein „gesunder Geist" folgen. Als Ärztin hätte sie mir ein Rezept ausstellen können, doch da sie mir als Freundin abriet, war meine Entscheidung getroffen: Ich verzichtete auf medikamentöse Hilfe.

Schmerzgrenze zum Menschsein

Im Dezember war ich am Wendepunkt angelangt, am Ende eines Prozesses und am Beginn eines neuen. Nicht mehr durch Angst einengen zu lassen, hieß die Parole, sondern Träume und Lust auszuleben, der Welt anstatt des Rückens die Stirn zu bieten und gleichwohl das Risiko einzugehen, auf die Nase zu fallen. Nach den letzten Monaten fühlte ich, dass ich wie nie zuvor in mir angekommen war und mich immer mehr meinem Wesen und Körper entsprechend verhielt. Mein Verstand konnte mich kaum noch aus der Fassung bringen oder gar unter Druck setzen, negative Energie war mit viel Unverarbeitetem aus mir gewichen. Allem Anschein nach hatte ich meine Krankheit überwunden, an eine von Grund auf kranke Gesellschaft gut angepasst zu sein.

Wie sollte es nun weitergehen? Wo lagen neue Aufgaben für mich? Dort, wo die Gaben liegen – welche waren es dann? Inwieweit stand auch mein Beruf in Zusammenhang mit der Anpassung? Strebte ich nicht weiter, ein einmaliges Individuum zu werden, würde ich ins Kollektive, ins Typische zurückfallen und meiner menschlichen Würde etwas Entscheidendes schuldig bleiben. Wurde ich mir jetzt wieder langweilig, banal normal und meiner selbst müde? Vielleicht hatte ich „nur" gelernt, mein Schicksal als solches zu verstehen, als etwas Stärkeres und Fremdes in meiner eigensten Domäne, wo ich mich Herr zu sein wähnte (Jung).

Früher wagte ich nicht, weiter als meine Umgebung zu denken, heute war es mir möglich, meine Eltern, durch die, aber nicht von denen ich gekommen war (Gibran), meine Erzieher, Lehrer und sämtliche mich prägenden Personen auch durch Hinterfragen wiederum ihrer Kindheitsgeschichte neu zu erleben, und zwar in aller Weite und befreiend als Menschen mit Vor- und Nachteilen, Stärken und Schwächen.

Aufräumen tat ich besonders im Umfeld meiner Freunde und Bekannten. Wie viele waren während meiner Achterbahnfahrt wirklich bei mir gewesen? Wie viele störten meine Kreise nur sporadisch mit neugierig süffisanten Fragen und geheuchelter Fürsorge, einzig in der Hoffnung, direkt aus der Quelle das Neuste für Klatsch und Tratsch zu schöpfen? Klare Selbsterkenntnis nahm ihnen die Peitsche aus der Hand und änderte die Richtung der Treibjagd, auch wenn es weder aussichtsreich noch würdig klang, gegen diese unzählbaren „giftigen Fliegen" den Arm zu erheben, schließlich sah auch ich es nicht als mein Los, Fliegenwedel zu sein (Nietzsche). Mehr und mehr wächst in mir das Gefühl der Gleichgültigkeit, was andere denken, und die Angst vor Verlust geht zurück. Oder verbirgt sich hier ein Arrangieren mit der ohnehin empfundenen Einsamkeit?

Ein Vivat auf die Parole: Ich darf mich zu jung fühlen, um erwachsen zu sein. Kein Thema brannte unmittelbar, mein Leben war im Fluss, viele Potenziale blühten auf, einer meiner persönlichen Interessenschwerpunkte war wesentlicher Inhalt meines Berufes, und zu meiner Familie entwickelte sich langsam ein positiv weitendes Verhältnis. Auch lernte ich, je weiter ich mich öffnete, neue, interessante Menschen kennen, weitere „Verrückte", Menschen, die alle nur versuchten, ihr Glück auf dem Erdenrund zu finden. Diese Realität gebar eine neue Normalität: Normal war nicht mehr, was die Mehrheit macht, sondern was ich selbst mache. Norm bin ich für mich allein. Ein Großteil dieser unkonventionell und tolerant Weiten war aus den schizoidisierenden Kleinstädten ihrer Jugend in Metropolen oder ins Ausland geflüchtet. Aus dem zwanghaften Umfeld landläufiger Stereotypen befreit, konnte Kreativität aufblühen.

Die Frage, ob ich noch bei Verstand sei, durfte indes keine Antwort mehr haben als „Hoffentlich nicht!" Ich denke nicht, also bin ich. Denken und Ideenproduktion beinhalten ein gefährliches Potenzial, das (selbst-)zerstörerisch sein kann. Je mehr Blockaden ich löste und neue Schritte Weltbewältigung vollzog, umso mehr zuvor schädlich gebundene Energie wurde frei. Eines seltenen Tages schrieb ich sogar: „Heute freue ich mich, Neues auszuprobieren", und begann eine Liste darüber zu führen. Ich wäre zuvor niemals auf den Spuren der buddhistischen Meditationslehre barfuß durch burmesische Tempel gelaufen, doch als ich es tat, erfüllte es mich mit Stolz. Ebenso buchte ich eine Reise nach Israel, das ich seit 30 Jahren aus Angst vor Bombenanschlägen gemieden hatte. Und wie fühlte ich mich danach? Hier schwebte zu Dvoráks *Aus der neuen Welt* ein explorierender Geist über einer vom Feuer noch glimmenden Erde und erste lindernd-kühle Tropfen Himmelsnass zischten erfrischend dazwischen. Hinter dem Angstgedanken war es leer!

Im Laufe des Coachings hatten sich Gedanken von mir gelöst, nachdem sie schriftlich niedergelegt waren. Wie eine ursprünglich tosende Flut, die mehr und mehr bis zum geruhsamen Niedrigwasser abebbte und die Sicht auf Neuland eröffnete, schrieb ich mir sprichwörtlich alles von der Seele. Eine „literarische Selbstreinigung", ein „autor"-didaktisches Gesundschreiben als Bewältigung, um zu wissen, wer ich bin. Kein „Aufhübschen" mit Tipp-Ex und Tintenkiller, sondern ein kurierendes Ins-Reine-Schreiben. Keine vom Kopf diktierte Forschung, sondern etwas, das aus meinem Körper fließt. Vielleicht war Schreiben nicht nur ein Mittel zur Genesung, sondern auch in Zukunft eine Maßnahme, um gesund zu bleiben. Wie einen guten Ratschlag empfand ich Zweigs Schilderung über Kleist, dass diesem das Gegensätzliche seiner Natur im Werke klargeworden sei. Alle Klarheit aber schaffe Erkennen – und Erkenntnis wieder Versöhnung. Gleichzeitig barg das Schreiben die Gefahr, mich in einer Endlosanalyse zu verlieren, in bester Absicht, jedoch selbstzerstörerisch um mich zu kreisen, sodass Wunden, indem ich sie ständig neu aufriss, nicht verheilen konnten. Ich musste lernen, einmal den Schlussstrich zu ziehen, nun die nächste Stufe erklimmen und darauf verzichten, was zur Gewohnheit geworden war: Täglich einen Querschnitt durch mein Leben zu machen, um wenigstens sagen zu können: „So also bin ich. Das ist zwar scheußlich, aber immerhin beruhigend. Ich kann mich definieren." (Schellenbaum)

Es galt Nietzsche nachzueifern: Meine Seele zu überreden, nackt vor den Augen der Sonne zu stehen, den irdischen Gegensatz aus der verdunkelten Brust zu reißen und unter die Sterne zu stellen, das Ich aus Sehnsucht nach dem Selbst und zur Befreiung vom Selbst in die Welt hinein zu entleeren. Vielleicht könnte ich alles für ein breiteres Publikum aufschreiben, den Weg zwischen Hölle und Himmel zur Liebe und Freiheit mit all seinen inneren Wahrnehmungen und Gedanken so verständlich machen, wie ich schon immer komplizierte Sachverhalte durch Verwenden eigener Begriffe anstatt nebulöser Fachwörter erklärt hatte. Die Veröffentlichung entspräche dann einem Fest der Einswerdung. Alles, was wir für uns selbst lösen, könnte potenziell auch anderen als hilfreiche Lösung zur Verfügung stehen. Vielleicht konnte es anderen eine Hilfe sein, wenn ich von der Wirkkraft eines Engels berichtete. Und außerdem: Heißt es nicht, „wenn du der Welt sagen kannst, wer du bist und woran du glaubst, ohne zu stolpern oder zu zögern, dann bist du glücklich" (Walsch)? Musste indes eine unzufriedene Neidgesellschaft nicht den Glücklichen als ihren Feind ansehen? Waren meine größten Kritiker am Ende nicht jene, die ein niedriges Selbstwertgefühl kennzeichnete, die mit dem Selbsterreichten unzufrieden waren und alles daran setzten, mir Samen negativer Gefühle einzusäen? „Du gehst über sie hinaus: aber je höher du steigst, umso kleiner sieht dich das Auge des Neides. Am meisten aber wird der Fliegende gehasst." (Nietzsche) Auch Einstein schien eine Lösung für sich gefunden zu haben, wenn er schreibt, er habe sich immer glücklich dafür geschätzt, dass ihm zumeist möglich war, nur das zu tun, was sein inneres Selbst ihm auftrug. Ihm sei auch bewusst, dass er von der Außenwelt dafür viel Kritik bekäme und manche Menschen sich über ihn ärgerten. Aber dieses würde ihn nicht wirklich berühren, weil er fühlte, dass diese Menschen nicht in der gleichen Welt lebten wie er.

Ich hegte dennoch tiefe Zweifel und fand diese bei Jung begründet. Über ihn und die Vorarbeit an seiner Autobiografie wissen wir, dass er abgeneigt war, sich und sein Leben vor den Augen der Welt darzustellen; er empfinde „Scheu vor der zukünftigen Leserschaft". Offen zu reden, sah er als mutig an, erfuhr aber bald, dass dieses ein Missverständnis sei, das er bereute, denn er stieß nicht nur auf Spott und Befremden, sondern auch auf feindselige Ablehnung. Er habe am Unverstand und an der Isolierung gelitten, „in die man kommt, wenn man Sachen sagt, die eben nicht jeder Mensch versteht". Das Gefühl der Einsamkeit habe ihn bis ins hohe Alter verfolgt. Einsam sei er, weil er Dinge wisse und andeuten müsse, die andere nicht wüssten und zumeist auch gar nicht wissen wollten. Ist die Zeit jemals reif? Setzt sich am Ende die Angst vor der eigenen Courage durch? Oder war Mark Twain ein weises Vorbild, dessen Biografie erst hundert Jahre nach seinem Tod veröffentlicht wurde und auf den der Ausspruch „Das schönste aller Geheimnisse: ein Genie zu sein und es als Einziger zu wissen" zurückgeht?

Natürlich: Eine Veröffentlichung gibt neben Stärken auch Einblick in Ängste und Schwächen. Und über allem: Sie wird wohl niemals dem eigenen Anspruch gerecht. Wollte ich mich dem ein weiteres Mal aussetzen? Hinzu kam meine Befürchtung, dass mancher Leser sicher allein schon aus Gewohnheit dazu geneigt sein wird, Kontexte und Informationen in die vorhandenen Schubladen einzusortieren, anstatt ergebnisoffen den Text einwirken zu lassen und neue aufzumachen – was nicht passt, wird passend gemacht.

Was hat Jung dennoch zu seiner Biografie zu Lebzeiten bewogen? Allem voran beurteilt er die Arbeit daran positiv: Dass er seine Erinnerungen niederschreibe, sei eine Notwendigkeit, unterließe er es auch nur einen Tag, stellten sich gleich unangenehme körperliche Symptome ein. Sobald er daran arbeitete, verlören sie sich und er bekäme einen ganz klaren Kopf. Darüber hinaus spüre er, dass eine Botschaft mit Übermacht an ihn gekommen sei, über die er wusste, dass er sie nicht mehr nur allein besitzen dürfe. Die Hauptsache sei ihm gewesen, dass das, was er sagen musste, gesagt worden sei. Damit spricht er mir aus dem Herzen, mir ergeht es ganz genau so: Wir beherbergen einen Geist, der sich realisieren will und dem wir unsere Stimme leihen. Nicht das Ich steht im Vordergrund, sondern jener unbändige Schöpfergeist, der auch mich dazu treibt, das Erlebte, Durchlittene und Erkannte niederzuschreiben und zu veröffentlichen. Es sind gerade solche Urerlebnisse, die das Innerste eines Individuums ausmachen – und ebenso das Allgemeinste, Menschlichste, allen im Tiefsten Vertraute repräsentieren: „archetypische Urgebärden der Menschwerdung" (Schellenbaum). Individuation ist folglich auch Partizipation: Teilnahme am Menschsein. Und für diese braucht es vielleicht keinen Mut, um Veränderung auf dieser Welt zu bewirken, sondern vielmehr eine niedrige Schmerzgrenze, das Schweigen zu brechen über das, was in unserer Gesellschaft lieber unter den Tisch gekehrt wird. Eine Apple-Werbekampagne aus dem Jahr 1997 verleiht über die Zeiten hinweg besondere Motivation: „An alle, die anders denken: Die Rebellen, die Idealisten, die Visionäre, die Querdenker, die, die sich in kein Schema pressen lassen, die, die Dinge anders sehen. Sie beugen sich keinen Regeln, und sie haben keinen Respekt vor dem Status quo. Wir können sie zitieren, ihnen widersprechen, sie bewundern oder ablehnen. Das Einzige, was wir nicht können, ist, sie zu ignorieren, weil sie Dinge verändern, weil sie die Menschheit weiterbringen. Und während einige sie für verrückt halten, sehen wir in ihnen Genies. Denn die, die verrückt genug sind zu denken, sie könnten die Welt verändern, sind die, die es tun."

Auszug aus dem Elfenbeinturm

In einem halben Jahr sollte mein Mietvertrag auslaufen, und ich musste beziehungsweise wollte mir eine neue Wohnung suchen. Nun stand also die Frage im Raum, ob Tao und ich unsere Wohnungen zusammenlegen sollten, Ängste und Bedenken begleiteten mich täglich. Sollte ich tatsächlich meinen Elfenbeinturm aufgeben?

Ich musste eine Entscheidung treffen. Bereits Monate zuvor diktierte mir mein Verstand ins Tagebuch, dass mich dieser Schritt zerfetzen würde: Zu viel Druck, Enge, Bindung, Gemeinsamkeit, kein Rückzugsort, Reizüberflutung bei Besuch und Feiern. Sogar den Aspekt der Erpressbarkeit führte er an. Als Schutz stellte er unzählige Bedingungen auf, selbst der Mietvertrag solle so flexibel wie möglich sein, ein Zusammenwohnen auf Probe. Was passierte, wenn ich wieder ausziehen wollte? Wie naiv war dies, schließlich war mein Verstand nicht der Einzige, der Vorstellungen hatte, und prompt hörte ich Taos Kommentar, die Beziehung sei nicht Teil des Vertrags. Dies entsprach nicht meiner Ausdrucksweise und führte mich zu meinem wie von einer Kuh wiedergekäuten Herta-Müller-Komplex zurück. Fehlte meinem Schreibfluss eine Liquiditätsspritze? In der Zwischenzeit war mir keine Vokabel in den Sinn gekommen, meine Situation in einem für mich passenden Wort zu bündeln. Und wozu! Ich verspüre gerade die Lust, auch diese Sorge hinter mir zu lassen, die Definition und Assoziationen meines an die Gesellschaft angepassten falschen Selbst zu beerdigen und mein ganz eigenes Bedeutungswörterbuch mit der Deutung meiner Uneindeutigkeit zu editieren. Selbst dieses könnte ich unterlassen: Brauchte ich eine Definition, um mit mir zu leben? Hatten Bezeichnungen in meinem Leben nicht schon genug erstickt und Unheil gebracht, selbst wenn sie mir lange als abstrakte Beruhigung gedient hatten? Könnte ich nicht wie Mary Poppins sein und niemals auf Fragen antworten? Oder mich auf Rilke berufen, dass in der Lebensmitte, wo alles zusammenkommt, alles keinen Namen habe und wir im Grunde, gerade in den tiefsten und wichtigsten Dingen, namenlos allein seien?

Mein Verstand sehnte sich nach einem Begriff, doch mein Herz hatte am Erklären sämtliche Lust verloren und arrangierte sich zeitweise mit der sprachlichen Wendung im Pilatusverhör, wo Jesus auf die direkte Frage „Bist du der König der Juden?" mit „Du sagst es" antwortet und damit dem Frager die Interpretation überlässt. Eine Weisheit, die auch Zarathustra verkörperte, wenn er anderen empfahl, ihn so zu nennen, wie sie wollten, denn er selber sei, der er sein müsse. Coelho bediente sich als Beispiel der Heiligen Jungfrau, die sich nie darum gekümmert habe, was die anderen dachten, schließlich solle man sich einmal vorstellen, was es hieße, allen die Geschichte mit dem Heiligen Geist zu erklären! Sie habe überhaupt nichts erklärt und einfach nur gesagt: „Es ist so geschehen." Weisheit, das sollte ich mir tief einprägen, ist nicht mitteilbar. „Lassen Sie sich das Leben geschehen. Glauben Sie mir: das Leben hat recht, auf alle Fälle." (Rilke) Würden die Menschen das Leben verstehen, wären sie Gott. Und dennoch dürfen wir nicht alle Handlungen unterlassen, nur weil wir den Grund nicht kennen oder sie nicht rechtfertigen können.

Besonders im Feld des Eros findet der Verstand kaum etwas, dessen er sich bemächtigen kann. Keine Sprache vermag die Paradoxien der Liebe adäquat auszudrücken, denn kein Wort drückt das Ganze aus. Jung führt in seiner Autobiografie den Wortlaut „Die Liebe erträgt alles, sie glaubt alles, sie hofft alles, sie duldet alles" aus 1. Korinther 13, 7 an, womit für ihn alles gesagt sei. Im tiefsten Verstande seien wir die Mittel und Instrumente der kosmogenen Liebe, womit nicht bloß Begehren, Vorziehen, Begünstigen gemeint sei, sondern ein dem Einzelwesen überlegenes Ganzes, Einiges und Ungeteiltes. Doch der Mensch begreife das Ganze nicht, er sei ihm unterlegen, und selbst wenn er mit Engelszungen redete oder mit wissenschaftlicher Akribie das Leben der Zelle bis zum untersten Grunde verfolgte, „die Liebe höret nimmer auf". Er könne die Liebe mit allen Namen belegen, die ihm zu Gebote stehen, und würde sich doch nur in endlosen Selbsttäuschungen ergehen. Wenn ein Mensch ein Gran Weisheit besitze, so würde er die Waffen strecken und Unbekanntes durch Unbekannteres benennen, nämlich mit dem Gottesnamen. Das sei ein Eingeständnis seiner Unterlegenheit, Unvollständigkeit und Abhängigkeit, zugleich aber auch ein Zeugnis für die Freiheit seiner Wahl zwischen Wahrheit und Irrtum. Schließlich sei es wichtig, dass wir ein Geheimnis haben und die Ahnung von etwas nicht Wissbarem. Es erfülle das Leben mit etwas Unpersönlichem. Wer das nie erfahren hat, habe Wichtiges verpasst. Der Mensch müsse spüren, dass er in einer Welt lebt, die in einer gewissen Hinsicht geheimnisvoll ist, dass in ihr Dinge geschehen und erfahren werden können, die unerklärbar bleiben. Mit zunehmendem Alter habe er immer weniger verstanden, erkannt oder gewusst, wer er war, doch: „Je unsicherer ich über mich selber wurde, desto mehr wuchs ein Gefühl der Verwandtschaft mit allen Dingen." Der Hass in der Seele wandelte sich in Einverständnis mit dem Wunderbaren.

Die größte Herausforderung für mich lag darin, das innerlich freizugeben, wogegen ich mich am heftigsten sträubte, und mich mit meinem eigenen Schicksal zu versöhnen. In dem Moment, wo ich den Kampf aufgab, gewann ich ihn. Welche Richtung sollte ich nun einschlagen? War möglicherweise die Zeit für die Operation Exodus gekommen? Mein Verbleiben in der aktiven Passivität ließ – nur dem Anschein nach – Fragen unbeantwortet, und je weiter die Wohnungssuche fortschritt, umso mehr versuchte ich, den Prozess zu blockieren und mehr Zeit zu gewinnen. Ich bat sogar darum, über das Thema nicht mehr zu reden, weil es mich zu sehr in Gedanken und Träumen beschäftigte, selbst körperlich, bis hin zum Erbrechen. War die Psyche am Boden, wollte mir mein Körper hier einen Hinweis geben? Waren die Maxime harmonische Ruhe und Inkomplexität unvereinbar mit dem Traum eines offenen Hauses, mit einer vertrauensvoll-menschlichen und stabilen Umgebung? Wo war mein fröhliches, ausgelassenes Ich von früher? Ich suchte nach Orientierung und fragte mich, ob es anderen ähnlich ging, wenn sie zwei Wohnungen in eine überführten. Das konnte doch nicht normal sein! Dem Wunsch nach Sonne und einem begehbaren Kleiderschrank stand der Weltuntergang gegenüber! Die Seiten im Tagebuch füllten sich mit Fragen, Zweifeln und Erklärungen, doch wurde ich nach den gemeinsamen Wohnungsplänen gefragt, antwortete ich mit einem bestimmten „Ja!" Woher kam das?

Nach Auswahl eines potenziellen neuen Heims war ich für einen Zeitraum von drei Wochen allein und verfolgte, wie meine Ernährungsprobleme und grübelnde Frustration wie Einbrecher in ein Museum zurückkamen. Auch spürte ich, wie sich der Gedanke einschlich, das Alleinsein durch längere Zeit im Büro zu kompensieren, und in Summe erinnerte mich dies nur allzu sehr an die Zeit vor dem Zusammenbruch. Wie üblich wünschte ich mir das Gegenteil von dem, was mir die Gegenwart anbot: Mir fehlte die Bewegung in der Wohnung, wobei sie sonst auf meiner Negativliste stand, das Leichte,

Einfache und Nonchalante, was ich zuvor als oberflächlich abgetan hatte. Mein Alltag war erneut von Schwermut geprägt, jedes Aufstehen glich einer Resignation, einer Kündigung gegenüber dem Leben. Der Umzug erschöpfte psychisch wie physisch, und ein Freund lästerte, was denn daran anstrengend sei. Die Frage hätte lauten müssen, was daran einfach war!

Doch ich erkannte die alte Spirale, die bewährte Finte meines Verstandes, und zog die Reißleine. Die befreiende Entscheidung war getroffen, die einen neuen Lebensabschnitt einleiten sollte. Den Eingriff in mein Privatleben durch die Umzugsspedition kompensierte ich sprichwörtlich wie das Orchester auf der untergehenden Titanic: Inmitten von Kartons spielte ich Klavier und versank in die Welt meines zebrafarbenen Manuals. Das Auspacken später stimmte mich nicht fröhlicher, und bei jedem Gegenstand, der durch meine Hände wanderte, kam die Frage auf, was damit nach meinem Tod einmal passieren würde. Erst nach Wochen ebbte das beklemmende Gefühl in meiner Brust ab.

Durch raue Gefilde führt der Weg zu den Sternen. Wo wir große Ängste erleben, stehen wir immer in einer Forderung des Lebens; im Annehmen und Überwinden der Angst wächst uns neues Können zu – jede Angstbewältigung ist ein Sieg, der uns stärker macht, jedes Ausweichen eine Niederlage, die uns schwächt. Kein Lebensweg geht geradeaus, so aber ist es wertvoll und erfahrungsreich. Doch es braucht Zeit, bis sich Spannung in Entspannung auflöst. Nietzsches Worte klangen mir im Ohr: In der Belastung liegt die Prophezeiung.

Glücklich-gegenwärtig

Früher lebte ich in der Zukunft. Dies glich einem von der Leine gelassenen Verstand, über den ich das Wunder der Schöpfung in jedem Augenblick vergaß und blind wurde für die abertausenden Überraschungen und Schönheiten der Gegenwart. Wahrhaft kein Einzelschicksal, doch worin mag der Grund liegen? Jung verwendet die Metapher „Katarakt des Fortschritts", der mit umso wilderer Gewalt vorwärts in die Zukunft dränge, je mehr er uns von unseren Wurzeln abreiße, und erkennt hier die Gefahr, dass es kein Halten mehr gibt, wenn das Alte einmal durchbrochen und damit zumeist auch vernichtet ist. Gerade der Verlust dieses Zusammenhangs, die Wurzellosigkeit, erzeuge ein derartiges Unbehagen und eine solche Hast, dass man mehr in der Zukunft mit ihren Versprechen eines Goldenen Zeitalters lebe als in der Gegenwart. Offenbarte sich die Realität anders als das Gedankenbild, die Kopfzukunft, erzeugte dies ein nicht unbedeutendes Stressmoment, und Umbrüche ließen sich schwer verkraften.

Eines Tages kommt der Zeitpunkt des Todes, an dem es keinen Blick mehr in Richtung Zukunft gibt und die Frage aufkommt, ob ich mein Leben durch fehlende Gegenwart verpasst hatte. Dabei sind wir in unserer Schöpfung – mehr als wir uns zutrauen – tauglich für die Gegenwart. Nach der zur Krankheit führenden Herrschaft des falschen Selbst sieht dies heute immer einladender aus. Wenn ich darin vertraue, dass ich fähig bin, Entscheidungen dann zu treffen, wenn sie anstehen und – wie es sprichwörtlich heißt – die Zeit reif ist, kann mir die viel besungene, in Finsternis liegende Zukunft das Herz nicht mehr schwer machen. Treffe ich sie nicht, lasse ich keine Veränderung zu, kommt es im Sanatorium, der Heilanstalt des Lebens, zu einer Krise, und spätestens dann merke ich es.

Ich habe Jahre meines Lebens damit verbracht, auf die Traumpartnerin zu warten, hatte nur die Vision vor Augen und darüber die vielen kleinen Dinge nicht wahrgenommen. Heute weiß ich, dass es „die Richtige" nicht gibt. Vielleicht bin ich vor lauter Suchen nicht zum Finden gekommen, denn wenn ich aufgrund meiner Zielbesessenheit nur an das Gesuchte denke und mein Auge nur noch dieses Ding sieht, dann vermag es nichts anderes in sich einzulassen. Das Leben ist pure Gegenwart, in der sich alles abspielt. Keine Sekunde lässt sich umdrehen, wiederholen oder konservieren. Trösteten mich Freunde, die Richtige sei noch nicht gekommen, dann verstanden sie mein Leben nicht. Wie viele sind ihr Leben lang allein, weil sie einem „Ganz oder gar nicht" hinterher hängen! Zukunftsträume dürfen die Gegenwart nicht vollends in Ketten legen, das entspricht nicht mehr dem, wie ich mir mein Leben vorstelle.

Viele Menschen erlauben sich nicht, zu lieben, weil zu viel Zukunft und Vergangenheit auf dem Spiel steht, doch ist beides nicht eine Illusion? Umso mehr gibt es nichts zu verlieren, sondern einzig die Gegenwart zu gewinnen. Sie ist alles, was wir haben. Ich lebe jetzt, und dazu gehört, dass ich meine eigenen Erfahrungen sammeln muss. Manches wird rückwirkend falsch sein, aber noch mehr richtig. Ich frage mein Herz vor Entscheidungen, und vernehme ich keine Tendenz, entscheide ich mich für das Tun. „Egal wo ich bin, bin ich hier." In der Gegenwart liegt die intensivste Wahrnehmung und Erfahrung. Und dieser tiefe Augenblick des Glücks verweilt nicht. „Verweile doch! Du bist so schön!", sehnt sich Faust vergeblich. Doch das stete Gefühl gegenwärtiger Intensität scheint die Angst vor dem Tod zu nehmen. So antwortete die Rose auf die Frage des Kleinen Prinzen: „Aber nein. Ich habe doch gelebt, ich habe geblüht und meine Kräfte eingesetzt, so viel ich geben konnte."

Ich darf darauf vertrauen, dass das, was gerade ist, gut ist und Zeichen zum richtigen Zeitpunkt sichtbar werden. Dorthin wird Energie fließen. Liebe heißt nicht Festhalten, sondern die Bereitschaft, einen Menschen an jedem Tag gehen zu lassen und sich zu freuen, wenn der andere glücklich ist, wobei ich lieber selber leide, als jemand anderen leiden zu sehen. Eine Beziehung dauert so lange, bis sie sich erfüllt hat, und den Weg zur Erfüllung kennzeichnet ein langer Prozess des Anfüllens. Kümmere ich mich um das Anfüllen, brauche ich mich um die Erfüllung nicht zu sorgen. Wie oft fehlt nur eine kleine Information, und ein ganzes Weltbild fällt wie ein Kartenhaus zusammen?

Allerdings muss ich lernen, meine gedanklichen Energieflüsse zu steuern und Mentalhygiene zu betreiben. Ich habe zwar gelernt, mit meinem Verstand zu diskutieren, ihn zurückzudrängen, doch das erzeugt eine Leere, die mir unverzüglich als Langeweile erscheint. Banaler Alltag, nicht verrückt genug. Obgleich hochbegabt, komme ich mir immer mehr normal vor. Jeder riet mir zur Ruhe, auch mein Verstand brauche eine Atempause, und er, der Supermotor und Dauerbrenner, reagiert darauf beleidigt. Er, der Erschöpfte im Hamsterrad, hatte begriffen, dass er Opfer einer seelischen List war und nur entlassen würde, wenn er die Realität als Normalität ansah und Probleme nicht dabei störte, sich allein zu lösen. Je mehr ich aufhörte, an meine Wunde zu denken, mich von der schrecklichen Frage nach dem Warum befreite, desto mehr sah ich ein, dass alles in Ordnung und natürlich war.

Wenn ich aber nun meinem Verstand diktieren kann, was er denken soll, eröffnet sich auch die Möglichkeit, ihm zu sagen, dass ich glücklich bin. Früher noch hieß es im Tagebuch: „Und so, wie ich bin, soll ich also auch noch glücklich sein? Die Schöpfung so anerkennen? Das ist doch fast eine Unverschämtheit.“ Oder: „Wenn glücklich zu sein wirklich auf einer Entscheidung basiert, ließe sich dann nicht auch Alleinsein als glücklicher Zustand definieren?“ Wir Menschen haben viel weniger Einfluss auf uns, als wir uns eingestehen, und so hat man nicht immer die Chance, sein Glück zu wählen, wohl aber, die eigene Wahrheit selbst als Glück zu betrachten. Heute definiere ich mich als glücklich und übernehme damit das selige Urheberrecht für mein Leben.

Ich bin ich, mehr Erklärung bedarf es nicht. Es ist wie die Umkehrung der Anpassung: Ich stehe zu mir, auch wenn ich als Mensch viel zu gering bin, um wirklich zu wissen, wer ich bin und wie sich Leben und Universum in mir noch realisieren wollen. Der Mensch, gleichwohl er in der Lage ist, die geheime Verkettung des Ehemaligen und Künftigen zu bemerken, kommt nur zu unvollständigen und beschwerlichen Formeln und kann froh sein, wenn er für sich selbst eine brauchbare Vorschrift findet, die hinlängliche Aufschlüsse über das eigene kurze Leben verschafft (Novalis). Wer oder was bin ich? Vielleicht ein Kunstwerk im Wandel. Alles andere wird sich finden und – nicht länger in Blockaden und negativen Gedanken unnütz gefangen – frei fließen.

Welchen Einfluss haben Emotionen nun, wenn das Glück gedanklich ist? Oder bedingten sich die Kräfte gegenseitig? Ein Selbstbetrug? Erst wenn ich das Glück nach innen fühlbar und nach außen sichtbar lebe, kann mich nicht mehr jede kleine Welle umwerfen. Ich benötigte eine Energiequelle, die schneller auflädt, als mir Kraft durch negativen Einfluss abhandenkommt. Anfang und Ende: Selbstliebe ist der Schlüssel. Wozu betteln, wenn das Königreich mir gehört?

„Phillip, was machst du gerade?" – „Ich tanze euphorisch durch die Wohnung." Ein Gefühl des Durchbruchs, eine Hochphase voll unkontrollierten Antriebs. Mir standen von einem Tag auf den nächsten wieder mehr Quellflüsse an Energie zur Verfügung, als ein Tag und eine Nacht zusammen auffangen können. In mir war so viel los, dass ich kaum atmen konnte und mir fast übel war. Ich hatte in den letzten Monaten Entscheidungen getroffen und eine Barriere nach der anderen aus dem Weg geräumt. Wie im *Herr der Ringe* hatte ich diese an verschiedenen Orten zusammensuchen und erkämpfen müssen.

Nach Monaten des Wartens auf den inneren Fluss war die Zeit gekommen. Nur Schreiben konnte mir das selig-entspannende Gefühl schenken, das andere mit einer Tüte Chips vor dem Fernseher empfinden. Es brachte unmittelbare Erleichterung, und obwohl ich mich zuvor noch mit einem Heißluftballon verglichen hatte, der Sandsäcke abwerfen muss, kam ich mir nun wie eine Feder vor. „Schaffen – das ist die große Erlösung vom Leiden und des Lebens Leichtwerden. Aber dass der Schaffende sei, dazu selber thut Leid noth und viel Verwandelung." (Nietzsche) In mir war so viel Anschub, dass ich wieder von einem Dämon in mir sprach – oder von einer großen Kraft, die sich meiner bediente. Fremdbestimmt wie eine Marionette, wie unter einem schicksalhaften Zwang, füllten die digitalisierten Tagebücher eines halben Jahres über fünfhundert Seiten, und nun wurden die Nächte zum Tag, morgens gab es kein Ausschlafen mehr, selbst beim Autofahren floss die Tinte. Egal wo ich Papier und Stift zückte, Menschen warfen mir dubiose Blicke zu. Befürchteten sie einen werkenden Dämon in mir? Vielleicht war es ja auch ein Engel, der mir selbst nachts Inspirationen schenkte, die gleich nach dem Aufstehen aus dem Kopf direkt abgetippt wurden. Bloß keine Ablenkung! Ich fühlte mich viel weiter als mein Kopf, dessen Innenwände ja wie

Grenzen vorkommen müssten, hätte das Hirn nicht sagenhafte Weiten und Tiefen. Mit Freunden führte ich anregende, multiperspektivische, Synapsen stimulierende Gespräche. Meine Hochstimmung stimulierte mich, ich war ausgelassen und hatte jedem negativen Gedanken einen Riegel vorgeschoben, die bedrängende Enge anderer hinter mir gelassen. Wie hatte ich mir mit 30 Jahren so viele Sorgen gemacht! Ich darf mich annehmen und lieben. Und erstmals seit vielen Monaten kümmerte ich mich wieder um Wünsche und Träume, die meine Zukunft betrafen.

Zunehmend wichen auch die zuvor empfundenen Widersprüche in spiritueller Hinsicht. Das Apostolische Glaubensbekenntnis füllte ich für mich mit neuem Sinn. Sagte ich „Ich glaube an Gott, den Vater, den Allmächtigen, den Schöpfer des Himmels und der Erde", dann meinte es das beschriebene Innere, alle unterschiedlichen Ausdrücke vereinend. Und las ich weiter „und an Jesus Christus, seinen eingeborenen Sohn, unseren Herrn", dann dachte ich an mich, er und ich waren zu einem verschmolzen. Christus war nicht nur er, sondern auch ich selbst. In dem „empfangen durch den Heiligen Geist, geboren von der Jungfrau Maria" sah ich mein Bewusstsein, die Herrschaft des Verstandes abzulegen, als Voraussetzung, um wieder rein und pur wie ein Kind werden zu können. „Gelitten unter Pontius Pilatus, gekreuzigt, gestorben und begraben" – das war ein klarer Vermerk in Hinsicht auf meinen Verstand, meine Erziehung und meine Anpassung an die Gesellschaft, die mich in die Krankheit geführt hat: „hinabgestiegen in das Reich des Todes". Doch darauf folgt die Genesung – „am dritten Tage auferstanden von den Toten" – und die Umkehr zu meinem wahren Kern: „aufgefahren in den Himmel". „Er sitzt zur Rechten Gottes, des allmächtigen Vaters" – genau wie ich auch, voller Weite kann ich die Welt umarmen, vereinen, einschließen und nichts ausschließen. Wie viele Möglichkeiten ergaben sich nun! Aus dieser Quelle kommen die wohlspendenden Gedanken, und ich bin fähig, das Gute zu erkennen: „von dort wird er kommen, zu richten die Lebenden und die Toten." „Ich glaube an den Heiligen Geist" – an die Stärke, die Fülle, Ruhe und Kraft in mir. Auch an „die heilige christliche Kirche, Gemeinschaft der Heiligen", denn ich werde Gleichgesinnte finden und nicht mehr allein sein! „Vergebung der Sünden" war auch mir widerfahren, mein Körper und meine Seele hatten mir vergeben, dass ich auf das falsche Pferd Verstand gesetzt und ein mir fremdes Selbst gelebt hatte. Die „Auferstehung der Toten und das ewige Leben" ist eine Erfahrung des Selbstwechsels und manifestiert sich, indem ich meinen Geist schon zu Lebzeiten von der Hülle meines sterblichen Körpers trenne. „Das" ewige Leben, zu dem wir uns hier bekennen, ist nicht gleichbedeutend mit „mein" oder „unser ewiges Leben". „Amen" – ja, so sei es.

Durfte ich aus dem Gefühl gebrochenen Widerstandes folgern, dass sich Verstand und Herz nun auf eine gemeinsame Linie geeinigt hatten? Nein, beide oblagen einem Trugschluss. Meine Leidenschaft glaubte gegen den Verstand gewonnen zu haben, da er mit Schreiben beschäftigt war. Aber mein Verstand freute sich, mich damit so stark in den Bann zu ziehen, dass an Leidenschaft kaum mehr zu denken sei. Egal! Ich schenkte ihnen weniger Aufmerksamkeit und übte mich in Gelassenheit. Extremausschläge, wie sie früher aufgetreten waren, wichen zunehmend einer moderaten Balance. Folglich ließ ich mich nicht mehr aufhalten, meine Freude zu teilen. Die Summe meiner Kommentare auf Facebook ergebe einen ganz neuen Menschen, kommentierte eine Freundin.

„Ich weiß den Tag, da du dein Leid wirst segnen, das dich gelehrt zu werden, was du bist." (Ephides) Ich fühlte Dankbarkeit. Die Ziele des Coachings hatten sich erfüllt, und mein Coach, die Hebamme, schrieb, sie habe es die ganze Zeit schon gespürt und gewusst, dass bei mir ein ganz großer Durchbruch geschehen sei! Tage darauf hielt ich mein Jahreshoroskop in den Händen, das sie für mich ausgearbeitet hatte. Geduld ist bekanntlich nicht meine Stärke, und manchmal ist sie auch nicht notwendig. Wie eine sich selbst erfüllende Prophezeiung war ich den Sternen eine Woche zuvorgekommen. Am 1. Mai stand Pluto harmonisch zu Saturn, was eine Lebenswende bedeutete und den Grundstein für längerfristige Entwicklungen legte: „Dies ist ein Aspekt, der sich nur alle 60 Jahre wiederholt. Die eigenen Überzeugungen und damit die Grundfesten des eigenen Lebens werden hier berührt. Es findet eine Vertiefung und Verstärkung der eigenen Ansichten statt. Wir finden uns in unseren Grundsätzen bestätigt und können langfristig etwas neu aufbauen."

Wenn Sterne tanzen

In der letzten Reihe meldet sich noch jemand für einen letzten Wortbeitrag. Es ist mein Freigeist, mein erster Mensch, der ein Abschlussplädoyer halten möchte. Er erhebt sich und schreitet zur Bühne. Es ist sein Moment. Die Scheinwerfer sind auf ihn gerichtet, und die Musik spielt *Limelight* – Rampenlicht – von Bonnie Tyler: Ich sehe das Leuchten der fernen Sonne, vielleicht ist heute endlich der Tag gekommen. Ich höre das Getöse der entfernten Menschenmenge, sie warten auf mich, rufen meinen Namen. Rampenlicht, du warst alles, was ich immer wollte, seitdem alles begonnen hatte. Rampenlicht, auf mich scheinend, der Welt erzählen, wer ich bin. O Rampenlicht, lass mich nicht durch deine Finger gleiten und wieder zurückfallen. Nach den Jahren des Wartens werden sie es alle erkennen. Ich sehe die Welt in einem anderen Licht. Nun ist es leicht zu sagen, was schief lief und was richtig. Der Weg ist vielleicht nicht einfach – ich werde es allen zeigen.

Nun hat er die steilen Stufen zur Bühne erklommen, steht am Podium und blickt in die Menge. Er schaut sie mit ruhigem, direktem und entschlossenem Blick an. Das Mikrofon ist seins, mein Freigeist ist der *porte-parole*, der Träger des Wortes, er spricht: Das geschriebene Wort, so schwarz auf weiß es auf diesen Seiten steht, auch es ist nur Ausdruck des Wandels und in keiner Weise als etwas Festes anzusehen. Weder engt es mich ein, noch werde ich mich dadurch einengen oder es gegen mich verwenden lassen. Alles unterliegt Wandel, und ich behalte mir vor, dass vielleicht eines Tages der Moment kommen wird, in dem ich in neuem Licht sehe und furchtlos-selbstverständlich revidiere, was hier zu Papier gebracht ist. Neue Erkenntnisse, und seien sie täglich, fordern Unverbindlichkeit ein. Fortsetzung folgt. Jeder sieht, was ich zu sein scheine, doch nur wenige fühlen, wie ich bin. Die enge und ewiggestrige Spreu verabschiede ich hier, sage Adieu und begrüße das gegenwärtige Weite. Jeder Tag bringt neue Gegenwart und formt die unvorhersehbare Zukunft. Das Leben ruft und fließt – die Reise geht weiter. Das wirkliche Verstehen offenbart sich nur durch den Versuch der Änderung. Neue, tiefere und zugleich höhere Bewusstseinsebenen gilt es zu erschließen. Unser Bühnenauftritt ist endlich, und wir haben es verdient, jeden Tag das Schöne aus der Fülle der Schöpfung zu erleben, in dieser aufzugehen, auch wenn die Offenbarung nur allzu oft anders aussieht. In voller Gegenwärtigkeit möchte ich jeden Moment das Gefühl haben, mit freudiger Dankbarkeit erfüllt bereit zum Abschied zu sein, gleich dem morgendlichen Lebewohl an einen langen Traum vor dem Himmelstor zu stehen und zu sagen: „Ich fühle kein Bedauern. Mein Leben, so wie es sich mir offenbarte, hatte einen Sinn, den ich aufgespürt, erfahren und verkörpert habe. So wie ich bin, ganz normal, habe ich in Freiheit und Liebe gelebt."

Ich bin immer noch auf dem Weg,
und das Ziel bleibt eingeschrieben in mein Herz.
Immer noch suchen, immer noch fragen, immer wieder einen
Aufbruch wagen, immer noch auf dem Weg.
Immer wieder loslassen, neu mich binden, immer wieder ein Stück
Antwort finden, immer noch auf dem Weg.
Immer wieder gehen und verweilen, immer wieder Leben
empfangen und teilen, immer noch auf dem Weg.
Immer noch mit mir selber ringen, immer wieder einmal
neu beginnen, immer noch auf dem Weg.

Hans Waltersdorfer

Ausgewählte Literatur

Asper, K., Verlassenheit und Selbstentfremdung. Neue Zugänge zum therapeutischen Verständnis, München, 2007

Balzac, H., Der Talisman oder Das Chagrinleder, Zürich, 2009

Balzac, H., Louis Lambert, Mystische Geschichten, Zürich, 2001

Brackmann, A., Ganz normal hochbegabt, Leben als hochbegabter Erwachsener, Stuttgart, 2008

Brackmann, A., Jenseits der Norm – hochbegabt und hoch sensibel?, Stuttgart, 2008

Camus, A., Der erste Mensch, Hamburg, 2011

Chopich, E. J., Paul, M., Aussöhnung mit dem inneren Kind, Freiburg, 2007

Coelho, P., Auf dem Jakobsweg, Zürich, 1999

Coelho, P., Der Zahir, München, 2006

Coelho, P., Veronika beschließt zu sterben, Zürich, 2000

de Montaigne, M., Die Essais, Stuttgart, 1986

Duffy, P., Jeder blaue Buchstabe duftet nach Zimt, München, 2003

Freud, S., Zur Einführung des Narzißmus, Berlin, 1924

Gallagher, B. J., Schmidt, W. H., Unter Pinguinen, Frankfurt, 2002

Gibran, K., Der Prophet, Ostfildern, 2010

Gigerenzer, G., Bauchentscheidungen – Die Intelligenz des Unbewussten und die Macht der Intuition, München, 2007

Groß, D. et al., Normal – anders – krank? Akzeptanz, Stigmatisierung und Pathologisierung im Kontext der Medizin, Berlin, 2008

Grün, A., Jeder Mensch hat einen Engel, Freiburg im Breisgau, 2010

Heidegger, M., Die Grundbegriffe der Metaphysik, Welt – Endlichkeit – Einsamkeit, Frankfurt, 2004

Heintze, A., Außergewöhnlich normal – hochbegabt, hochsensitiv, hochsensibel: Wie du dein Potenzial erkennst und entfaltest, München, 2013

Hesse, H., Demian, Frankfurt, 2007

Hesse, H., Der Steppenwolf, Frankfurt, 2007

Hesse, H., Narziß und Goldmund, Frankfurt, 2007

Hesse, H., Siddhartha, Frankfurt, 1968

Hesse, H., Unterm Rad, Frankfurt, 1972

Jacobsen, M.-E., The Gifted Adult, A revolutionary guide for liberating the everyday genius, New York, 2000

Jaffé, A., C. G. Jung – Erinnerungen, Träume, Gedanken, Mannheim, 2009

Jullien, F., Über das Fade. Eine Eloge: Zu Denken und Ästhetik in China, Berlin, 1999

Jung, C. G., Die Beziehungen zwischen dem Ich und dem Unbewussten, München, 2009

Jung, C. G., Über die Psychologie des Unbewussten, Frankfurt, 1971

Leuze, J., Empfindsam erziehen. Tipps für die ersten 10 Lebensjahre des hochsensiblen Kindes, Wien, 2010

Levine, P. A., Sprache ohne Worte – Wie unser Körper Trauma verarbeitet und uns in die innere Balance zurückführt, München, 2010

Levine, P. A., Kline, M., Verwundete Kinderseelen heilen – Wie Kinder und Jugendliche traumatische Erlebnisse überwinden können, München, 2010

Lütz, M., Irre! Wir behandeln die Falschen: Unser Problem sind die Normalen, Gütersloh, 2009

Martens, A., Schlauer schlau – Coaching von Hochbegabten, in: managerSeminare, Heft 150, 09/20120, S. 64-69, Bonn, 2010

Miller, A., Das Drama des begabten Kindes. Eine Um- und Fortschreibung, Frankfurt, 1997

Nietzsche, F., Also sprach Zarathustra, Frankfurt, 2009

Nietzsche, F., Menschliches, Allzumenschliches – Ein Buch für freie Geister, Köln, 2006

Osho, Angst, Die Unwägbarkeiten des Lebens verstehen und annehmen, München, 2008

Osho, Mut, Lebe wild und gefährlich, Berlin, 2008

Palmer, H., Das Enneagramm, Sich selbst und andere verstehen lernen, München, 2000

Parlow, G., Zart besaitet, Selbstverständnis, Selbstachtung und Selbsthilfe für hochsensible Menschen, Wien, 2003

Platon, Das Gastmahl, Stuttgart, 2009

Precht, R. D., Wer bin ich und wenn ja, wie viele?, München, 2007

Preitner, M., Die Logik des Verrücktseins – Einblicke in die geheimen Räume unserer Psyche, München, 2010

Riemann, F., Die Fähigkeit zu lieben, München, 2008

Riemann, F., Grundformen der Angst: Eine tiefenpsychologische Studie, München, 2002

Rilke, R. M., Briefe an einen jungen Dichter, Leipzig, 2007

Rilke, R. M., Es gibt nur – die Liebe, Frankfurt, 2006

Schaffer-Suchomel, J., Spuren unseres Menschseins in der Sprache, oder: obwohl der Mensch zu 70% aus Wasser besteht, ist sein größtes Problem das Fließen, Frankfurt, 1998

Scheer, H.-D., Wie ich werde, was ich bin. (Selbst-)Coaching für hochbegabte Erwachsene, Norderstedt, 2010

Schellenbaum, P., Abschied von der Selbstzerstörung – Befreiung der Lebensenergie, München, 2009

Schellenbaum, P., Die Wunde der Ungeliebten – Blockierung und Verlebendigung der Liebe, München, 2011

Schlichte-Hiersemenzel, B., Zu Entwicklungsschwierigkeiten hochbegabter Kinder und Jugendlicher in Wechselwirkung mit ihrer Umwelt. Erfahrungen und mögliche Lösungswege, Bundesministerium für Bildung und Forschung (Hg.), Berlin, 2006

Skarics, M., Sensibel kompetent, Zart besaitet und erfolgreich im Beruf, Wien, 2007

Skarics, M., Sensibilität und Partnerschaft. Hochsensible Menschen erzählen, Wien, 2010

Speck, E., Handschrift, Horoskop und Karrierewünsche, Schaffhausen, 2004

vom Scheidt, J., Das Drama der Hochbegabten, München, 2004

Wolf, C., (Hg.), Karoline von Günderrode, Der Schatten eines Traumes, Frankfurt, 1981

Zweig, S., Castellio gegen Calvin oder Ein Gewissen gegen die Gewalt, Frankfurt, 2009

Zweig, S., Der Kampf mit dem Dämon – Hölderlin, Kleist, Nietzsche, Frankfurt, 2007

Zweig, S., Montaigne, Frankfurt, 2011

Zweig, S., Triumph und Tragik des Erasmus von Rotterdam, Frankfurt, 2006

Zweig, S., Verwirrung der Gefühle, Frankfurt, 2005

Druck:
Canon Deutschland Business Services GmbH
im Auftrag der KNV-Gruppe
Ferdinand-Jühlke-Str. 7
99095 Erfurt